俳句の轍

大畑善昭評論集

コールサック社

大畑善昭　評論集『俳句の轍』目次

一章「沖」に出会う　俳句の轍

二章　能村登四郎・能村研三俳句鑑賞

三章 「沖」の俳人たち

四章 評論・随筆・ほか

五章　「草笛」所収の評論・随筆・ほか

評論集

俳句の轍

一章　「沖」に出会う　俳句の轍

俳句の轍

1　上京直後

私には俳句において初心と言える時代が二度あります。一つは俳句イロハの「俳句文学」時代、もう一つは新たな方向を求めていた折の「沖」との出会いの時代です。「俳句文学」は前田鬼子の主宰誌で、発行所が鬼子の自宅、板橋区の大山町にありました。前田鬼子は一般にはあまり知られていない作家ですが、明治四十三年十一月三日、熊谷市生れ、日大文学部卒で、戦後の一時期「大法輪」を編集しており、俳句は松原地蔵尊に師事し、「句と評論」同人、戦後は「海流」（のち「新暦」）同人など、新興俳句系の俳人で、昭和二十二年九月「俳句文学」を創刊主宰し、私が友人の奨めでそこに参加したときは会員一五〇名ほどを擁し、小結社ながら現代俳句の進展を目差し、意気軒昂としておりました。句集に『破風の歌』（昭25）『無帽の歌』（昭37）があり、現在「沖」同人の柏山照空、梶浦武詩さんもここにいて活躍し、他では石田風太氏（「曜変」主宰）、松岡貞子氏（フリー）が幹部同人として鬼子を盛り立てておりました。しかし、私が「俳句文学」を離れ、十数年したとき鬼子は物故され、「俳句文学」も自然廃刊になったもようです。

私は昭和三十三年十二月、前田鬼子を頼って岩手から上京し、都内の印刷会社に就職しました。この頃、俳句界はようやく社会性俳句論議の反省期に入っていましたが、「俳句文学」はそれを踏まえつつも、なお現代に息づく俳句づくりのために試行錯誤をつづけていました、今考えると「俳句文学」の俳句はその頃進歩的傾向の俳誌が押しなべてそうであったように、時代の不条理を衝き、負の心理を前面に押し出すあまりに、言葉の酷使が目立ち、表現の荒さを作家的エネルギーと勘違いしているふしがありました。

私が上京すると間もなく、発行所句会があるから出席するようにと言われ出て行きますと、

わずかな枯野に牛皮の薄き部位縮む　松岡　緑男
子等の兵器に風花追はる露地の奥　嘉村　茅明

寒月光石塊よりは何も得ず　　前川　貞子

こういう句が出され、集まる人たち、これに激しく甲論乙駁します。この句会は採らなければ、採らない理由も述べなければならず、それはほんとうに徹底した論戦です。岩手から出て来て、作るだけが精一杯の私は、これにはただただ面喰って困惑するばかり、しまいには頭の中がぼおっとなって眠くなる始末、それでも、

トタン打つ雨粒東京朝より火事　　大畑　善昭

が高点二位ぐらいに入って気をよくし、以来発行所句会には欠かさず出席するようになりました。そしてそれから四年後に、私は新人賞というおだての賞を貰うことになるのですが、それでもまだまだ句会ではしどろもどろ、それでも少しずつ文章を書いたり、発行所の仕事を手伝ったりで、結社と俳壇の様子を理解していきました。

2　初めての吟行

上京して半年もたたない五月の初め、「俳句文学」の前田鬼子と有志十人ぐらいで日帰りの吟行に出かけました。行く先は、香取・鹿島・水郷のコースで、私にとって初めての吟行でした。

新宿から混雑の汽車に乗り、佐原まで立ち通し。佐原から他の団体と一緒に観光バスに乗り込みましたが、これも混んでいて座席には座れません。それで誰かの発案で、香取神宮を歩いたところで早目にバスに戻り、全員座席を確保しよう、ということになり、その通りにしました。どうせ座席指定ではないのだから、早いもの勝ち……という虫のいい算段だったのです。これがトラブルのもとになり、後から戻って来た団体さん、「なんだ、なんだ、これは……」と騒ぎ立て、お互いに既得権を主張し合うのですが、やはり私たち吟行グループのほうが分が悪く、結局座席を明け渡して一件落着となったのですが、「文句があるならいつでも受けて立つよ」と凄まれたりして、吟行のしょっぱなから気分の悪い思いをしました。

それでも次の鹿島神宮では周囲の神聖さ、静寂さに心

が洗われ、

月はやし梢は雨を持ちながら　　桃青

の話などをし、ようやくにすっかり吟行気分。潮来の十二橋では、

濯ぎ場に紫陽花うつり十二橋　　秋櫻子

の句を話題に俳句におけるフィクションの話をしました。

この吟行、霞ヶ浦から土浦に到る船の中での句会となりましたが、私にとって感動が多いのに一向に句にならず、わずかに、

芦群を鍋積み来たる田植舟

暮るる筑波峰湖ゆくデッキの波寒し

の作品を得たのにとどまりました。

同じ年の七月に、今度は「みちのく吟行」が挙行されました。仙台の七夕まつりに合わせ、松島・塩竈・平泉というコースでした。この吟行ではじめて佐藤鬼房氏にお会いしました。鬼子が連絡を取っていて、鬼房氏がわざわざ松島めぐりから同行して呉れたのです。そのとき鬼子が〝佐藤鬼房氏と久潤を叙す〟と前書をつけて、

手の甲の赤チン眼にしむ炎ゆる湾

という句を作り、挨拶句とはこういう風に作るのかと、痛く感動したことを覚えています。鬼房氏とは塩竈でお別れしました。

また平泉では、

美しき炎天ここは中尊寺　　前田　貞子

に感動しました。この句は句会では賛否両論に分れたようでしたが、ごみごみした東京の、照り返す炎天と違って、涼しく透明な炎天を、直截に「美しき炎天」と言い止めた感性のナイーブさに、激しいショックを受けたこと、今でもはっきり覚えています。

3　野球試合のこと

「俳句文学」に入会して、ようやく俳句の面白さがわかって来た頃、俳壇は社会性俳句論議から前衛俳句論議に移っていました。前田鬼子は硬質の抒情派、定型派であり、定型の中で詩情が一句に完結していれば無季も容認していましたが、前衛俳句には批判的でした。

しかし、門下の高足からも前衛指向の作家が出て、句会はいつもその句の是非の論議で賑やかでした。昭和三十六年七月、「俳句文学」は創刊百号記念特集を出しましたが、交流の諸家の寄稿も、「前衛俳句を叩っ斬る」＝志摩芳次郎、「松岡緑男についてーいわゆる前衛俳句に触れながらー」＝高柳重信、「正統について」＝金子兜太、など当時の俳壇状況に言及するものがあって、それがそっくりそのまま「俳句文学」の日常にも持ち込まれていました。

私はだんだん高柳重信の文章や理論に心引かれていくのですが、その頃はまだ重信の俳句がよく分らず、逆に理論のややこしい金子兜太の句を抵抗なく受け入れ、そこに漠然と現代俳句のエネルギーのようなものを感じていました。また三橋鷹女の句集『歯朶地獄』が出て、〝一句を書くことは一片の鱗の剝脱である〟の言葉に感動し、俳句とはまさしくそういうものであるに違いない、と純な心を熱くしていました。

まあ、それはそれとして、いつの頃からか俳句に参加する若者がめっきり少なくなって行きますが、私たちのその頃までは、中央、地方を問わず、どこの句会にも若者が半数はおりました。若者だけのガリ版刷りの同人誌もそちこちから出され、私たちもそれをやって大いに青い理論（？）を吐きました。

これは俳句とは別の話ですが、先の「俳句文学」百号記念号のあと、他誌との野球の交流試合をやることになり、相手チームは楠本憲吉氏率いるチームと決まりました。場所は確か、足立区のほうにある東京ガスのグラウンドだったと思います。チームは在京の二十代、三十代が中心で、それ以上の人たち、女性は応援です。レベルはそこいらの草野球よりも下ですから、当ればエラーの続出です。それでも応援席からはヤンヤの喝采、結果は一〇対六のスコアで私たちのチームが勝ちました。あとで監督の先輩から、「意外だったのは大畑君のはたらき……」と褒められました。私は体は小さいけれども筋肉質で、郷里の草野球でピッチャーをやったこともあります。しかしそのことは自慢するほどのことではなく、誰にも黙っていました。

この試合の懇親会は、楠本氏の経営する新橋の「なだ万」でした。お座敷が整って挨拶に現われたご当主楠本憲吉氏は、和服姿で、颯爽として、それはそれは、役者のように、ほんとうにいい男振りでした。

小結社ながら、こういう野球試合が出来たのも、若者が多かったから、それと「俳句文学」という雑誌に、ロマンがあったから、といま思っています。

4 雑誌発行の仕事

上京して五年ぐらいの間、私は職場を転々と変えました。印刷会社で私は〝文撰〟をしていましたから、腕が上がると他社からスカウトがかかり、給料も前の会社よりよくなるのです。同時に住所も転々とし、北区上十条を振り出しに、目黒区碑文谷、文京区関口水道町、麻布霞町と移り、落ち着いてからは市川市平田町、最後に江戸川区平井のアパートに移りました。そして人並みに恋愛をし、失恋をし、酒も覚えました。

俳句のほうは「俳句文学」の新人賞を貰って真剣になり、編集同人に加えられて、編集や校正、その他もろもろの手伝いをさせられていました。あるとき諸家への寄贈の宛名を書いている中に〝能村登四郎〟という名前がありました。この作家は昭和三十一年に第五回現代俳句協会賞を受賞され、鬼子も大層尊敬されておりましたから、私も眩しい思いで封筒の宛名を書きました。

ほか、「俳句文学」の種々の大会や、先輩たちの句集出版記念祝賀会などで、来賓として出席される、今は故人となられた、西東三鬼、三橋鷹女、秋元不死男、高柳重信氏などにも拝眉を得たこと、今は貴重な思い出です。

「俳句文学」はいい作家も育って来て順調に発展しておりました。が、ここに至って降って湧いたようなハプニングが起こりました。鬼子の妻で、俳壇で売れ始めた前田貞子（現在松岡貞子）さんが、鬼子に離婚を申し渡し、高弟の松岡緑男氏と一緒に「俳句文学」を出て行ってしまったのです。この二人が両側から鬼子と「俳句文学」を支えているような存在でしたから、私たちもショックでしたが、鬼子の混乱振りは相当なものでした。

途端に発行所は灯が消えたようになり、それまで先の二人の魅力で集まっていた他の編集同人たちも発行所への足が間遠になり、投句者もめっきり少なくなっていきました。こうなると隆盛の俳誌、一転して凋落です。それでも雑誌は発行しなければなりません。やむを得ず合併号がつづきますが、合併号でも編集を手伝う人がおりません。それで鬼子は時をかまわず私に電話をかけて来ます。私はその頃深川の方にある印刷会社に腰を落ちつけ労働組合の仕事もしていましたから、結構忙しかったのですが、鬼子の辛さも分かり、その都度発行所へ駆けつけました。すると鬼子は決まって「大畑君、君はウチの作家なんだからね」と言います。私はまだ編集同人として一人前ではなかったのですが、それでも鬼子は私を頼りにしてくれました。

そんな訳で、私は鬼子と一緒に雑誌発行の仕事をし、しばしば食事も共にしました。鬼子宅から歩いて三分ぐらいの通りに、東京で一番おいしい、という中華店があり、ここでラーメンを食べ代金はいつも私が払いました。鬼子のやもめ暮しの淋しさを慰めよう、という気持ちが働いていました。

鬼子はその後、紹介する人があって、明るく気立てのいい女性と再婚しました。私は会社の寮が市川市平田町にあって市川市の住人となりました。市川市は尊敬する能村登四郎氏の住んでいる街でした。

5　市川市芸術祭俳句大会のこと

会社の寮のある市川市に移った昭和三十六年、記憶は薄れましたが、九月か十月だったと思います。ある日、銭湯へ行きますと、そこに市民芸術祭俳句大会のポスターが貼り出してあり、事前投句の締切りが明日に迫っております。銭湯に俳句大会のポスター、一体誰が考え出したのであろう。とおかしく思いながらも、妙な親近感を覚え、ああ、この町には能村登四郎氏がいられる。そうだ、私も出席してみよう、という気持ちになり、翌日どこへ投句すればよいのか市役所に電話を入れました。係の方へつながれ、電話口に出た人は、

「事務局のモリタと申しますが、ご出席歓迎します。もう締切りで時間がありませんから、出来れば作品を直接ご持参下さい。私は市役所の水道課におります」と、丁寧に場所を教えて下さった。

早速そのモリタさんという人を訪ねて作品を渡しましたが、好印象という感じだけで、その時何をお話したか記憶が定かでありません。とにかく、その人が現在沖同人の森田旅舟さんで、以来長いお付き合いになることを、その時は夢にも考えておりませんでした。

大会当日、少し緊張しつつ、会場の市川市中央公民館に出向きました。知る人、一人もおりませんから、一番うしろの方に坐り、誰にも話しかけず、誰からも話しかけられず、というところですが、ただ会社の寮のすぐお隣りに、「濱」の同人という大川つとむさんと、その奥様の幸子さんがおられて、朝夕の会釈ぐらい交わしておりましたから、少しはリラックス出来ました。

その大川つとむさんも大会の幹事で、森田旅舟さんたちと忙しく、てきぱき仕事をこなしています。

参加者が今まで見たこともないほど多く、選者も沢山入場して来ました。私はその時選者団の先生方を、能村登四郎氏と柴田白葉女氏しか知りませんでした。白葉女氏は「俳句文学」とも交流があり、何かの催しの時には必ず出席して下さっていましたから親しみの深い方でした。

時間が来て大会がはじまり、披講となりました。こんなに大勢の参加者の作品を、一体どうやって捌くのだろう、と固唾を呑んで見守っていますと、披講係あり、代返係あり、採点係あり、すべてリズミカルに、淀みなく進行します。特に採点は、全出席者の名前が会場のうしろの壁に罫線入りで貼り出され、一点一点に確実に○がつけられ、総合点も一目瞭然です。今まで小さな結社の大会しか経験していない私にとって、これは大きな驚き、感動でした。

この日、私の作品にも、ほどほどの点が入りました。ただお目当ての能村登四郎氏の選には佳作にも入らず、そのため、少ししょげて帰りました。

能村登四郎氏、今は私の師であり、決して、〝氏〟ではないのですが、その時は、俳壇の中のすぐれた作家として遠く仰ぎ、まだまだ、能村先生、と親しく呼べる立場ではありませんでした。遠く仰ぐだけで満足、という気持ちもありました。

6　抜かれない特選

市川市の市民芸術祭俳句大会は、当時、春と秋の二回開催されていたように記憶します。私は毎回出席しましたが、二回目の時から幹事の一人に加えられました。役目はもっぱら披講係でした。

仲間もおらず、誰にも知られていない私が、突然幹事に起用されたのは、事務局兼幹事長の森田旅舟さんの裁量によるもののようでした。若さとはいいものです。披講は私は「俳句文学」で鍛えられていましたから臆せず引き受け、無難に役目をこなしました。会は例によって、披講、代返、採点が小気味よいリズムと緊張感の中で流れるように進行します。

お蔭で私も少しずつ人を覚えて行きました。選者団の先生方も、「好日」主宰の阿部筲人、「曲水」の越田禾城、同永井暁江、新興俳句系の大野我羊、「俳句女園」主宰の柴田白葉女、「若葉」の岸風三樓、「鴫」の伊藤白潮、「濱」の今泉宇涯、それに「馬酔木」の能村登四郎、林翔の各氏、と言った超結社の豪華メンバーで、さすがに文化の薫り高い、市川市らしい俳句大会の陣容でした。

幹事の中の披講係は、大川つとむ、櫛原希伊子、千賀静子、黒古フク、さんらで、なぜかこちらは「濱」の方々、それに詩の方に移られたという小高つた子さん。のちに、これに福永耕二さんが加わりました。

ある講評の時に、能村登四郎氏が、「一つの結社の中では通用しても、一歩外へ出ると全くどこにも通用しない作家がおります。そういう意味では、こういう大会はいい勉強になります。皆さん大きな視野でいい俳句を作りましょう……」と言われました。その頃、俳壇では結社の閉鎖性・独善性を〝俳句部落〟などと言っていましたから、能村登四郎氏の言葉には深く頷かされました。

この大会に私は市川市から四年、平井に移ってから二年ほど通いつづけました。私のお目当てはやはり能村登四郎氏の特選に入ることでした。ところが、たまに佳作には入選しても、どうしても特選には抜かれません。他の選者の何人かには毎回何句か抜かれておりましたので、私はいつも熱くなっておりました。いま思い出してその

時々に頂戴した選者の染筆を取り出して見ますと、

短冊では、

夢醒ます薫風ときて妹燦と　大野　我羊
梅落す青き氾濫を愉しみて　伊藤　白潮
秋のばら燃えつつ冷ゆる日の象　柴田白葉女
女らの瞳に秋ふかむ乳牛にも　〃
炎日の庭石重み失へり　林　翔
言満つる封書の重み山ざくら　〃

があり、色紙では、

貝殻化石に年輪遠き胎生期　大野　我羊
青き踏む円光負へるこころにて　柴田白葉女
松籟を天楽となし雛かな　永井　暁江

などがあります。お目当てはあくまでも能村登四郎氏の特選でしたが、どの選者の特選でも嬉しかったことに変りはなく、これらの染筆は、私の市川時代を彩り、証明する大切な宝物となっております。

7　射止めた特選

市川から江戸川区平井に移った頃から、私は折を見て、「俳句文学」を脱退しようと思っていました。そこで梶浦武詩さんらと〃目黒句会〃というのを作り、指導者なしの句会を開いていました。この会は仲間が仲間を誘う形で、天狼、麦、万緑、無所属、小説家志望、詩人かぶれ、といった、いわゆる文学好きの青年も含めて十人前後、持ち家の人が会場を提供して、毎月勝手にわいわい、楽しくやっていました。

そのうち、深川森下町にあった私の勤める会社が設備投資に失敗して倒産し、新しく勤めた所は新橋にある「東京スポーツ」など業界紙を印刷する会社でした。この会社には上司に、瀧春一主宰の「暖流」同人、鈴木碧郎氏がいて、そのためか、社内に〃あらがね俳句会〃というのがありました。マンネリになって中断しているところへ、私の入社によって句会が再開され、講師に新興俳句系の「花実」主宰、幡谷東吾氏が招かれて来ました。幡谷東吾氏は、俳壇と俳壇人物通では第一人者で、句会のあと喫茶店でいろいろお話を伺うのが楽しみでした。

批評は厳しいのですが、はったりがなく、いつも静かで自然体で、さすがに俳句で煮しめた人、という感じでした。この幡谷東吾氏の「花実」の会員が職場にもいて、私にもしきりに「花実」入会をすすめるのですが、入会までは心が動きませんでした。

私はこの会社でも労働組合の書記長に推されて、職場と組合の仕事をこなしていました。しかし、労使の間に立って満たされる思いは少なく、心の渇きのまま、仏教関係の本や亀井勝一郎を耽読しました。そして三年目に、ついに脱サラを決意しました。

市川市の俳句大会は私にとって魅力的でした。ここで大きな句会の進行や、その方法を身につけたこと、のちに岩手に帰ってから大きな財産になりました。ある時、大会が終って帰りかけると、林翔氏から呼びかけられ「どうですか、私たちと一緒に勉強しませんか」と誘われました。私は戸惑いながら、お断りしたような気がします。食わず嫌いで、「馬酔木」には馴染めないだろうと思ったからでした。のちに「沖」でご指導いただくことになるのですから、人の出会いとは不思議なものです。

能村登四郎氏の特選には相変らず不発でした。それでもあきらめず出席しました。そして最後の時。意外や、意外。今度も駄目かと半ばあきらめた時、射止めたのです。能村登四郎選の最後から二番目に読み上げられたのが、私の、

木　蓮　の　寂　光　界　を　耕　せ　り

でした。挑戦しつづけて七年。やっと射止めた特選、まさしくこれが私にとっての有終の美でした。もうこれで俳句をやめても悔いはないと思いました。昭和四十四年のことです。その後、私は前田鬼子を訪ねて「俳句文学」脱退の意を述べ、脱サラと同時に東京を離れる決心をしました。そして、これが私の青春時代の終りでした。

8　沖創刊を知って

昭和四十五年、脱サラを決めた私は、僧侶になるため、京都東山の智積院に登り修行していました。このとき私は三十三歳、俳句のことも、世間のことも一切忘れてひ

たすら精進の毎日です。
とは言っても一度身についた文芸への思いは忘れられるものではなく、十二月のある日仏教の参考書を買うために入った書店で、覗くだけのつもりで覗いた、総合誌「俳句研究」に、能村登四郎氏が主宰誌「沖」を創刊されたことが出ています。「ああ、なんという快事……」私はいままでいろんな結社誌を見ながら、能村登四郎氏ほどの作家が一誌を持たないことの不思議を思っていました。

しかし、私は能村登四郎氏とは同門でも、側近でも、ましてや門下でもありませんでしたから、市川市の俳句大会でお目にかかっても遠くから仰ぐだけで、お側に寄り一言の言葉も交したことがありませんでした。念願の特選をいただいた時、正面に出てご染筆を頂戴し、その時はじめて、「どうも有難うございます」と礼を述べただけなのです。そして、もうお会いすることもなかろう、と思いつつ、黙って京都に来ていたのでした。

その能村登四郎氏が主宰誌を出された。途端にぱっと世界が明るくなったように感じました。その時私はまだ自分を勘定には入れていず、純粋に尊敬する作家能村登四郎氏のために、俳壇のために、これは快事だ、と思いました。私は黙っていられなくて、早速お祝いの手紙を書きました。

折返し返事が来て、「あなたもすぐ投函して下さい」とあります。別便で「沖」創刊号と第二号が送られて来ました。

曼珠沙華天のかぎりを青満たす
白桃やいま豊満の時にをり
汗の肌より汗噴きて今退路なし

創刊号主宰の作品です。編集は林翔氏で、「沖」創刊に寄す、として、

秋航や天にも雲の荒磯波

雑詠欄たる「沖作品」では、

夜光虫ゆるやかにひく櫂の音　高瀬　哲夫
ぬぎすてし一握の衣草いきれ　福永　耕二

風すゞろ萍は花を灯しそめ　　橋本　冬樹

こういう作品、なんときらきらと眩しく眼に映ったことか。会員八十八名、三十八頁の創刊号です。会員数、頁数とも決して多いとは言えません。けれども、これくらいの雑誌は当時俳壇にはいくらでもあったのです。私は智積院での修行にも馴れ、心の余裕も出て来ていましたので躊躇なく投句しました。こうなると、いままでのように遠くから仰ぐ能村登四郎氏ではありません。自ら選んだ〝師〟であり、以後すんなり〝能村先生〟という言葉が出て来ます。

この「沖」の創刊に当って、能村先生、私のことも仲間に加えるべく、河口仁志さんらを通して探して下さったといいます。そういうことはつゆ知らず、こちらは静かに修行三昧の明け暮れ、全く申し訳ないことでした。

9　沖会員としての出発

京都智積院での修行は、僧侶になるための行位履修という、決まった期間の、段階的な特別な行があり、ほかは勤行、朝食、掃除。そのあと教室で仏教学や経典の勉強。これに山内の作務や法要があり、午後からはまた教室。夕食のあと、また十時まで温習。

寒中でも火の気は一切ありませんし、行に入ると山門の外に出ることは厳禁。新聞、テレビなどの娯楽はもちろん、酒、たばこ、女性との会話もご法度という厳しいものですが、私には自ら進んで志した道、一向に辛いとは思いませんでした。それでも一年の半ばごろまでは何も分らなくて無我夢中。のちにだんだん余裕が出て来て、何もない日曜日には京の寺々を見て回り、緊張の中にも勿体ないくらい充実していました。

そして「沖」への初投句です。創刊より三ヵ月目に投句して、翌年二月号にその結果が出ました。期待と不安の中で開けてみた沖作品欄、四句入選で巻頭から十二席です。しかも、

ふるさとは秋風を漕ぐ母の鍬

が選評にも取り上げられています。自分の作品がこんな

にまばゆく見えたことはありません。これで沖で行ける、と思いました。周囲に誰も俳句などやる人はいませんでしたから、誰にも見せず、語らず、一人にやにやです。八十八人で出発した沖の会員は、その二月号で二二九人になっていましたから、三ヵ月間に一四一人も増えたとになります。その後も号を追うごとに会員は増えて行くのですから、俳壇における能村登四郎先生の作家的信頼は、やはり私が思っていた通り高いものでした。

という訳で、私も俄然作句に身が入り、修行のほうにも一層身が入りました。能村先生は若い作家を求めていました。沢山作って送ってよこしなさい、と言われます。それですぐ特作にも挑戦しました。そして同年四月修行も終って花巻に帰る途中、私は市川市に立ち寄り、弟子として初めて能村先生にご挨拶をしました。折りよく句会もあって、私は能村先生と林翔先生のおそばに坐らせていただき、皆さんにも紹介されました。

これで名実共に沖会員、俳句も初心に帰っての再出発です。修行を終えたこと、沖会員になれたこと、私は二重の喜びを懐に師僧の待つ花巻の寺に帰りました。〝虚しく行きて、満ちて帰る〟とは、弘法大師空海が入唐して恵果阿闍梨に会い、密教正統の奥義一切を伝授され、帰朝した後に洩らされた言葉ですが、まさしく、私も〝虚しく行きて、満ちて帰る〟の思いに満たされていました。

花巻の寺では師僧が八十八歳の高齢で、畠や田んぼも作っていましたから半農半僧の生活です。門前を通る人も誰も知りませんから誰にでも挨拶し、本山（智積院）並みのお勤め、作務をし、畠や田んぼに出ても働きます。檀家のおばあさんから、〝百姓和尚さん〟と言われましたが、それも一向に苦にはなりません。都会生活が長く、すっかり忘れていた田園の中の生活は実に新鮮です。蛙も蛇も郭公も蜂も、流れる雲も、全て俳句になります。雪が降ると雪もまた新鮮でした。

10　支部結成

花巻に住むことになった私は、近着の「沖」六月号を持って柏山照空さんを訪ねました。六月号には、私が京都から出した特別作品十五句も載っていました。照空さんは私の僧侶の先輩であるばかりでなく、俳句文学時代の先輩でもあるのですが、やはり俳句文学に熱が入らず長く欠詠していたのです。

　私は得々として、能村先生と「沖」の素晴らしさを照空さんに語ったことは言うまでもありません。しばらく黙って「沖」に眼を通していた照空さんは、「よし、わたしも沖に入ろう」と言います。この一言、私にとってどんなに嬉しかったか知れません。

　と言うのは、当時岩手から何人か「沖」に投句していたのですが、皆遠くに住んでいて連絡を取って句会を持つことなど出来なかったからです。照空さんの即答で弾みをつけた私は発行所から岩手の会員の住所を教えて貰い、手紙作戦を展開しました。内容は、これから私も岩手に住みつくことになったこと、機会を得てお会いしたいこと、そのうち支部を作りたい、などということでした。この私の情熱は、好意的に受け止められました。しかし、支部を作りたいと言っても、私は花巻に来て数ヵ月しか経っておらず、それはまだまだ先のことだと思っていました。ところが機会は意外と早くやって来たのです。

　能村先生から、八月に大学時代の同級会が青森で開かれるので、その帰途あなたにお会いしたい、というお手紙を頂いたのです。私は岩手から投句している会員たちにも、是非能村先生に会わして上げたいと思い、その旨皆に連絡しました。能村先生においい出いただく。しかもこんなに早く、なんという光栄。私は感激のきわみで、心わくわく、どきどきです。まず寺にお迎えすべく、師僧に話して許可を得、その日を待ちました。

　当日、昭和四十六年八月十八日、花巻駅にお迎えした先生は、まだ大学生の能村研三さんとご一緒でした。研三さんは夏休みを利用して北海道を一人旅し、青森で先生と落ち合われたということでした。私は先生と研三さんを寺にお招きしお茶を差し上げましたが、先生はそのときの印象を同年「沖」十一月号の五百字随想に書いて下さっています。

　その夕べ、近くの温泉で、先生を囲む句会がささやかに開かれました。集まるものわずか五名、それが岩手沖会員の全てでした。夕食会のとき、和気藹々の中、一人だけ無口で不機嫌そうな人がいます。どうしたのか聞いてみますと、中央から来られたあまりにも偉い先生の前で、堅くなってしまい、口から言葉が出て来ない、と言うのでした。そういう純朴な人もいて、先生もはじめ怪訝そうでしたが、すぐ事情を了解されたご様子で、その夜は誰もが満足のうちに眠りにつきました。

翌日、たとえ会員は少なくても支部を結成しようということになり、能村先生のご許可もいただき、ここに小さな支部の結成となりました。そのちょうど十日前に、沖支部第一号の「沖関西支部」が出来ていますから、沖岩手支部は二番目に誕生した支部ということになります。

11　支部通信句会

昭和四十六年八月十九日、沖岩手支部「はやちね句会」を発足させましたが、いざ句会となるとこれがなかなか思うようにはいきません。私の近くに住んでいる人は一人だけ、あとは皆遠くの町や村に住んでいて、泊りがけでないと集まれないのです。

それで私の編集発行でガリ版刷りの通信句会をはじめました。これならどんな遠距離にあってもハンデは乗り越えられます。しかし師僧の手前、いくら好きな俳句といえども、昼間からおおっぴらには出来ませんから、夜になって暇を盗んで三ミリ原紙の枡目をこつこつ鉄筆で埋めていく作業に取りかかりました。編集のほうは一応心得ていますから、やりはじめると、ああもしたい、こうもしたいという夢が膨らんで来ます。集まった句稿を能村先生にも選評していただき、会員同士の互選、合評も活発にやりました。

創刊号をB５判八頁ではじめましたが、号を追うごとに頁数も増えて雑誌の体裁も整っていきます。県内他結社の同人たちとも積極的に交流、寄稿を依頼し、沖同人の諸兄姉にも協力をお願いしました。

そのうち師僧が九十歳の高齢で遷化し、私が住職となり、結婚し、子供も生まれ、私の生活もようやく安定して来ました。会誌を出すことによって会員も徐々に増えて行き、地元紙「岩手日報」文芸欄にも度々取り上げられ、ついでに私の批評眼も買われて、同紙文芸欄の同人誌評などに継続的に登場させていただきました。

岩手は山口青邨の出身地で、俳人と言えば「夏草」会員を指すほどで、「夏草」以外の結社の俳人は数の上であまり相手にされません。そういう「夏草」王国の中で、私は〝沖岩手支部ここにあり〟の気概をこの会誌〝はやちね〟に籠めていました。

支部結成三周年がやって来ました。この頃には、及川茂登子さんや工藤節朗さんも参加していましたから皆で相談し、三日がかりの三周年記念行事を挙行しました。第一部は一泊二日の早池峯山登山。山を下りてまた一泊して第二部の記念俳句大会、これは工藤節朗さんの地元、石川啄木の渋民で行いました。

記念行事の一つに早池峯山登山を加えたのは、能村先生が、かねてから「早池峯山に登りたい……」と洩らされていたからです。計画をお話しますと大層喜ばれ、それで決定となり、皆で張り切って準備を進めました。

ところが出発直前になって能村先生、胃潰瘍のため入院、これが先生の慢性胃潰瘍の最初ではなかったか、と私は思っています。先生の思いがけない入院で、代りに高瀬哲夫、福永耕二、平沢研而の三氏が応援に駆けつけて下さり、三周年記念行事はお蔭様で、他結社からの参加も含めて五十名を超える盛会で大成功でした。

そういう訳で、能村先生との早池峯山登山は、再度後日を期していましたが、それはいまだ果されていません。それはともかく、後で目出たく退院された先生から、

愛弟子と露の山ゆく約破る

の句が送られて来て胸がじいんと熱くなったことでした。

12　能村先生の魅力

編集部から与えられた私のこの稿は、「初心時代の思い出」を中心に、ということでしたので、そのように稿を進めて来ましたが、もう最終回です。

それで、これも初心時代に感じた能村登四郎先生の人間的魅力について、少しだけ書いておきます。

私は何よりも能村先生を一人のすぐれた俳句作家として尊敬し、その門下に入り、その選をいただくことに無上の喜びを感じておりました。それが次第に、先生の作家以前の人間性にも魅せられて行ったのです。

前に、岩手支部結成の前夜、近くの温泉に泊り、ささ

やかな句会を開いたことを書きましたが、その夜の宿泊費に見合うお包みを、先生は、「これを使って下さい」と差し出されるのです。門下の私たちが持つのが当然でしたので、「いえ、先生、それは」とご遠慮申し上げたのですが、先生は、どうしてもと言われますので恐縮して頂戴しました。

　またあるとき、これも旅の帰途の先生が、花巻温泉に泊られると言うので、柏山照空さんと二人でご挨拶に上がりました。お話しているうちに夕食の膳が運ばれて来ます。それであまり長くお邪魔してはと思い、腰を浮かせますと、「もう少しいいでしょう。そうだ、あなた方も一緒に食べて行きなさい」と言われ、女中さんを呼んで注文されました。この旅館は天皇陛下も泊られた高級旅館です。さすがに美味の夕食でした。私はこの勘定を照空さんと二人で持つつもりでしたが、先生は、「そんな心配は要りません。私が明日一緒に支払います」と言われます。結局二人で先生にご馳走になってしまい、恐縮しながらも師のあたたかさに触れ心満ちて帰りました。

　他の時でも先生は旅館代など「これ使って下さい」と必ず差し出されました。これは私が住職にならない時は勿論でしたが、なってからも度々つづきました。先生の江戸っ子の気前のよさもあったでしょうが、もう一つ、弟子にあまり迷惑をかけないで、俳句活動をやらせたかったからに違いありません。そういう先生の誠実さ、思いやりに対し、私の先生に対する尊敬の念は深まって行くばかりでした。

　岩手支部の通信句会は、創刊から四年後、私の胃潰瘍による入院や公私の仕事の多忙さから休刊の已むなきに至りました。そうすると現金なもので、潮が引くように会員が少なくなって行きました。それでも先生の魅力で集まった人たちは残り、それで昭和五十八年には「沖第十二回花巻勉強会」を開き、昭和六十一年には先生の句碑を建立しました。

　その後また会員が徐々に増えはじめ、その機動力で、平成二年に「沖第二十回平泉勉強会」を成功させました。

　以上で私の「初心時代の思い出」は終ります。書き落したことも沢山あります。少し黴が生えましたが、私は今でも初心であることに変りはなく、能村登四郎門下であることに喜びを感じています。

〈初出〉「沖」平成6年4月～平成7年3月

二章　能村登四郎・能村研三俳句鑑賞

能村登四郎第四句集『民話』鑑賞

私は「沖」が創刊されて間もなく登四郎門を敲いたが、不肖の弟子で、師の作品をどこまで理解しているかと問われると全く自信がない。「伝統の流れの端に立って」を読んで感ずる限りでは、『咀嚼音』も『合掌部落』も『枯野の沖』も、日本人としての一個人の良心と、それを取りまく日本的なものの美の執拗な追究が、厳しく基底に据えられていたことが理解できる。そうだとすれば、今度の『民話』の世界にも必ずそれと同じ姿勢なり追究が見られるであろう。少し偏狭になるが、私のこの貧しい言葉を駆っての『民話』鑑賞は、もっぱら著者登四郎先生が、この句集の中で何をどのように詠い、何を語っているかを手探ることにし、あわよくば、その豊潤さをひそかに自分の工房に導入しようというのが狙いである。

後記に登四郎先生は、〈『民話』は『枯野の沖』につぐ私の第四句集である。昭和四十四年一月より四十七年二月までの約三年余の期間に作られた作品から、四百四十句を収録した。この間に私は主宰誌「沖」を創刊しているので、私にとっては生涯忘れがたい時代の句集ということになる。「民話」という題は、「蘆の絮飛び一つの民話ほろびかね」という句もあるが他にも民話風の句が多いのでつけた。〉と記しておられる。

「他にも民話風の句が多いのでつけた」とあるから、まず最初にその民話風の句を尋ねてみたい。案外そんなところにも、この句集の一つの姿勢なり追究の方法なりが見られるかも知れない。

罠を見て落莫枯野引き返す
一月の音にはたらく青箒
鋤鍬のはらから睦ぶ雪夜にて
蘆の絮飛び一つの民話ほろびかね
古藁塚《にほ》よ怒りて春の鬼となれ
春来るとことぶれ神も藁の色

〈罠を見て〉の句、「落莫」とは正に罠を仕掛けた人の心境であり、都会人の作者にしてこの洞察は鋭い。〈一月〉の句は、座敷わらしでも念頭においているのであろうか。幻想的で不思議なレアリティがある。〈鋤鍬〉の句はなんとも心ほのぼのと温かい。この温かさは作者の心の温かさなのだ。〈蘆の絮〉の句は「民話」という言葉を概念的にではなく能動的に把え、高度な詩的空間を形づくっている。〈古藁塚よ〉の句は宮沢賢治の「春と修羅」を連想させたりするが、また能における静と動の美的構成にも一脈通じているように思える。静から動へのこの激しい躍動は作者一流の美意識であり、それを俳句において見事に結晶させている。句集『民話』収中の傑作の一つに数えられよう。〈春来ると〉の句は、雪国早春ののどかさが相応しい。「神も藁の色」と把えるあたり、作者の内的豊穣さと詩精神の瑞々しさに裏打ちされた一句である。他にもまだあるが、後に触れることにしたい。

ただこれらの句を通して総体的に言えることは何か。自然のまま在るように在る生活や、汚れなきもの、土の香りのするもの、つまり淳朴なるものへの同化、憧憬、亡びゆくものへの哀感だと言えないか。と言って、それは決して感傷的にではなく、逆に極めて健康的な形において詠われている。これは自然児登四郎の積極的な作家精神によるものであろう。

ではここから制作年代順に各章より数句ずつ取り上げて鑑賞を進めて行きたい。

昭和四十四年

みごもりの睡り寧かれ枇杷の花　〈麗日〉

透くごとき麗日の中孫と逢ふ

〈麗日〉の作品は身辺雑唱という風のものである。作者登四郎先生は教師であるが、ここには自らを教師として限定している何ものもなく、平凡な市井人としての感慨である。愛娘との交歓、孫誕生の喜びが流麗なタッチで描かれ、作者の温かい人間性を窺うのに恰好の作品となっている。

忘春のこころ飴煮のうぐひにも　〈飛驒惜春〉

花捧ぐ朴多ければ谿くもる

かつて作者は人間個の問題を広く社会的な視野に発展させる《合掌部落》というテーマのもとに飛驒白川村に

旅しているが、今回の作品には合掌部落のような姿勢はない。あるがままの生活を新鮮な旅の心で把えている。しかし自然を凝視する心は少し趣を異にし、持ちまえの敏感なる句作の翼を自在に飛翔させている。

一隅のくらき香りのころもがへ　〈青檜原〉
こまかなる光を連れて墓詣
どこからとなく声のあつまる夕凪時

作者の詩的触角は、たえず日常生活の意識の身めぐりにある無体なるもの、微妙なるものへと向けられている。この無体なるもの、微妙なるものは、つねに意志的に手探り身に引きつけておかなければ、指の間からこぼれ落ちる砂のように、時間的空間の中にはかなく消えてしまう。そのはかなきものの中に、自己のうちにあるあらゆる姿を投影させ、現生のこの身を最大限に確認しようという姿勢が認められる。

櫟生の冬日を知るも歔欷のあと　〈冬の悼歌〉
襞のふかみで考へてゐる夜の胡桃

作者登四郎先生は、感情を滅多に表面に出さない方だが、他人の幸、不幸に対しては、極めて敏感に反応される。「己を見るものは仏を見る」という法語があるが、自己に厳しいからであろう。右は石田波郷の急逝を慟哭しての句だが、〝歔欷〟という硬い熟語がそれほど不自然にひびかないのは、その卓抜した表現力にもよるだろうが、誠実な人柄によるところも大きい。後句は作者しばしば用いるところの擬人法である。夜のしじまに手足なき胡桃の、一人己れの襞の深みで黙考するものは何か。波郷生前にまつわるくさぐさの思い出か、はたまた俳句の在り方の来し方行末か。

昭和四十五年

灯ともして雪よりも灯の融けやすし　〈父寂ぶ〉
田にすこしの潤ひ出でて一の午

「人間が凝視した自然というものは山川でも花や虫でも必ずふかい息づかいが感じられる。しかし人間のこころを通さない風景俳句は絵はがき俳句に過ぎない」と作者は「伝統の流れの端に立って」に書くが、これらの句は正しくそれを地で行った作品と言えよう。

雪を来て神将よりも邪鬼見たし　〈愛染〉

登四郎先生はよくよく邪鬼や悪霊といったものに興味をお持ちのようだ。この邪鬼は奈良戒壇院の四天王の中の増長天の邪鬼なそうだが、他の〈冬漣〉の章にも、「身の邪鬼の息づまるまで着膨れし」という句がある。つまりは邪悪の化身というよりも、迷えるもの、罪多きものへ向けるいたわりの真情。登四郎俳句の一面にあらわれる罪の意識の、これは人間信頼の形で現わされた一句である。

さくらと松濡れゐる時は睦むごと　〈愛染〉

この章に来ると『民話』収中の圧巻の感がある。「地の冷えをあつめ一樹の桜濃し」「澄み切つて花冷えの瞳の怯えがち」「馥郁と時通り過ぐ花の隙」「暗がりに入りたがる婆桜どき」「初蝶の空よりもまだ地を慕ふ」「蛞蝓ゆく先ざきを明らめて」等々。写生プラス透徹した心理の投影、いずれも清冽な抒情のひびきを宿して流露されている。蛇足ながら、「沖」の今後の方向はこの本流をさぐることによって開けるのではないかとさえ思えてくる。

白桃をすするや時も豊満に　〈豊満の時〉
汗の肌より汗噴きて退路なし

「沖」創刊という添え書がある。創刊前夜までの陣痛にも似た産みの苦しみ。いまインクの香りも新しく製本成った一冊を机上に置く。白桃をすする。熟れて爽やかな夏の匂い。草も木も野も石も、すべて豊満の闇に包まれる。かくて俳誌「沖」は誕生した。もう不退転である。前句の詩性、後句の決意、淡々と叙して密度が濃い。

枯山に僧ゐて枯るる香がのぼる　〈冬漣〉

枯山の一角に古びた堂宇あって、そこに住む脱俗の僧。坐禅、読経、時には鍋墨を削ってつつましい炊煙を立てているかも知れぬ。

「枯るる香がのぼる」これはそうした僧への心の交流を通した直観的イメージの肉づけだ。フィクションの気配濃厚だが、林翔先生言うところのイメージの造型に入る句であろう。

おぼろ夜の霊のごとくに薄着して　〈民話〉
老いそめて霞のいろの父の声

両句とも心象の投影がある。原裕氏は「能村登四郎俳句における創造力」（沖四十七年三月号）で、「ここにうたわれているのは活動する人間ではなく、影絵の世界であり、人の生きみの魂の世界である。齢が達すると、いやでも見えてしまうものを作者はじっと見つめている」と書いているが、私も同感である。これも林翔先生流に言えば虚実皮膜の作品ということになろう。

山ふかく咲くかたくりの息きこゆ　〈出雲岬〉

早春の淡い陽光を受けて、山ふかくひっそりと咲き乱れるかたくりの花。楚々として端麗、互いに思いつめ語りかけているようなその風情。ここにおとぎの国の小人たちでもひそませれば正にメルヘンの世界ができ上がる。山ぐにの子供たちは、これを茎ながら摘んで来て風船のように膨らましたものだ。「息きこゆ」という思い入れがあるが、収中珍しい写生の句である。

しじみ蝶ふたつ先ゆく子の霊か〈死者の山水〉
秋風に石積む父情おろかとも

下北恐山を尋ねての句で、（われに早世の二児あれば）の添え書がある。「一樹なき死者の山より道をしへ」「日の中に澄気一条死者くる山」「秋声のその奥死者の声もあらむ」「冥《めい》のあかるさは秋の明るさ白渚」等と共に十句の中に収める句だが、秋風に積む賽の河原の小石は幼くして逝った二児への手向け、霊よ安かれと祈る父情の切々たる思いがある。

兀と大き冬山の根の由布の町　〈冬の阿蘇〉

九重高原での作である。「青竹を磨いて阿蘇の冬構」「また長き阿蘇の冬見む北の窓」「冬に入るしづけさ阿蘇の痩土も」の句を前に連ねるが、これらは軽いスケッチ風に納まって本来の詩的飛翔が見られない。上掲の句はその中でも景を把える昂りが感じられ、それが一句の迫力となって詠み了せられている。

昭和四十七年

寒月のうしろに射すを耳が知る　〈藁の神〉
冬海に尾鰭ほしがる流木たち

登四郎俳句にあって珍しく硬質の乾いた抒情である。意識の深層にひそむ言葉にならないかなしび、現代人のもつ孤独の翳りである。潤滑な抒情の多面性の一面にこの抒情のあることを私は喜ぶ。危機を詠うばかりが現代俳句ではないが、また現代の危機意識に眼を蔽った俳句ばかりが現代俳句では片手落ちである。「耳が知る」「尾鰭ほしがる」のこのかなしい美しさを見よう。

寒泳の身よりも黒眸濡れてくる　〈父の畦〉
あたたかく藁が饐《す》ゑゐる父の畦

この寒泳から戻って来る若い肉体は吾子か教え子か。それはどちらでもよい。一句の語るものは生々とした若さへの羨望、言葉にはならぬ讃嘆のようなものである。寸分の隙もないこの生々とした表現力、健康な肉体の動作を「黒瞳」に象徴して他は一切省略する。ここに登四郎俳句における表現力の秘密をみる。後句は父への懐旧の情が、作者の美意識を通して温かく語られている。

以上終章まで駈け足で鑑賞してきたが、どうもしっくりしない。途中で大変な落し物をしてしまったようだ。最初、作者登四郎先生が、何をどのように詠い、何を語っているか、を探ることを目標にこの美しい句集『民話』の鑑賞に出発したのだったが、それがどうも体を成さないで終ってしまった。ただこれを書くことによって私の内部に、句集のもつ豊潤な果汁の何滴かをひそかに導入することはできた。それを感謝したい。

〈初出〉「沖」昭和48年3月

能村登四郎第五句集

『幻山水』山の句鑑賞

愛弟子と露の山ゆく約破る

この句は昭和四十七年「沖」十一月号に発表されている。それより少し前にこの句は登四郎先生からの私信に添えられて私のところに到着している。先生が遠野に来られたとき、ぜひ秋の早池峯《はやちね》山に登りたい、と漏らされていたので、私はひそかにその準備を進めていたのだが、その時期になって先生は胃潰瘍での入院のため来られなくなってしまった。右の句はそのお詫びの文に添えられて届いたのである。

「愛弟子」というこの手離しの信頼と優しさの籠められた晴れやかな褒め言葉を、不肖の弟子はとても面映ゆい思いがして、それを私一人に向けられたものとしては受け取っていない。活字になったのを見ていよいよそれが個人的な挨拶から離れ一句堂々と独立していることも理解した。と同時に私はいまさらのように能村登四郎という作家の優しさ、得体の知れない大きさに驚いた。日常身辺の出来事が即作品化されて実にさりげないのである。「どうも俳句作家というのは油断できんな……」それ以来、そんなつぶやきが私の口のまわりに棲みつくようになっている。勿論それは褒められた時のテレを隠すためのものであるが……。

それはともかく、私は登四郎作品の魅力は右の句に見られるような「さりげなさ」にあるのではないか、という思いを深めている。

『幻山水』収録句数四百四十六句のうち、山にかかわって詠ったと思われる句を七十句ほど抄出してみたが、そのいずれも旅にいて旅に構えるという気負いはなく、あくまでも日常生活のさりげない延長線上で捉えられている。

明るさに径うすれゆく芽吹山

山ふかき六月滝の力みる

青谿の底に憩ふや齢かげり

杉山にまじりしゆゑの遅紅葉

秋となる力もどして杉檜山

これらの句はいずれも冷静な自然への観入から生れたものだが、総じてなんと優しくふんわりと、さりげない様相でそこに自立していることか。それはまた、

芽吹く痒さ六角牛山《ろくこうし》笑ひけり
冬没日鞍部《たわ》にとどめて二上山
杉の間にさくらしらじら北信濃

などの固有名詞を用いた句についても同等である。この優しさ、さりげなさは、剛気直情といった表現上の激しさを伴わないかわりに、澄んで静かな奥深い心の広がりを見せている。明鏡止水とはこういう境地を言うのだろう。作者の実体験としての自然は、つねにこの明鏡の中で捨象されているようだ。そして出来上がった作品には必ずといっていいほど、そこはかとない人生観が揺曳されている。淋しいけれども優しく、厳しいけれどもあたたかく、それが自然に、十分に自然に詠われているところに登四郎作品の魅力がある。

『幻山水』一巻を読んで、私はそのように納得した。

〈初出〉「沖」昭和51年4月

能村登四郎第七句集『冬の音楽』無色の句鑑賞

朝寝てふよきものありし朝寝する

この句をはじめて「沖」誌上で読んだとき、私はこの自愛の感懐を何よりもまず作者登四郎先生のために喜んだ。「四十年勤続の職なりし」と前書を付した、〈冬いちばん寒き日ならむ職を辞す〉という句がこれより少し前のほうにある。先生はずい分長い間高校の教師をつとめられたのである。このときすでに六十歳の峠を越しておられた。「沖」は創刊以来順調に発展して一年後に十周年を迎えるまでに成長していたが、ここまで来るのに先生には人知れぬご苦労をされたに違いなかった。加えて勤め先の激務もあって胃潰瘍を患い、これに奥様のご病気が重なった。〈ただ寒きばかりに過ぎて今昔《いまむかし》〉〈湯ざめして何かと儚《はかな》ごとばかり〉の句が『冬の音楽』の冒頭に収められている。そのように、まだどこかに暗澹とした心象が尾を曳いていた。

それが勤続四十年にして、ようやく自由の身になられたのである。〈朝寝てふよきものありし朝寝する〉という感懐は、勤め人の日曜日のそれではない。人生の長い道のりを来てやっと掌中にした珠のような朝寝なのである。今こそ許されるその朝寝を、どうぞ心ゆくまで楽しんで下さい。だから私は、この一句を前にして、しんじつそのように思ったものだ。

ところで、編集部からの依頼は、この句集『冬の音楽』より「無色」の句を取り出して鑑賞するように、ということであった。それでまず上掲の句を取り上げたのだが、無色の句は一体『冬の音楽』においてどのような位相を示すものなのだろうか。

そのいちいちについて、いまここでつまびらかにすることは出来ないけれども、大雑把にこのようには言える。他の句のように白や紅の色彩をもつ句は多く視覚から捉えた、形のある「もの」であるのに対し、無色の句は日常坐臥の中から、ふっと心に浮かんだ感懐を、そのまま言葉の網目で掬い取った、という感じで、多くは無形の「こと」の中にある。「こと」俳句というのはややもすると、観念、通俗、ただごとのパターンに流れやすいのだが、登四郎俳句にはどの句にも不思議な深さと、波のようなたゆたいがある。

沼空の日を発想の稿なりし

無色、無形の作品が、こんなにもきらきらと豊かな広がりを見せる。迢空は釈迢空、またの名を折口信夫。歌人、国文学者、民俗学者、昭和二十八年九月三日に没せられた。この句のもつイメージの広がりは、「迢空の忌」ではなく、「迢空の日」としたところから来るのだろう。そのほうがいかにもこの幅広い業績の人には相応しい。「発想」という思い切った表現もそれに呼応してよくひびく。

先の朝寝の句以後、どこか伸びやかで明るい。どうやら登四郎先生の精神は、いま新しい老境の青春の中にいられるようである。

〈初出〉「沖」昭和56年12月

能村登四郎第八句集『天上華』ただいま少し自受法楽
――能村登四郎の世界

朴ちりし後妻が咲く天上華

能村登四郎の第八句集『天上華』の集名は右の句に拠っている。素晴しい集名である。この一句には長年連れ添った妻への感謝、敬愛、いつくしみの情が籠められ、作者自身も朴の木と一体となりそこに立っているようである。夫人は昭和五十八年七月二十八日、享年六十四でこの世を去った。

ここにこの一句に寄せる林翔の簡潔な一文がある。《樹頭高く咲いていた朴が散った後、黙したままに逝ってしまった妻は、朴よりももっと高く、天上の華として咲き、ほほえんでいるであろうと、そう思わずにはいられない作者の心に搏たれる。句集名はこの句から採られたが、やはり集中白眉の句と言えよう。登四郎をして今日あらしめたひろ子夫人の内助の功は大きい。しかも物静かな、控え目の人だった。神のしろしめす天上に咲くひろ子華は大きく豊かで、そして純白で清楚な花であるに違いない。》（「沖」60年3月号）

わずか五七五の一句によってこのように荘厳される死もまた至福というべきであろう。そのように詠い止める作家の精神もまた清く美しい。この一句には最近の登四郎俳句が指向してきた一つの到達点の鮮やかな典型が見られる。

登四郎は昭和二十九年に第一句集『咀嚼音』を出し、三十二年に第二句集『合掌部落』を出した。それから十余年間をおいて第三句集『枯野の沖』を出すが、以後三年間隔で『民話』『幻山水』『有為の山』『冬の音楽』を出し、今回の『天上華』に至っている。

いまここに数句ずつを抽いて、少しくこれまでの句集に当って見ることにしよう。第一句集『咀嚼音』では、

長靴に腰埋め野分の老教師
よき教師たりや星透く鰯雲
子にみやげなき秋の夜の肩ぐるま

などの句に代表される、いわゆる教師俳句、日常身辺からの生活俳句に徹した。第二句集『合掌部落』では、

風まぎる萩ほつほつと御母衣《みぼろ》村
白川村夕霧すでに湖底めく
暁紅に露の藁屋根合掌す

など、第一句集で終始した人間個の問題を、広く社会的な視野に発展させるべく、それを日本の風土の中から探り出すことにつとめた。

第三句集『枯野の沖』以後は、日常身辺の諷詠や旅行吟の基盤の上に、虚実を綯いまぜたイメージ俳句の追究となり、やがてそこから心象や幻想といった不可視の世界を覗いていくようになる。

火を焚くや枯野の沖を誰か過ぐ　『枯野の沖』
おぼろ夜の霊のごとくに薄着して　『民話』
露微塵冥《よみ》から父の平手打ち　『幻山水』
藤浪のゆらぎがかくす有為の山　『有為の山』

飛びぎはの飛沫も見せて瑠璃揚羽　『冬の音楽』

薄目せる山も混りて山眠る　『天上華』

ここには各句集より一句ずつを抽くにとどめるが、これらの世界は肉眼のみで見えてくる世界ではない。見たものを見たままではなく、対象をひとたび意識のうちに沈め、思念を凝らし辛抱づよく、ものの光の見えてくるのを待つ方法である。ものの光が先に見えて、それが意識にひそむ景や情を照射する場合だってもちろんある訳だが、一句生成の根は同じである。

こういう方法はひとり登四郎のみがよくするところではないが、登四郎俳句が登四郎俳句らしいカラーを纏うのは、それがあくまでも自己の内面から発想しているところにある。自己の内面は誰も覗くことは出来ない。求めて作者自身にのみ適う世界である。

登四郎俳句の世界はどちらかと言うと、どろどろして隠微な世界だが、登四郎はこれを執拗に追究する。追究してこれを美意識の中で濾過する。現前するものは、やはりいままで誰も見たことのない、作者独自の美の世界である。冒頭掲上の一句もそのような方法で成った。彼の一句は悲しみを内に沈めて透明に、気品に満ちて立っている。それゆえに私はこれを、最近の登四郎俳句の指向する一つの到達、その典型の一句と見るのである。

しかし一所不在の作家である登四郎は一つの典型が出来上がると、それを基盤にしながらも、いつまでもそこに立ち止まってはいない。『咀嚼音』から『合掌部落』『枯野の沖』へと著しい発展を見せたが、その後も句集を重ねるごとに微妙な変化を見せて来た。そして第八句集に到ってまた一つの変化が現われている。登四郎は今年七十四歳、病弱ということもあって人生の持ち時間をしきりに気にし出しているが、そういう年齢の持ち時間を通して見なければついに見えて来ないかも知れない世界を、いままた新しく展開しはじめている。そのことは「沖」六十年三月号の、上田五千石、鈴木鷹夫、北村仁子による鼎談によっても明らかにされている。もしかして本誌によるこの特集においても、そのことに誰か触れてくれるかも知れない。私も紙幅があれば後で少し触れるつもりだが、いまは登四郎の八冊の句集を通読して、関心事はもっぱら別のところにあるので、しばらくそのことにかかずらっていきたい。

これは誰にでもあることだが、登四郎にも特別に好む季語と、季語以外の名詞二、三がある。季語のほうは露・さくら・菊・葛・朴・牡丹・紅葉・梅・曼珠沙華・朧・綿虫・鳰などだが、季語以外の名詞に、血・男・僧というのがある。季語のほうは雪月花に代表される四時の好景が日本人の伝統的な美意識になっているから、これはいくら多くても驚くには足らない。面白いのは血・男・僧の語を好んで用いるところにある。

八冊の句集からざっと拾って、血の句が二十五句、男の句が三十八句、僧の句が二十句。これはほかの季語などから比べたら決して多い数ではない。だがやはり目立つ。目立つゆえに、これは作家登四郎の精神風土の在りようにどういうかかわりを持つものなのか、という興味にかられる。

白地着て血のみを潔く子に遺す　『咀嚼音』
汗ばみて加賀強情の血ありけり　『合掌部落』
踏み込んで血がせめぎあふ曼珠沙華　『枯野の沖』
血をすこし薄めんと出づ夜の朧　『幻山水』
血はすでに覚めての朝寝つづけけり　『有為の山』
もはや血は戻らざれども蛭殺す　『冬の音楽』
蓬萊や能登びとの血もすこし継ぎ　『天上華』

七句を引用するにとどめるが、ここに登場する血は怪我などによって外に噴き出す血ではなく、あくまでも内にあって騒ぐ血であり、冷える血であり、血縁、血族の血である。男なら誰でも（いや女でも）こういう血の意識は持っているものだ。しかし言えばそれは恥部のようなもので、あまり正面きって外目には触れさせたくないものである。登四郎はこれを極めて自然に出している。〈加賀強情の血〉と詠うように、登四郎の血はやはり相当騒ぐ血のようだ。

朱走りて男の芽なる独楽芽吹く　『枯野の沖』
雪の旅より男の匂ひ濃くもどる　『民話』
男の眼ひとまばたきに綿虫消す　『幻山水』
夢いくつ見て男死ぬゐのこぐさ　『有為の山』
男の怒りかく美しき佞武多かな　『冬の音楽』
牡丹焚く男姿も絵になりて　『天上華』

ここでの男は作者自身であったり、男一般であったりしている。登四郎はいつか何かで、歌舞伎の女形のああいう美しさは、とても本当の女では出せない、というようなことを言っていられた。虚実の虚の美しさを言ったものだが、ここでは実のほうを讃美している。男のロマンも、男の匂うような色気も美しい。能や歌舞伎に精通する登四郎の審美限はこういうところにも隠しようもなく現われる。

しづかな熱気寒行後の僧匂ふ　『枯野の沖』
枯山に僧ゐて枯るる香がのぼる　『民話』
青滝や来世があらば僧として　『〃』
脛さむき托鉢僧と同舟す　『幻山水』
僧形を恋ふもきさらぎ初めごろ　『有為の山』
僧のゐる間ぢゅう鳰落ついて　『冬の音楽』
逃げ水に逃げられて逢ふ美僧かな　『天上華』

登四郎には「托鉢僧になりたい」（花鎮め）という一文がある。求道と清浄への憬れを書いたもので、これらの句の出来る背景を伝えている。先の「血」の句と、この「僧」の句は両極端ながら、どこかで底通してはいないか。一方は現実の生活や生きざまの中で限りなくどろどろし、一方はあくまでも澄む。その両方に揺れうごく誠実な作家の精神。登四郎の美学は、古典文学や歌舞伎や能楽や絵画など、幅広い教養によって裏打ちされているが、それだけでは作り手としての資格にはならない。登四郎俳句は本然に疼くこの生き身の血と、その救済としての僧の澄みへの憧憬を大きく振幅しながら、そこに持てる教養が付加されて花開いているのではないか。それだから自然を詠っても必ず人間が顔を出す。登四郎のすぐれた抒情作家たる所以はそこにあるように思う。

＊

以下『天上華』に限って見ていきたい。先に私は、登四郎にはまた新しい世界が展開しはじめている、と書いた。確かにいままでにない新たな境地が開けている。その境地を私はあらかじめ、密教でいう大日如来の「自受法楽」になぞらえ、登四郎俳句の自受法楽と言っておきたい。宇宙の実相を仏格化した大日如来は、自らのさとりの境界を自ら楽しみ味わうと言う。一輪のたんぽぽが咲くのも宇宙の実相だから、大日如来は一輪のたんぽぽにも自受法楽する。人間が俳句を作って莞爾としているのも大日如来にとって自受法楽に違いない。大日如来が自受法楽なら、作者が俳句を作って莞爾としているのも一つの自受法楽だと言っていいのではないか。ただしその場合一つの境地がほしい。他を意識しない自分だけの自在境、これは誰のものでもない自分だけの世界だという境地、そしてそこには酸素が十分にあって、つねに積極的に伸び伸びと活動している状態が望ましい。そういう境地から作り出された俳句なら、たとえ自分だけの自在境と言ってもそこには十分に普遍性が宿る。少し性急ながら、そういう意味で私は比喩的にいま登四郎俳句は一つの自受法楽にある、と言っておきたい。

作品に即して行こう。この句集には悲しみの状況があって悲しみの句も多くある。

明け易く明けて水原先生なし
一雁の列をそれたる羽音かな

著者の俳句の四十年来の恩師である水原秋櫻子は昭和五十六年の夏に他界された。前句はその切ない悲しみと空虚感を伝えて惻々と胸を打つものがある。後句には〝四十年学びし「馬酔木」を辞す〟という前書がある。登四郎は昭和四十五年に俳誌「沖」を創刊しこの時十一年、すでに押しも押されもせぬ一結社誌に成長していた。しかし師恩を重んじ馬酔木同人に籍をおいていたが、秋櫻子の百日祭を待ってこれを辞退した。だからこの句には、自分の俳句と俳誌の完全独歩の決意と、師恩と長年一緒にやって来た仲間たちへの惜別の情が籠められている。

花合歓の醒むる刻さへ妻醒めず
睡りより死へと涼気のながれゐて
一度だけの妻の世終る露の中
露に焼く妻の香の櫛・牡丹刷毛
螢飼ふを忌む喪ごころにあらねども

妻の死については三十句以上もあり、「天上華」という小題がそのまま集名となっているだけあって、この章はやはり集中の圧巻である。一句一句悲しみを内に沈めてそれぞれ読ませる。すぐれた一篇の小説を読むような趣きがあった。

すこしくは霞を吸つて生きてをり
鶴守になりたきこころ嘘ならず
初蝶を前の世に見しおもひあり
負け独楽のよき負けぶりに習はむか
三分写真湯ざめの顔に写りけり

この俳諧性、登四郎は、俳句は自分が詠いたいように詠うのが一番いい、と言っているが、これらの句は他者を意識せず、ほんとうに詠みたいように詠んでいる。肩の力を抜いて一歩退ってにやりと笑う、という感じで一種の余裕であろう。こういう風姿はいままであまり見られなかった。新しい境地である。

薄なさけとは花冷えの長きこと
着替へして祭に出づるふたごころ
京の人来て花冷えもその日から
気に入りの春服を出す心当て
浮巣見しこと何となくかくしをり

こちらは何やら艶っぽい。背後に異性の匂いさえただよう。ただし虚実一体の境地ゆえにまともに受け止めると、どこかでどんでんがえしを食わされそうな気配。こういう色気が匂うところに登四郎俳句の涸れない魅力がある。

春の寺より山裏の寺へかな
くもり空より咲きいでて濃きさくら
口辺のまだこはばりて山笑ふ
日が顔を顰めるほどにさくら咲き
あきらかに二段霞や初かすみ

写生であって写生を越え、写実であって写実を越え、季語のもつ美意識とその季節のその状況を十分に描き出している。この創造とこの歓喜、正に自受法楽の荘厳世界に相応しい。

松のことは松にと春の霜の松
今にして切字にまよふ風鶴忌

芭蕉は、松のことは松に習へ、竹のことは竹に習へ、と教え、風鶴山房石田波郷は〈霜柱俳句は切字響きけり〉と教えた。風雅の誠を責めるもの、私意を離れ、初心を忘れず、三尺の童の眼を持つこと。ただし「習うといふは、物に入りてその微の顕れて情感ずるや、句と成る所なり」(赤冊子)とある。切字〝かな〟は、登四郎は過去においてあまり使わなかった。しかし『天上華』ではかなり多くなって来ている。両句ともいわゆるもじりだが、このすぐれた作家はつねに前進のための反省を怠らない。

産声の午下りよりじわりと春

男多く逝きしこの冬妙にぬくし

生誕と死、どちらも微妙に推移するある季節の時間を捉えている。「じわりと」「妙に」というこの措辞、いかにもこの作者らしい粘着性だが、そう言われてみればいかにもそのような状況が見えて来る。

校庭のまん中乾き春やすみ

つつかけで出て早春の桃畠

校庭のまんなかの乾きは、まだ周りに雪があることを暗示し、早春の桃畠は、桃の蕾がふくらみはじめていることを暗示する。つまりもう一つの実態が句の裏に隠されている。景を詠ってこういう句がまだ他に沢山ある。

冬麗や老麗の語もありてよき

炬燵して老艶の書に深入りす

そういう言葉があったら困ると思って、手許の辞典を二三調べたが、〝老齢〟という言葉はあっても〝老麗〟という言葉はついに見つからなかった。いったいどこからこういう発想が浮かぶのだろう。登四郎門の末席に連らなる者としては、師があまり老境意識を詠うのは読んでいて辛いが、こういう老境意識なら大いに歓迎する。

生老病死も言ってみれば一つの定型であり、このことだけの泣きごとではどうにもならない。孤独に耐え、それを明るさに転換するには余程の勇気が要るのであろう。

登四郎はしかし孤独を逆手にとって孤独と遊んでいる。その遊びの中でいろんなものが見えている。その境地こそ自受法楽というのに相応しい。しかしこの自受法楽いま始まったばかり。これからまだまだ時間を広げていただきたい。

〈初出〉「俳句」昭和60年5月

能村登四郎第十一句集『長嘯』考　ありあまる時間の中に

ありあまる時間の中に浮巣見る

この句は『長嘯』のはじめのほうに収められている。「浮巣」は登四郎先生の好まれる季語の一つ。私の興味は「ありあまる時間の中に」と捉えるその〝眼〟の在りよう。この〝時間〟は、たまたま掌中にした、一日の中の何ものにも束縛されない自由の時間、という風でありながら、もっと広く深い人生的な時間、という風にもオーバーラップして受け取れる。一句の背後には年齢が意識されていよう。今在る時間と、これから在る時間。これから在る時間は年齢という人生の持ち時間に限定されている。それを免れ難い事実として受け入れ、今在る〝いのち〟をそこにゆったりと在らしめる。そこから見えて来る、まばゆいばかりの時間、それが「ありあまる時間」だ、という風に受け取れる。

登四郎先生は人間肯定派だと思う。美醜、老若、生死、それをあるがままに見据えようとする。そこには偏見がない。偏見がないから、それが自身に向けられるときであっても、あるがままであることに何の躊躇もない。

生身魂とは人ごとでなかりしよ

自ら「生身魂」の立場に立つ人から「人ごとでなかりしよ」と言われれば、確かにそのようだ、と思う。けれどもなぜかおかしい。大真面目にそう言われるのだから、もちろんそこに〝哀れ〟は感じるのだが、そのあと微笑を誘われるのはなぜであろう。それは作者が〝哀れ〟を突き抜けて笑っていられるからだ。胃カメラを呑んだときの、あの苦痛を他人に語るのに似ていて、語るほうも聞くほうもどこかおかしい。おかしいけれども、やはり痛みは十分に伝わって来る。

雑炊に舌打ちしたるさびしさよ
鳥食《とりばみ》に似てひとりなる夜食かな
深川や春の別れの刹身飯

先の「生身魂」の句も、背後にあるのは〝食〟であるが、『長嘯』には意外と〝食べもの〟に関する句が多く、それが『長嘯』の一つの特徴にさえなっている。かつて〈敵手と食ふ血の厚肉と黒葡萄〉と詠った健啖さは影をひそめ、食を通して老いの孤独を嘆ずる句も多い。逆に食を通して身の若やぎ、生の充実を喜ぶ句も多い。食は身の養生だが、心の養生でもあろう。飲食に対する興味と嗜好は登四郎先生の自愛にもつながっている。

腹出でしことなく老いて夏終る
この顔のほか顔もたず冬鏡
臍といふ哲人のゐる除夜の湯に
老裸身にも月光の痛かりし
真裸の痩せてゐるだけ耶蘇に似て

肉体を詠った句も多く目につく。そしてやはりどの句も笑いを誘う。齢八十歳を前後して、このように自己の肉体を詠える余裕、このあたり人間派登四郎先生の面目躍如といったところだ。

狗子草長寿への道もぞもぞす

えのころぐさは別称猫じゃらし。「もぞもぞ」は広辞苑に、虫がうごめくさま、虫のようにうごいて落ちつかぬさま、とある。連想としては、どこかこそばゆい感じだ。長寿への一種の含羞だとしても、この長寿の心ばえ、お見ごと、と言うしかない。

陶枕やまぎらふものに死と睡り
夏掛けや死のかけものもこの程度

ある年齢に達するといやでも見えて来る死という現実。それが今日なのか、明日なのか。或いはまだまだ何年も先のことなのか、誰にも分らない。けれどもはっきり見えるその日の到来の姿。それが「睡り」であり、「かけもの」であろう。この二句にはそう切羽詰った深刻さはなく、どこか従容としているところが救いである。

二三夜は義理寝の菊の枕かな

閨秀にかこまれてゐて風邪気なり
思ひ寝のごとく瞑る梅の闇

こちらは艶冶な世界。登四郎先生が異性を詠うとき、どこかに必ず〝はぐらかし〟を用意する。右の句では「義理寝」「風邪気」「思ひ寝のごとく」がそれだが、その〝はぐらかし〟は、私にはどうも登四郎先生一流の〝照れ〟のように思えてならない。そしてこの照れがある限り、登四郎先生は作家として枯れない、と思われる。

梟の答へがかへりくる枕
次の世は潮吹貝にでもなるか
遍路杖とんとこ突いて歌拍子

こういう屈托のない句も多い。一句目の梟から返って来る答えとはどんなものか、その詮索は無用であろう。梟は〝ぼろ着て奉公〟と鳴くという。それが答え。二句目、役にも立たない「潮吹貝」になるのも悪くないな、という思い。三句目の「遍路杖」は、一回杖を漕ぐのに何歩進むか、仮に三歩としても、それが連続するから「とんとこ突いて歌拍子」なのであろう。こういう句は作者が楽しんで作っているから、読むほうも理屈なく楽しい。

数へ日を数へともかく今は無事

句意は一読明解。「ともかく」などという俗語をうまく使って、これが現在ただ今の登四郎先生の消息のようだ。やはり一切の囚われから自由になっている。

こういう心境であれば、人間も含めた、物と物とのひびき合い、語りかけが清浄無垢の光の中によく見えて来るに違いない。登四郎先生にはいよいよご加餐の上、これからもまだまだ、「ありあまる時間」を見つづけていただきたいと思う。

〈初出〉「沖」平成5年1月

名句自在

瓜人先生羽化このかたの大霞　登四郎

ここに登場する「瓜人先生」とは相生垣《あいおいがき》瓜人《かじん》で、作者の「馬酔木」時代の先輩。〝瓜人仙境〟といわれる脱俗の句境で強烈な支持者があった。昭和五十年に第二句集『明治草』で第十回蛇笏賞を受賞、昭和六十年二月二日、八十六歳で世を去った。

この句はその時の作で、先の〝瓜人仙境〟を踏まえている。《瓜人先生、亡くなられて数か月経つがいまだ実感が湧かない。このかたの大霞のなか、羽化し仙人となったとしか思われない》という句意で悠揚迫らざる大らかさがある。尊敬する先輩を悼みながらも、決して暗くならず、その人に相応しい発想をし、懐しく故人を偲んでいる。こういう風姿、俳諧への囚われない飛翔があって、しんじつ、いいなあ、と思う。

およそ名句というのは。みなオリジナルなものだと思う。自然諷詠であれ、人間諷詠であれ、そこにはその作者だけがもつ、眼、心がはたらいている。眼、耳、鼻、舌、皮膚の五官を通して同じものに触れても、決して他と紛れることはない。類想を離れ、作者によってそのように表現されて、はじめてそこに立ち現われる作品、そのような作品は必ず表現の中で自在を獲得している。

　しかし名句は、それが作られたときからすぐに名句であるとは限らない。多くはその一句がまず一人の読者の心に落ち、推賞されて共感者を増やしていく。しかも一度聞き、読まれて忘れられてしまうのではなく、読者の中に記憶され、所有されて長く生きつづけなければならない。そのように長い時間に洗われ、なお生きつづけて人を揺さぶってやまない作品、それが名句というものであろう。

　掲上の登四郎作品、やはり自在を獲得している。最初に〝瓜人仙境〟と言った人の発想も面白いけれども、それに付けて「羽化」と発想するところ、それが追悼の思いの中で出てくるところ、当意即妙というべきであろう。「瓜人翁」ではなく、「瓜人先生」と身近に引きつけて敬愛の情を示しているのも親しめる。一句の中には、八十六歳という長寿を全うした人への餞けの思いが籠められている。生も障りなく、死も障りないこのオリジナル、なかなか大きい、と思う。

〈初出〉「俳句研究」平成2年11月

能村研三第三句集『鷹の木』管見

勝つための拳にあらず冬走者

句集『鷹の木』劈頭の句である。「勝つための拳にあらず」というフレーズがいい。ついで部分的に言えば焦点を「拳」に絞っているのがいい。それによって、ランナーの力走ぶり、孤独の姿が見えて来る。さり気なく自己に引きつけ、それでいて大らかな風姿、観照がしっかりしているからであろう。

二月旅夢の旅より乗り継ぎし
背の方が行先となり冬列車
雪の夜を花咲く夜と錯覚す

右は冒頭より十五句までの間から抜いたが発想が伸び伸び。一句目は「夢の旅より」という思い切った飛躍が面白く、二句目は誰でも経験しているところをうまく衝かれた、という感じ。三句目は「錯覚」などという硬い熟語が、一句の景や状況と連動し、見事に詩語に昇華している。

ところで句集『鷹の木』は著者能村研三さんの昭和六十年から、平成四年までの七年間の作品三七六句を収めたものだが、これを年齢的に見ると、三十六歳から四十三歳までの作品で、人生もっとも充実し、活気に溢れた年齢時。若さはそのまま残しながらも、精神的にも安定し、言行一致で何でもやれて、人の世の酸いも甘いもよく心得る年齢だ。それが作品の上にも現われない筈がない。つづけて見ていくと、これも初めのほうに、

み吉野もかく深く来て西行忌
繁栄の裏側の黴ひろがりぬ
還らざる日々の中なり鳥帰る

という佳品があって、研三さんの内的深まりが見て取れる。一句目は言葉を抑えた中に「み吉野」という土地の懐しさ、「西行」への畏敬の念を述べている。二句目は現代日本の繁栄の裏側にひろがる心の衰退、地球規模で

ひろがる環境破壊への悲しみ。三句目は、一刻もとどまることをしない時間の流れと、これもまた一処にとどまることをしない鳥たちの帰る姿を取り合せて、一句を象徴の域まで高めている。やはり求心的に内深く澄みがひろがっている。

逆説がふと湧くシャワー浴びてより
北塞ぐより深まりし北指向
全長を知るためうねる二月鯉
逃水の先に週末ひろがれり

やや機知の先行が見られるが悪い句ではない。特に四句目の「逃水」のシャープな感覚は小気味よく、大人のメルヘンという風だ。

寒さにもとどめさしけり虚子翁忌
甚平の一人が合はぬ体操す
青蚊帳のたたみ方など思ひ出す

こちらには俳味のある句を抜いてみた。一句目、虚子の忌日は四月八日だが、〈鎌倉を驚かしたる余寒あり　虚子〉を踏まえていることは明らか。一種のもじりだが、もじりの跡を見せないところが心憎い。二句目の「甚平」の人は老人であろう。しかし、「老人合はぬ体操す」では全くの陳腐。それで「一人が」にぼかした。ぼかして暗に老人を感じさせるところなど、なかなか手練れと思う。三句目は、もう使われなくなって久しい「青蚊帳」だが、それを「たたみ方など」と微に入って泣かせてくれる。

春の暮老人と逢ふそれが父

これも俳味。俳壇からも好評を得た句と記憶しているが、「老人と逢ふ」などと、〝哀れ〟をとぼけて見せる余裕。「春の暮」の季語の目出たさが、上質の笑いを誘っている。

父が出て来たついでに他の父の句も拾ってみると、

まだ起きぬ父の母家へ鵙猛り
朝寒となりしか常の父の音

父が身を痒がつてゐる敬老日

スープの冷めぬ距離に父の起居があって、どの句にも父へのいたわりの情が流れ、それが句集一巻を親しみやすいものにしている。

母の樅父の欅の冬すがた

一方は常緑樹、一方は落葉樹、能村邸に実際に樅や欅があるか否かは別にして、そのように見立てる見方に、研三さんの美意識、俳句の深まりを見ることが出来る。情よく景に即いて、このオリジナルもなかなかと思う。

一撃は微酔仲間へ雪つぶて
火薬庫と思ふ枯野の行き止り
朴の芽を鳥科植物とも思ふ

句集後半のほうから。一句目は一泊のあとの朝のような感じもあるが、「微酔」程度であれば、二次会へ向う折のふざけ合いであるかも知れない。二句目は、土木工事の飯場のようなところ。「火薬庫と思ふ」はもちろんフィクションだが、そう言われれば、確かにそのように見えて来て、現代の危機意識が感じられる。三句目の「朴の芽」は鳥のくちばしに似ていて、そこから突飛な「鳥科植物」という造語がみちびき出された。感性の若さと観察の所産、それに〝遊び心〟も見える。

鷹居つくほどの位の木なりけり

最後に句集の題名ともなった句。鷹は険しい崖っぷちや深山の大きな木を選ぶ。鷹が居つくようになれば王の位の木と言ってもよかろう。品位、格調、ロマンもあって、この句いかにも研三さんらしい句だ。〝らしい〟と言うのは、研三さんのお人柄もそういう風に見えるから。

いまや研三さん自身、沖のみならず俳壇の『鷹の木』のように見えて来ている。いよいよのご精進を期待したい。

〈初出〉「沖」平成5年2月

能村研三第七句集『催花の雷』管見

句集『催花の雷』は著者能村研三「沖」主宰の第七句集で、平成十九年から二十四年までの六年間の句業から、制作年代ごとに六章に分け、三百五十句を収めたものである。先師登四郎から「沖」誌の主宰を継承して早くも十五年目、著者もまた六十五歳に達した。ＷＨＯの定義では六十五歳以上の者を高齢者と総称するそうだから、もう著者も前期高齢者の仲間入りである。しかし俳句実作者の年齢から言ったら、六十五歳はまだ壮年期である。俳句作りにもっとも相応しい年齢と言ってよかろう。がむしゃらに突っ走る時期を過ぎ、自信と落着きをもって実作にも指導にも当れる時に来ている。実際に著者もそのような自覚をもって、「沖」の運営・指導に当っておられるから頼もしい限りである。作品を見て行きたい。

夏惜しむ大江戸線の深度にて　（輪生）

句集をめくりはじめてまずこの句の前で立ちに止まった。大江戸の〝大〟は江戸の美称で、江戸八百八町のよき時代を思わせて、なぜかこのニックネームは親しみやすい。二〇〇〇年十二月十五日に登録されたものらしいが、都営地下鉄の中では地下に最も深い駅が多いという。「深度」とはいかにも土木工学の作者らしくて、この抒情と句柄の大きさがいい。

竹青き出初梯子の高さかな　（前例）

こちらの句柄も大きい。消防の出初式での梯子乗りらしく、しっかりと組んだ青竹が匂うようで、梯子の天辺には曲芸の妙技さえ見えて来る。

峻厳な人より貰ふ春の風邪　（能筆）
能筆の形代なれば流れよき　（〃）

一句目は「峻厳」などという硬い言葉をうまく一句に融け込ませている。そういう人から貰った風邪ならば長引くだろうか。いや逆に早く治るかも…などと自由な連想が出来る。二句目は願主の名前だろうが、能筆への敬意を流れにも托していて、どちらも抑えた表現の中にユーモアをすべり込ませ余裕ある遊びぶりだ。

風死して斜め走りのオートバイ　（能筆）
土用太郎納屋より出でしオートバイ　（〃）

どちらもオートバイで、一句目は「斜め走り」が面白く、オートレースのカーブのような場面が思われる。二句目は大型の単車。「土用太郎」と、農家らしい納屋の設定が一句を生かしている。これもこれからエンジンを吹かして疾走しそうだ。著者の青春性がまだここに疼いているように見える。

紙風船銀の口より細き息　（射位）
筍を掠めて走る京成線　（〃）
義士の日の妥協許さぬ会議あり　（〃）

一句目は、「銀の口」が眼目で、吹いているのは作者と見てもよいが、幼い女の子の懸命の仕種と見ると一層微笑ましい。二句目は「掠めて走る」が眼目で、窓外に成田山や成田空港へ向かう景が見えて来て臨場感がある。三句目は何か重要な会議で決めなければならない案件と、「義士の日」がよく連動する。

端午かな巻藁に矢の的中す　（渇仰）
手書き稿に執する人の涼しかり　（〃）
夜業の灯中に詩稿を敲ける灯　（〃）

一句目の巻藁は藁を束ねたもので弓の練習に使われる。端午とあるから、ここは男の子の所作で、きりりと締まった容姿が活写されている。二句目はワープロやパソコンの普及する中の手書きの親しみを言いいながら季語の効用が新鮮だ。三句目は内と外のどちらか、と迷うが、やはり同じ屋根の下の、個対個の灯と取るべきであろう。どちらも懸命な孤独の灯である。

断崖の松の根力春寒し　（催花の雷）
聖五月鳥語シャワーを浴びにけり　（〃）
白神の樹を擦る音は雪を呼ぶ　（〃）

一句目の「断崖の松」は海辺のそれと見ていいだろう。岩の割れ目に根を下ろし烈風にもびくともしない。それを「根力」と透視する観察眼は鋭い。二句目は、蟬や虫の鳴きたてるさまを蟬時雨、虫時雨とたとえるが、こちらは鳥語シャワーで、言われてみて確かにそのようだと納得出来る。三句目は白神山地が舞台のようだ。原生林の中の太い木の枝が摩擦して発する音に、雪の近いことを感じている。研ぎ澄まされた感覚の所産と言っていい。

雁渡し田端年譜に父の名も　（射位）
父に無き破門除名や炭を継ぐ　（〃）
記紀の地に父の分霊陽炎へり　（催花の雷）

著者の父であり俳句の師でもある能村登四郎は明治四十四年一月五日、東京都台東区谷中清水町に生まれたが、大正七年、七歳のとき北区田端の新居に移り、大学を卒業し就職するまでここで過ごされた。田端には文人や画家が多く出て、のちに父も文化人の中に加えられたのであろう。二句目は、今どき破門など珍しいが、これは著者自身のことを、父という鑑に映しているのであろうか。一誌の主宰者ともなれば、許されないことをする弟子もいるであろうから。三句目は句碑。「分霊」という言葉は句碑には似合わないが、句碑一基にも父の魂が宿っているという敬虔さから見れば、まあいいかな、と思う。

飛鳥野に催花の雷の渡りをり　（催花の雷）

一集の題名となった句である。表現として面白いのは「催花の雷」であり、「雷」は作者の造語である。角川大字源には「催花雨」があり、「はるさめ。花が咲くようにせきたてる雨の意」とあり、この「せきたてる」が揚句の意と一致する。飛躍の中に細心があり、鮮やかな大景の一句となっている。

〈初出〉「沖」平成27年11月

三章　「沖」の俳人たち

福永耕二の人と作品

北山やしぐれ絣の杉ばかり　耕二

この句について中戸川朝人氏は昭和四十八年沖四月号、福永耕二句集『鳥語』特集においてこう書いている。
「この作者の造語である『しぐれ絣』は、杉を背景にした時雨の条が絣模様ほどに光って過ぎてゆく姿をいう訳だが、そのような情景が目に浮んでくるし、言葉のリズムも新語の嫌味を感じないほど練れていて私も賛成できる」

朝人氏によると、この句は四十八年一月の塔の会に投じられた。『鳥語』はそれより二ヵ月前に上梓されているから、〈『鳥語』読後〉を書くに当って、朝人氏は早速句会での右の句の印象を冒頭に掲げたもののようである。そしてこの句は、『鳥語』特集一ヵ月前の「沖」三月号に他の七句と共に「杉しぐれ」と題して発表された。朝人氏が賞讃するように、私もこの句に触れたとき、おやっ、と思い何かきらきらした眩惑に身をこそぐられる思いがした。京都・北山杉・しぐれ、この誰でも知っていて懐しさを誘う地名と場所、人はこういうところで詠われたものには意外にはやばやと酔いやすい。作者のほうもまたそうである。だが、この句はそういう甘さは拒否する魅力を持っている。しぐれ絣とは何なのか、それにかかわる「杉ばかり」とは何なのか、またそれが「北山や」へ帰ってどう繋がるのか、そういう風に一度立ち止まって考えさせる魅力を持っている。その何なのか、の扉を叩くのを待ってこの句の美神はにこやかに頬笑む。ここに至るまでには作者の内においてかなりの言葉たちとの交渉、拒絶があったに違いない。あるいは時間をかけて心の中にそういうイメージが出来上っていたのかも知れない。いずれにしても「しぐれ絣」という造語のもつ情緒は、北山という地名と杉の背景を得てはじめて生き生きと飛翔する、と言った風だ。私には川端康成の小説の一篇をこの短い俳句の一行において読むような気持ちになるのだが、作者の美意識はついに〝俳句における表現美の極致〟とでもしか言いようのないこういう境地を探り得たのであろうか。

＊

ところで私はこの稿において、耕二氏のこういう美意識や優しさの、その拠って立つところの源泉のようなものを尋ねたいと思う。いつもどこかに一抹の憂愁を漂わせながら、飄々として飾らない彼の、一体どこからこういう俳句が醸成されるのであろうか。それを探りたいと思う。

私が耕二氏を、大きいなあ、と感じたのは、沖創刊号を飾った「淡海の海挽歌」という随想風の文章であった。また四十六年九月号の「海青かりき」という三好達治詩集の鑑賞文であった。「淡海の海挽歌」は東海道線の大津から米原に到るまでの車窓にひろがる琵琶湖の風景から（万葉集巻二に出てくる大后の長歌を思い起こし、大后すなわち天智天皇の妃、倭姫の孤独な境涯に心をいたすものである。鹿児島大学文理学部国文科出身の耕二氏にはさすがに歴史への造詣になみなみならぬものがあるが、歴史の襞の中から一つの人間模様を引き出し、それを現代から冷静に洞察する耕二氏の流麗な筆致に痛く感動した。「海青かりき」のほうは、海の青さと烈風を切って飛ぶ鷗に焦点を合せながら、ぐいぐいと達治の心象に迫り、その熱い息づかいにおいて、達治の詩以上に達治の世界を鮮明に浮び上がらせていた。そしてこの二篇の文章に共通して流れているのは、耕二氏の伝統確認への飽くなき追求であり、人間のかなしびの、かなしびに耐える強靭な精神の在りようであった。耕二氏は自分の都合によって他を顧《かえり》みない強者の横暴や、その強者から次の強者へ身を売って平然としている主体性のない女のふしだらが許せないという風である。前者は他を不幸にし、後者は自己の良心を不幸にする。こういう不幸はその出発点においてまやかしの欺瞞に彩られているから結果として醜い。耕二氏はそういう醜さが好きになれないのだろう。花は花のように咲くのが美しい。野にある花、名もない花、花たちはそこで精一杯咲くから健気に雄々しく美しいのだ。右二篇の文章の中で耕二氏はそのように言っているように見える。こういう考えは耕二氏の俳句の根本にも据えられているのではないか。そう思ってみれば、耕二氏の俳句にはいつも醜いものへの峻烈な拒否と、健気に雄々しいもの、つまり純粋なものへ向ける抱擁の温かさで貫かれている。これは『鳥語』の世界もそうであったし、その後の今日に至る二年間の作品においてもそうである。

＊

昭和四十九年一月、つまり『鳥語』を世に出して一年後に、耕二氏は「馬酔木賞」「沖賞」を一挙に受賞した。馬酔木においては『鳥語』と特別作品「帰郷」などに対する評価として、沖においてはやはり『鳥語』と年間の業績に対する評価であった。その時、耕二氏は馬酔木に十五句、沖に二十句の自選作品を発表したが、これらの作品はさすがに二つの賞の評価として十分に読者を納得させるものであった。いまここに両誌より各五句ずつ抄出してみよう。

「沖」

夢に触れし父の荒髭露あした
いつもわが夢の発端この春田
梅雨の夜の北に鴉のゐる気配
北山やしぐれ絣の杉ばかり
せつせつと濯ぐ声して朝の蟬

「馬酔木」

セーターを着せられし子の兎跳び
男の鞭ときどき駈けて野火を打つ
空を飛ぶ塵やひかりや柳の芽
父在らば図らむ一事朴咲けり
水打つやわが植ゑし木も壮年に

耕二氏はこれらの句を自選しながら、『鳥語』を編んで一年、自分の句がどう変ったか、何か新しいものがつけ加わったか、と受賞感想で漏らしている。私はこれに興味をもって読む。普通ならわずか一年の変容に誰も多くは期待しないであろう。しかし耕二氏の場合は別だ。ここ十年間の軌跡を見ればわかるように、耕二氏はひたすら俳句街道を驀進して来ている。特にこの十年間の後半は馬酔木の編集という重責を担って氏を多忙の極に立たせるが、それが内面の充実と相俟って、これまでの二十年間の句業に一つの収斂期をもたらしている。『鳥語』は、だから、すでに新境地への確かな萌芽を宿して世に出されたと見ることができるだろう。従ってこの一年間は耕二氏にとって、そういう萌芽への疼きと充実した感触の中で十分に仕事をし得たことであったろうと思う。自分の句がどう変ったか、何か新しいものがつけ加わったか、というとき、やるべきはやったがという矜持と、それに対する反省として受け止められる。

さてその作品だが、通読してこのわずか一年間の作品に微妙な色合いと、充実の幅が加わっていることが理解できる。「しぐれ絣」の句については既に触れたが、他の句にも心理の投影が見事にゆきわたっている。父の二句なども決して痛恨の情に流されていない。悲しみに胸を開いて大きく立っている作者の姿が見える。

先に私は耕二俳句は純粋なものへ向ける抱擁の温かさで貫かれていると書いたが、それを最近二年間の作品において見てみよう。

桃咲けり明眸の妻つれて友
雨の日の早寝の椋鳥か楔文字
探梅や人目に霞むところまで
ふさふさと樅をうしろの山桜
いちじくの樹の高みまで露の領
鳰が生む沼の靨のまたひとつ
胸ゑぐり去る秋燕の風切羽

自身も含めて明るく美しく詠っている。こういう句は氏の日常身辺からいくらでも拾い上げられる。そういう耕二氏に、それでは全く暗い句はないかと言うとそうではない。むしろ『鳥語』以後において、一句に翳を落す句が非常に多くなって来ている。

風花のよぎりて椎のくらき壁
地獄絵の焰偲べと焼く野かも
蜘蛛の糸払ふや心屈しつつ
冬落暉煙草喫みては濁せし血
水底の日暮見て来し鳰の首

などまだまだある。だがよく読めばわかるように、これらの句は自己の生命の冷静な凝視から生まれてきている。絶叫してそれを何かにぶっつけるといった形のものではない。人間の弱さ、いとおしさを、俳句の形にやわらかく包んで、それを椎や焰や蜘蛛の糸や煙草や鳰の首を通して静かに語っているのだ。何をどのように詠っても耕二氏の作品にはいつもこういう姿勢が厳然と貫かれている。こういう姿勢は、師秋櫻子の薫陶から受けたところのものが非常に大きいことであろう。事実彼は馬酔木昭和五十年四月号の市村究一郎句集評〈「東皐」の人と作品〉で、こう書いている。

「現代俳句に外光の明るさを採り入れ、健康で明るい作品を確立された秋櫻子先生は、醜いもの、病的なものを嫌悪し、精神虚弱者の女々しい俳句を許さない」

耕二氏はこれを忠実に実践し二十年間の句業を歩んできたのだ。そしていま「自分の句がどのように変ったか、何か新しいものがつけ加わったか」と、既に鍬を入れた新境地での稔りの具合を確かめる秋《とき》に立たされている。

話は少し飛躍するが、昭和四十九年九月十四日から三日間、われら沖岩手支部「はやちね句会」では、支部結成三周年記念の行事として、早池峯山に登り、渋民村を歩いた。その時能村登四郎先生においでいただくことになっていたが、折悪しく先生は胃潰瘍の疑いで入院されてしまったので、代りに福永耕二、高瀬哲夫、平沢研而の三氏が応援に駈けつけてくれた。その第一日目、早池峯山の麓にある「岳」という集落の民宿に泊って第一回の句会を開いた。句会の席上で耕二氏は

「僕は沖の最右翼ですよ」

と言われた。前後の繋がりは忘れてしまったが、その後この言葉は妙に私の耳に棲みついて離れなかった。が、この稿を進めながら、彼の司会する「馬酔木」の座談会の記事などを読んで納得した。耕二氏は俳句の新しさについて驚くほど真剣なのだ。つまり耕二氏は、「現代俳句の晩鐘は俺が打つ」と言った波郷の気概と同じような気概でそう言っていたのだ。俳句の伝統にしっかりと腰を据え、そこに新しさを付加して行こうとする耕二氏のなみなみならぬ気概がそう言わせたのだ。こういう耕二氏に沖の最右翼を張られたのでは、私など履物を脱いで、しばらく裸足で走らなければならない。

＊

この稿の終りごろ、確認することがあって耕二氏へ電話を入れたら、

「一月の十九日に、相馬遷子さんに亡くなられましてね。僕は馬酔木で、もっとも頼りにしていた人なんですよ……」

と沈痛な声音が返ってきた。耕二氏は遷子氏の天命に終焉の近づきつつあることを知って、存命中に氏の句集を上梓すべく懸命の努力をしていた矢先だったという。私は迂濶にも新聞でそのことを知り、「ああ、ついに」と

驚きながらも、そのことをいつかすっかり忘れてしまっていた。耕二氏は最近になってばたばたと身近な人達の他界に遭遇している。波郷と父君を失った空白に加えて、石田あき子、石川桂郎、そして今度の相馬遷子である。右の人達はみな耕二氏にとって親しい優れた先輩達であった。耕二氏はいま、いよいよ孤独の中にいることであろう。人の世はいつもそのような形で世代の交替を余儀なくしていく。願わくは耕二氏よ、はやく、そこから雄々しく立ち上がられよ。

〈初出〉「沖」昭和51年3月

森山夕樹句集『しぐれ鹿』

「沖」同人の森山夕樹氏が処女句集『しぐれ鹿』を出された。沖叢書としては、三浦青杉子氏の『干潟』、今泉宇涯氏の『高階』につぐ第三編である。氏は昭和六年生れ、宝塚市の住。最初「馬酔木」の長老格であった山口草堂の「南風」に学び、次に榎本冬一郎の「群蜂」にて同人の知遇を受けるが、一方では「馬酔木」の裾野組に約十年間も過しているなど確かな土性骨の作家である。昭和四十五年「沖」の創刊を知り直ちに参加、登四郎主宰の選後評にもたびたび取り上げられていたが、昨年六月の「沖」特別作品「しぐれ鹿」十五句を発表してから一躍「沖」の代表作家にのし上がった。句集名となった「しぐれ鹿」はその特別作品の題名から取ったものだという。

鹿聡く遥かの枯れも聴きつくす
みじろがねばまぼろしとなるしぐれ鹿
いづくにか鹿の闇ある山を焼く

これらの句を林翔先生は、虚実皮膜の間に文芸境を求める傑作であると絶讃しておられる。

歩まむとして水辺に凍てし鶴

開巻一番の句だが、この写生の確かさを基底に据えて、既に初期の頃から、

胸の子とその手の土筆睡りあふ
桃の雨人形まぶた閉ぢて鳴く

と情趣的なすぐれた詩質を見せながら、

蟬の森過ぎてひとりの貌さびし
青き蛇搏つたる天のしばし揺れ

と次第に内面の抒情へと深められていく。それが母堂の逝去にあっていよいよ沈潜、透明化し、

冬菫ゆめのごとくに母を焼く
蕨もつ母が瞼の裏あゆむ

というように、この辺から虚実皮膜の詩境へと飛翔しはじめる。

一方では年齢的な心の翳りを感じさせる。

枯芦のくらく内なるうねりあり
菊暮色さらに暮色を濃くあゆむ
芒引いて秋風いつか棲みつく身

と、その振幅のほどを見せるが、また、

吾子の眸は妻の眸螢草ひらく
虹にさへ檻褸捧ぐる月日かな

と愛児愛妻を詠って、すぐれて明るい句も多い。

それから題名となった「しぐれ鹿」の境地へと充実していくのであるが、句集後半は、

淫なる浄らなる火の山焼けり
椿落ちて土の冥さを聚めたる
夜の蛙澎湃と田にも沖あらむ
豹の眼に沼の色棲む夕桜
蟬鳴いて幹しづかにも鳴りいづる

というように情趣的な美を内深く掘り下げている。

虚と実の微妙な融合、そこから無限に広がる心の世界、それこそ「沖」の求める俳句であるが、その俳句が正しくこの句集『しぐれ鹿』の中にある。

後記によると、「俳句入門以来、十三年間の中から三百句を選んで処女句集とした」とあるが、いずれも粒撰りの珠玉の作品ばかり。エスプリと詩質のよさが、この一巻を厚みあるものにしている。読み終えてページを閉じたとき、作者の内の女神にほほえまれて、なんともほのぼのとした気持ちにつつまれている。是非一読をすすめたい句集である。

〈初出〉「沖」岩手支部句会誌「はやちね」（昭和48年4月）

潤沢な抒情世界
――今瀬剛一句集『対岸』管見

今瀬剛一氏の句集『対岸』は、

対岸の木枯は母呼ぶ声か

という句から採られた。昭和四十六年「沖」三月号にはじめて今瀬剛一氏の作品が現われ、初投句で五句入選、巻頭より四席。右の句はその五句のなかの一句で、初投句の印象と、常に対岸を目指しながら着実な一歩をきざむ今瀬氏に相応しいということで能村登四郎先生が命名されたもの。この句に見られる抒情の資質は、その後の「沖」の指向する虚実皮膜の探究とあいまって一層深められていくのであるが、著者今瀬氏は、つねにその先頭の一団にあり、沖三周年記念コンクールの時は俳句の部、論文の部ともに一位に入選し、名実共に「沖」代表選手の一人にのし上がった。このたびの句集刊行は、それから一年間堅実な歩を進めて来た今瀬氏の、満を持して放った処女句集の快打であり、その瑞々しい抒情の資質は明日への未知なる発展を孕んで豊かなたゆたいを見せている。

今瀬氏は今年三十七歳、高校の国語教師である。その作風も健康で誠実で、いつも若々しい自信に満ち溢れている。句集一巻の収録句数は四百九十六句。略歴は昭和二十九年「しおさゐ」入会、三十六年「夏草」入会、四十五年「沖」入会となっており、句集には夏草入会以降のものを収めている。ちなみに「沖」入会以降の句数を見ると、四十六年五十二句、四十七年七十九句、四十八年より四十九年四月ごろまでのものが百七十九句である。過去三年間に三百十句とは大変な多作ぶりということになるが、それはそのまま著者今瀬氏がいかに充実して俳句に取り組んだか、ということの証明になるであろう。

では、ここから各年代順に一句ずつを拾い、他の句も参考にしながら『対岸』世界の一面なりとも望見していきたい。

耕牛に言ひし言葉を吾にも言ふ

開巻冒頭の句である。素朴ながら激しい労働を通した耕牛との交流を内省的にあたたかく吐露している。

凍滝が吾が目にあふれ空にあふれ
小さき膝とぢ試験場に吾子もゐる
敗者の汗ぬぐうてやれば笑ひたる

いずれも昭和三十六年から四十年までの作だが、すでに「夏草」時代初期において、こういうすぐれた素質に恵まれていたようだ。小手先の技術を弄さないから言葉がナイーブで、言いたいことを一句の中で十分に言いきっている。

新記録跳びしよ夕焼五体に散り　（四十一年）

体育祭か何かの折の句であろう。いかにも高校教師らしい若さに横溢した句だ。

土つけて猪の食みたる蕪鮮し
天の青さに芒の絮を吹きつけぬ

この写生を基底に据えた抒情の羽搏きは質のよいひびきを伴って全巻を貫いていく。

紫雲英田に一日遊びてよごれぬ子　（四十二年）

著者の子に対する愛情は随所に現われるが、それが単なる報告に流れず、あくまでも俳句形式の中で生き生きと描かれる。

枯芦や湖のかがやきまとふ町
空よりも海は平らに卒業す

いずれも写生に足をつけて印象鮮明な句境である。

笑へば友の如き妻かな青葉なか　（四十三年）

如き・かな・青葉なか、とこのあまりに俳句的構成に抵抗を感じる向きもあろう。だがこの底抜けな明るさはどうか。俳句形式の中にとっぷり浸って、やはり言いたいことを十分に言っている感じがある。そう言えば今瀬氏の作品には「吾」という一人称を使った句が多く出てくるが、人生を深刻に詠った句は全く見られない。晴れた五月の青空のような色合いが句集全巻に流れている。右の句なども読んでなんともほほえましいが、生活の中の一小事をこのように伸び伸びと詠えるのも、単に若さだけではない、作者が健康で明るい性格だからであろう。

満月の天より落ちて来たりし葉

は、後の、

桐一葉遠きたよりの如くかな

の平明自在の句境に至る胚芽を宿しているようで興味深く読んだ。

枯芦の水底までも吾が故郷　（四十七年）

集中に故郷を詠った句も多くあるが、この句は一等地を抜いている。枯芦と故郷はありふれた取合せだがそこに「水底までも」という新鮮な羽搏きが加わって一句はにわかに生き生きと波動して来る。この年の一月号から「沖」同人。

落葉踏む音をへだてて妻とゐる
蝶も吾も清水に集ふもの白し

などの従来の句風にまじって、

帰路すでに綿虫も吾が影もなし
叫びたき唇風花にぬらし立つ

のように、一句の中に微妙な陰翳がすべり込んだ句も見られるようになる。これは年齢的な深まりに加えて能村登四郎先生の表現技法を積極的に学びとったところから来るものであろう。

古代遺跡の虹のむかうを人歩く　（四十八年）

「沖」三周年コンクール「俳句の部」で一位に入選した十五句の中であり、今瀬氏にとって全く新しい造型に入る句柄である。「遺跡」と「虹」、これも素材としては決して新しい取り合せではないが、従来の今瀬氏なら、大胆に「古代」と持って来て、「虹のむかうを人歩く」とは言わなかったろう。ある一つの意志と辛棒づよく向かい合うことによってはじめて見えてくるもの、時間・空間を超えて明らかにそこに存在するもののイメージが確かな感触の中で捉えられている。つまりこの句は、実景としての古代遺跡と、かつてそこに確実に在った筈の古代人のイメージが、虹という今瀬氏独自の美意識を透して二重写しに活写されているのだ。このイメージの造型は、能村登四郎先生の高名な句、

火を焚くや枯野の沖を誰か過ぐ

とどこかの延長線上でつながるものだが、「虹のむか

う」と言うあたり、まがうことなき今瀬氏のカラーだと言えるだろう。

以上各制作年代より一句とその周辺をたずねて来たが、四十八年以降の若者の資質を知るには左に掲げる作品群を見ればおのずから判然としよう。

皿に盛る流るる型に青芹は
春山へ響く語残し教師辞す
蝶のとぶ空のどこかに流れあり
空にあふるる青嶺描くに画布たりず
桐一葉遠きたよりの如くかな
秋の砂掘りつぶやきを埋めて去る
風が吹きぬけるばかりよ帰燕以後
宵闇の子の手より吾があたたまる
秋水の漣幹をふくらます
雪折れの音行きあたる一つの扉
野を焼いて太陽へ向き帰るなり
まひまひや故郷をめぐり来たる水
川へ行く足跡ばかり背戸の雪
ラグビーの遠く太陽忘れ物
楮晒して空へ流るる水ふやす

この健康さ、若々しさ、俳句形式をこのように誠実に自在に駆使した抒情世界、三十代の後半にこのような句集を持ったことは、今後の著者をさらに大きくしていくであろう。ここから何かが始まる、確かに、『対岸』一巻を通読して、そういう明るい予感がひしひしと伝わってくる。

最後に、『対岸』一巻を通読して、おや、と思ったことが二点あった。一つは、著者に、月（月夜・月光を含む）を詠ったものが非常に多いということであった。気になってざっと数えてみたら、収録句集四九六句のうち、五十六句に「月」が採用されている。四九六句に対する五十六句というのは、大体九句に一句という割合いになる。そして面白いことに月が出てくる句はいずれも印象鮮明で作者の個性が躍如としている。これは一体何なのか。著者一流の美意識に違いないのだが、何がかくまでこう月へ駆り立てるのか。今後の著者今瀬剛一氏を研究する上で格好の材料となるような気がする。

もう一つは、これも気になってよく読んでみたのだが、一句の中に「吾」という一人称を用いた句が三十三句あったことだ。こちらの方は「吾」を表出して非常に効果的な場合と、全くその必然性がなく、一句を狭く限定してしまっている場合と、功罪相半ばしていた。いまここに四十八年作の中から少し安易と思われる「吾」の句を抄出してみると、

教室の玻璃吾を映し卒業後
菜を吊つて空がなくなる吾が母郷
月光に吊る大根も吾も揺る
水底に会ふ吾が影と寒木と
一歩去る凍滝一歩吾が翳る

ということになる。これらの句は、どうしても「吾」を表出しなければならない必然性はなく、むしろ「吾」を外へ突き離してしまったほうがもっと伸び伸びしたのではないか、という感じがある。しかし、例えば集中の同じ「雁」を詠った、

雁渡り終り吾が髪吹かれをり
雁渡るそのひたむきの顔見たし
雁去つて大空のまだ波立てる

の三句を見てもわかるように、今瀬氏の「吾」の句は三段飛びの、ホップ・ステップ・アンド・ジャンプのホップあるいは助走の役目をしているようにも見うけられる。

つまり、一句目では「吾」はまだ生のままにあり、二句目では「吾」は一句の裏に隠され、三句目に至って「吾」は完全に消され、「吾」ではなく、「吾」の心が、雁の去った大空そのものに純粋に同化している。

ということは、この純粋性へ至る過程としての「吾」を今後どのように処理していくかが、著者の一つの課題となるような気がする。

〈初出〉「はやちね」（昭和41年12月）

古稀充足――林翔略伝

林翔は大正三年（一九一四）一月二十四日、長野市に父豊次の次男として生まれ、〝昭《しょう》〟と命名された。生母けんは十ヵ月後に病死。三歳のときに二度目の母よしが迎えられ、後に妹たちも生まれる。

生母については知らないから当然何も書けないわけだが、育ての母については「沖」の五百字随想などに折に触れてよく書く。茨城県竜ヶ崎町の伊賀嘉という大きな金物屋の娘で、箏曲、常磐津、舞踊などひととおりの遊芸を仕込まれており、快活ながら昔風に一本筋の通った人であったようだ。翔は、この母から母の若いときの話や、生活のしきたりなどをふんだんに聞いて育つ。

父は小学校長であったが、翔の兄が神童と言われるほどの秀才であったため、特別な教育をさせるべく上京させ、その後から父も小学校長の職をなげうって母と姉を伴い上京、公立の学校に奉職する。翔は父の生活が落ちつくまで祖母と二人信州に残されるが、大正八年、数え年六歳のとき上京し、家族と一緒に本郷区駒込林町に住む。翌年、本郷区千駄木小学校に入学。大正十五年、私立東京開成中学校に入学するが、身体はあまり丈夫ではなかったようだ。この中学に合格したとき、父が生徒監長を兼ねる軍事教官から呼び出され、「あなたの息子さんは身体虚弱だから私は合格に反対したのだが、せっかく四番の成績で入ったものを落とすのは惜しいと学科の先生方が言い張って合格させてしまった。しかし本校では卒業まで体がもたないから、もっと楽な中学に行かせなさい」と言われる。翔の父は憤慨してこれを蹴った。

昭和六年（一七歳）翔は國学院大学高等師範部（四年制）に入学する。三年前に兄が海で水死し、父も停年退職していたので希望の予科―学部のコースは諦めねばならなかった。同級に能村登四郎がいた。登四郎も病弱のため休学を重ねていたので、同級でも三歳年長であった。地方出身者の多い中で、共に東京育ち、二人はなにかと気が合った。この邂逅を不思議な縁とし、以来林翔と能村登四郎はあらゆる面で行動を共にすることになる。

大学では登四郎の勧めで短歌同人誌「装塡」のメンバーに加わる。教授折口信夫（釈迢空）の歌風を仰ぎ、先輩中尾三千夫の歌風を慕った。この「装塡」は東大、女高師、國大の学生をメンバーにしていたが、大多数を占める國大の柊歌会員が卒業するに及び、四十八号で廃刊、二人とも自然に短歌から遠ざかる。

昭和十四年（二十五歳）、私立市川中学校（現市川学園の高・中）国語教諭として就任。すでに同校に勤めていた登四郎の誘いによるもので、それ以前に勤めていた都内の私立女子校からの転任であった。肺浸潤の予後であったため学校の近くに下宿する。登四郎が「馬酔木」に投句していたのでこれに習い、昭和十五年一月号に初投句。しかし一月号は落選で、二月号に一句初入選。

我を待つ教へ子はあり霜の道　　林　秋羅

であった。

以後一句二句入選、ときには全没ということも幾度かあった。昭和十九年、前年死去した父の雅号〝九翔〟の一字を取り、それまでの秋羅改め〝翔〟とする。昭和二十年、東京の自宅は空襲により焼失。十一月、向山みよ子と結婚し、市川市八幡の寓居に住む。新妻もまた教師であった。二十二年四月、長女朝子出生。八月、再度の肺浸潤発病により休職、暇を得てやや熱心に作句するようになる。

昭和二十三年（三十四歳）、一月号の「馬酔木」において初めて三席に入選する。

今日も干す昨日の色の唐辛子

以下四句においてであった。この「唐辛子」の句は翔の出世作となり、後に翔の代表句の一つに数えられるようになる。

このころ、水原秋櫻子は戦後復刊した「馬酔木」を立て直すため、すでに頭角を顕わしていた藤田湘子・大島民郎といった若い英才を対象に〝馬酔木新人会〟を作り、これの指導に篠田悌二郎を当てていた。そこへつづいて巻頭付近に名を連ねてきた林翔・能村登四郎も秋櫻子の指名でこれに入会する。そしてこの年巻頭二回。初巻頭は、

花鳥賊やまばゆき魚は店になし

ほか四句。つづいて翌年も一月号、二月号と連続巻頭。ここのところ巻頭を争うのは、藤田湘子・能村登四郎・林翔で、この三人は〝馬酔木の新人三羽がらす〟とも言われた。

昭和二十五年（三十六歳）一月号より「馬酔木」同人。戦後の混乱の余波はまだ収まっておらず生活も苦しかったが、巻頭作家から新同人となった翔はここから自覚した俳句作家として積極的に評論も書き、秋櫻子の切り開いた抒情の世界へひたすらな歩を進めてゆく。

俳壇ではこのころ「天狼」から出た根源俳句の論議が沸騰し、また社会性俳句、造型、前術俳句とつづき、百家争鳴の時代であった。翔もこの俳壇の主張に積極的にかかわり、「白と黒」「内なるもの」「俳句に於ける抒情」「人間貫道」「抒情と造型」など数多の論文を書き、俳句の本質への考察を深めてゆく。この間に、内には育ての母よしの死、市川市東菅野に家を新築、長男陽の出生などがあった。

昭和三十年代から四十年代の前半にかけては総合誌への作品発表や寄稿も多くなり、俳人協会設立による俳人協会員、塔の会結成による参加などがあった。「馬酔木」功労賞、千葉県知事から教育功労表彰、馬酔木賞受賞といった慶事もあり、また北海道旅行を始めとしてヨーロッパ旅行にも出かけた。かつての虚弱児、戦後の生活を支える過労からきた肺浸潤もすっかり癒え、このころは健康にも自信のもてる円熟した壮年期になっていた。

＊

その林翔が第一句集『和紙』を世に出したのは、昭和四十五年九月（五十六歳）であった。「馬酔木」初投句から三十年、「馬酔木」同人から二十年の歳月が流れていた。兄事した石田波郷から早く出すように言われていたのに、きっかけを摑めないまま波郷没後の上梓であった。

その『和紙』は昭和二十二年から四十四年までの、二十二年間の作品から六九七句を収めたもので、集名は、

秋風の和紙の軽さを身にも欲し

から出ている。人間詠、生活詠に執した明暗綯いまぜの、それでいて確かな温みを感じさせる重厚な句集で、出版

後二ヵ月でたちまちに絶版となり、翌四十六年三月、第十回俳人協会賞を受ける。『和紙』は審査員のすべての人が推し、奇しくも波郷の妻、石田あき子の『見舞籠』と同時受賞であった。

第一句集以後の翔はいよいよ多忙を極めるようになる。昭和四十五年十月、能村登四郎が主宰誌「沖」を創刊した。秋櫻子からのお声がかりもあって「馬酔木」から福永耕二のほかただ一人翔がこれに同行し、編集を引き受ける。もちろん「馬酔木」同人は在席のままであった。こうして二つの俳誌に席をおき、それに総合誌への寄稿も頻繁になって、翔の作品、評論活動はこれまで以上に倍加する。精力的に息の長い活動がここから新たに始まったのであった。

＊

本稿は「林翔略伝」それも読みもの風に、という編集部からの依頼であったが、前半に紙数を使い過ぎてしまい、あと残り少ない。後半は極度に端折りながら進むことになる。

「馬酔木」初投句から二十年を経て第一句集を世に出した翔は、それから十四年を経る現在までに、三つの句集と、一つの評論集、一つの俳句指導書を出版した。すなわち、第二句集『寸前』（昭50・4　牧羊社刊）、単行本『初学俳句教室』（昭55・5　角川書店刊）、第三句集『石笛』（昭56・12　牧羊社刊）、評論集『新しきもの・伝統』（昭58・3　鳰書房刊）、第四句集『幻化』（昭59・6　角川書店刊）。ほかに、水原秋櫻子編『現代俳句歳時記』（『新編歳時記』の改訂版）中、新年より晩春までを担当執筆（昭53・大泉書店刊）、自註現代俳句シリーズ『林翔集』（昭56・11　俳人協会刊）がある。

第一句集まではまったく無欲に、静の構えであったが、ここに来たって動の構えに変わった。山中に堰止められた水が、ようやく満湛となって滔々谷に落ち込む様にも似て、この動きまことに自然に見える。

もっとも新しいところで、能村登四郎はこう言っている。

〈林翔さんの第四句集『幻化』を読んで思ったことは、この人の年齢や実力から言って六冊か七冊の句集をもってよい人だと思うが、常に控え目で、出たがらない人柄のするところと思えばそれまでであるが、もっと当世風にジャーナリズムを利用してもよいのではないかと歯痒ゆく思うこともある。しかしそうは言っても昨年あたりから綜合誌への発表も多く、氏としては漸く充足した作家活動の好機を迎えたかのようで喜んでいる。もうそろそろ七十歳になるかと思うが、大家というより中堅作家のような将来の長さが感じられるのは得なことである。……〉（「沖」　昭59・9　特集／林翔句集『幻化』）

登四郎は早く、社会性論議の盛んな昭和三十一年に、「合掌部落」の作品によって一時代を画し、第五回現代俳句協会賞を受け、華々しく俳壇の表舞台に登場していたので、よけいそう思うのであろう。〈大家というより中堅作家のような将来の長さが感じられるのは得なことである〉という言葉は、けだし、俳壇全体から見た現在の翔をうまく言い止めていると思う。最近の八面六臂の活躍から、それほどに翔は俳壇的には若い印象を受けている。これは論、作ともに充実し、作家として全く〝老け〟を感じさせないところから来るものであろう。

ここで遡って、少しく身辺の動きを見てみると、ローマに単独遊学していた長女朝子が四十八年無事学業を卒えて帰国し、めでたく結婚している。五十五年一月には市川市大野町に家を新築して転居。五十七年三月には四七年間の教師生活にピリオドを打って市川学園を退職する。そして五十八年三月十日には、「沖」一五〇号記念大会に当たり、第一回「沖」〝鳰賞〟を受ける。この賞は、「沖」同人の中でその俳句業績がすぐれ、俳壇的に一つの影響を与えた作家に授けるもので、毎年受賞者を出すという種類のものではなく、どこまでも文学による実績を第一条件とする、という賞であった。この年九月号より、「沖」に若い人たちが育ってきたので編集主幹を辞任し、能村登四郎の指名によって「沖」副主宰となる。

悲しいこともあった。五十五年十二月四日には「馬酔木」の後輩であり、職場の同僚でもあった福永耕二の死、五十六年七月十七日には恩師水原秋櫻子の死があった。情に脆く、人一倍泣き虫屋の翔は、このときも心から泣いた。その鎮魂の句は第四句集『幻化』のはじめのほうにせつつなくつつみ込まれている。

＊

林翔という作家の人物評価となると、人は一様に、誠実、律儀、几帳面、慎重。愛情が深く、頭がよく、正義感がつよく、みずからに厳しい良心的な人だと言う。俳句作家である前に、一人のすぐれた教育者でもあった翔への讃辞として、この評価は当を得ている。世にこういう道徳的讃辞を受けることをあまり喜ばない人もいるが、持てる美点を評価されて不名誉に思う必要はない。翔は自己を虚飾しない人である。反骨の人でもあり、濶達自在の人でもある。

最近は新体制を敷いた「馬酔木」の編集スタッフに参画されたようだ。おそらく新体制が固まるまでであろうが、今年古稀を迎えた作家にしてこの精進ぶり、山中に湛えられた水はいよいよ清らかな音を立てて流れ落ちる。

〈初出〉角川「俳句」昭和59年11月号

鈴木鷹夫句集『渚通り』私論

「沖」が届くと私はまず自分の作品を確認してから、次に真っ先に四五人の作品に目を通す。その四五人の中に鈴木鷹夫氏の作品が入っている。鷹夫氏の作品は蒼茫集の中でも独自の味わいがあって、いつも自然に目がそこへ行ってしまう。自分の作品が振わないときでも鷹夫作品を読んでいると次に何かいい句が出来そうな気になってくるから不思議だ。しかし鷹夫氏と私はそう昵懇の間柄ではない。これは私が地方に住んでいて、互いに親しく話し合う機会に恵まれないためだ。たまに何かの大会などで上京しても、鷹夫氏は会のまとめ役で忙しく立廻っているので、会ってもいつも二言三言で用が済んでしまう。長身痩軀、冷静できびきびしていて寸分の隙も見せない。それでいてその笑顔には人間的な温かさがあって、いつも二言三言で全幅の信頼を置いてしまう。

帯巻くとからだ廻しぬ祭笛

この句について登四郎先生は、男の色気を感じる、と書かれている。鷹夫氏は和服もよく似合う人なのだろう。「祭笛」とあるからここには下町情緒の少し浮き足立つようなはなやぎがあるのだろうが、作者個人の魅力となると、やはり「からだ廻しぬ」だ。このなんでもない仕草の表出の中に作者鈴木鷹夫氏の人間的な情緒と言ったようなものが隠しようもなく包み込まれている。こういうところがこの作者の信頼できるところだ、と私は思う。

明日海へゆく夕焼へ泳ぐ真似

この句は前掲「祭笛」の句ほか三句と一緒に「沖」初投句の句である。昭和四十六年十月号、初投句即沖作品の初巻頭であった。あの頃船出して間もない「沖」には次から次へと新しい力のある人が入って来ており、みな謙虚で初々しかった。機を見るに敏という言葉があるが、登四郎先生はその作者と作品を見るのに敏であった。鷹夫氏もまた敏の人であった。既に「鶴」の同人であったから確かな実力を身につけていた。しかし波郷歿後心の支えを失っていたのだろう。これもかつて「鶴」同人であった久保田博氏に誘われて「沖」に入会した。そして初投句、初巻頭。おそらく鷹夫氏には多少の不安はあったろうが、投句以前に「沖」を読んで、これなら自分も行ける、と心中ひそかに期するところがあったに違いない。そして迷わず自分のよしとするところの作品を投句したに違いなかった。

しかし私には最初この句のよさがすぐにはわからなかった。わからなかったと言うより、「泳ぐ真似」なんて表現がなんともキザに見えて好きになれなかった。ところがどうした訳かその好きになれない部分が、じわじわと私の内部を侵しはじめたのである。「泳ぐ真似」なんて人を食ったような表現はけしからん、と思っていたのに、だんだん自分の両手が夕焼へ向って泳ぎ出している。それも一種の恍惚感をもって……。私はあわてたが、私より先に私の内に棲む美神がこの句と堅く手を結んでいたのである。

柴栗の二つ三つは眠き数

首出して筍二本愕き合ふ

鷹夫俳句の中で私は先の「泳ぐ真似」の句のほかにこの二句を愛誦している。一人の読者に三句鮮明に記憶され所有されているということは、作者ご本人にとっては預り知らぬことには違いないが、これはかなり光栄なことではないか。世に著名な作家ほどこういう読者を多く持っている。読者に記憶される一句さえ持っていない作家はまだ作家とは言えない。作品が作家に優先する。作品があってはじめて作家と言えるからだ。

ところで私は句集『渚通り』を通読して妙なことに気づいた。いや私ばかりではなく、この句集をよく読んだ人なら誰でも気づく筈のことだが、集中に「暗」「闇」という字句が意外に多いのである。

夏痩せて麦藁帽の内暗し
暗き方も人の流れや鬼灯市
土掘れば湧く水暗き半夏生

右は昭和35年から46年までの作、「祭笛」の章五十六句からの抄出で、「沖」入会以前の句である。「沖」入会以後の句では、

傍にくらくく母居り砂糖水　47年
桜餅となりに暗き部屋ありぬ　49年
花了る家の二階の燈がくらし　50年
まくなぎが泉暗しと囁けり　〃
われの眼のいま暗からむ藤の前　51年
暗き波ばかりの夢の桜鯛　52年
桃花季も過ぐ甲冑の暗き眼に　53年

まだまだあるが、ざっとこういうことになる。いずれもこの「暗さ」は夜の暗さではない。白昼に捉えた心理描写のための暗さである。ついでに「暗さ」ではなく、「闇」を扱った句を見てみよう。

虫絶えて薄闇のもう佳きことなし　48年
白菖蒲剪つてしぶきの如き闇　49年
闇に水飲んで螢の出を待ちぬ　50年
桃咲いて闇の薄着の始まりぬ　〃

盆提灯過ぐたび闇に樹の根浮く　50年
薄闇に衣ずれが過ぎ盆過ぎぬ　〃
忘年や酔のうしろの真の闇　〃

前掲の作品群が心理描写の白昼の「暗さ」であるのに対し、こちらは自然のままの夜の「闇」である。夜の闇ではあるが単純なる景としての闇ではない。作者の内なるドラマを体する闇である。少しくどいようだがまだある。

貝割菜日蔭へ向ふ水ばかり　46年
影が先づさし春昼の箒売　47年
朝粥に淡き翳ある冬の旅　49年
水の上に絮しきりとぶ翳りかな　〃
まだ翳の淡さで揺るる藕の花　50年
翳曳きて鈴虫を聞く庭箒　〃
梅咲いて影絵のやうに翌檜　52年

ここに捉えられている「影」も「翳」も白昼のものである。白昼は「明」または「陽」である。「明」や「陽」に対する「影」や「翳」だから、これは一見実景のように見える。しかし単なる実景ではない。作者が意志的に見ようとしなければ見えないところのものだ。そう言えば先の白昼の「暗さ」も、夜の「闇」も、単に視覚で捉えた「暗さ」や「闇」ではなかった。見ようと意志を凝らしてはじめて見えてくるもの、また逆に見ようとしなくても自然にどうしようもなく見えてくるもの、そういったものをそこに在らしめようとする意志がどの句にも貫かれている。

向日葵に煙のごとく老婆来る
凄惨に椿はほろぶ花吹雪
木《こ》の晩《くれ》に揚羽の世界したたれり
山茶花に母ゐて昼月より淡し
悪友に似て十薬の花点々
薄眼ならむこの波郷忌の綿虫も
人は子を産み枯菊は火を待てり

これらの句は鷹夫俳句の代表作と言ってよいだろう。優美勁捷な表現の中に一つ一つのドラマが鮮明に内蔵されている。「沖」が押し進めたイメージ俳句の中で最も独自に開花した鷹夫俳句のカラーだ。その鷹夫カラーのところどころに先に述べた「暗さ」や「翳」の残影が尾を曳いてはいないか。これは一体鷹夫氏にとってどういうことなのだろう。普通こういう「暗さ」や「翳」は心に暗さや翳りがあるときに極く自然に斡旋される言葉なのだが、二三の句を除けば直ちにそうだと断じられないところがある。むしろ逆に「暗さ」や「翳」に眼を据えて、そこから積極的に美の転換を図ろうとしている節がある。

　林翔先生はこの句集の跋において、鷹夫俳句における「かそけさ」と無常観ということを指摘しておられる。無常観は諦観ということにもつながるから、この鷹夫俳句に現われる一面の色調、「暗さ」や「翳」を直ちに無常観に結びつける訳にはいかないが、どこかに一脈通じる節はある。無常観は「朝に紅顔夕に白骨」式に捉えれば底なしに暗くなるが、白骨に至るまでの生々流転の相を肯定的に受け止めれば無常即歓喜に早変りする。では鷹夫俳句に歓喜はあるか。ある、と答えられる。先の「暗さ」や「翳」を扱った句にしても、二三の句を除けば苦悩の相に根ざしてはいない。むしろ欣喜だ。いや苦悩を作家魂において歓喜に転換していると見るべきであろうか。

　鷹夫氏は昭和三年生れ、戦時下に多感な青春期を過している。そしていま身の内外の親しき人々の死、子供の手術や自らの入院を経験している。ここまでは来し方なのだが、もうそろそろ己が行方のほうも見えて来ている筈だ。つまり「暗さ」や「翳」のもっともよく見える年代にある。鷹夫氏はそういう自分の固有の生を大切に精一杯生きようとしているのだろう。暗さは暗さのまま、明るさは明るさのまま、その姿をあるがままに確認しようとしているのだろう。しかしあるがままの姿を確認するには受動の姿勢では駄目だ。立ち上がって能動的に飛翔しなければならない。そして鷹夫氏は飛翔している。

掌に水のにほひの蝌蚪二つ
蝶が蝶に出遇ふしばらく花忘れ
一羽がいつも潜りて鳰の数出来ず
桃の花濃くなる度に家遠し

少女より貰ふ土筆は手紙のやう

単なる写実ではないが自然の風物を詠って実に楽しい。どの句にも少しずつ虚がすべり込んでいる。すぐれた言語感覚と言うべきであろう。

土鈴買ふ信濃の寒き夕焼に
靄の中に声揚ぐ朝日水芭蕉
山葵田の彼方の水も青世界
揚羽来て水飲む聖母幼稚園
指定席探す夏野を走りつつ

こちらは旅の句である。旅にいてことさら旅の構えをとらない。自然に旅そのものの中に同化してしまうためだろう。自然そのまま、いかにもそこに在るように表現する。そしてやはり実景の奥へ踏み込んで、そういうように表現されなければついに見えて来ないものを鮮明にみちびき出している。

山茶花に母ゐて昼月より淡し
子へ妻へ野の虹見たる証し欲し
子の胸の傷の五寸に菊の影
クラス会へ妻の浮足桜の芽
さえざえと冬の囀母逝けり

昼月より淡い母、言葉では表現できない冬の虹の美しさ、子の胸の手術の悔恨、クラス会へ浮足立つ妻の健康さ、否定と肯定の中で捉える母の死。一抹の淋しさを混えながら、なんと優しく美しい家族風景であろう。

こうして見てくると、最初私が喋々した「暗さ」や「影」は杞憂に過ぎない。むしろ明るい。しかしこの明るさは一体いつの季節のものだろう。めくらむような夏、透けるような五月、何かに袂別したような晩秋や初冬、そのどの季節の明るさでもない。言えば早春のいとおしむような明るさだ。晴れるかと思えば翳り、翳るかと思えばまた陽光が覗く。そういう季節の明るさだ。この明るさは鷹夫氏の人間了解の作家精神の若さに根ざすものに違いない。そういう意味で句集『渚通り』は鈴木鷹夫氏にとってつくづくめでたい一本であったと思う。

〈初出〉「沖」昭和55年3月

ただいま人間興味中
——中原道夫句集『蕩児』

餅焼くはむかし蕩児と知らざりき

中原道夫さんの句集名『蕩児』は右の句に拠っている。「蕩児」とは、放蕩な子、どら息子のことである。「むかし」と言っているから、今は違う、ということだろうが、集名の言っているところは、私の俳句は蕩児だ、沖の蕩児、俳壇の蕩児、という風に受け取れる。蕩児すなわち、自由、勝手気まま、好き放題、という意味に取れば、中原さんは自己の俳句を、そのように在らしめたい、そのように在る、ということを、この集名に語らせているのではないか。どうも私にはそのように受け取れる。

これは中原さん一流の反骨精神であろう。〝蕩児〟を決めこむことによって他と違う、という矜持。もう一つは、せめて俳句ぐらいは自分の意志によって自由でありたい、という願望。その願望によって成った一集が『蕩児』だ、という風に受け取れる。

中原さんの蕩児は、きわめて真面目な蕩児だと私は思うが、確かにこの『蕩児』は中原さんの思いを体して、どこかふてぶてしく、他と紛れるところがない。十分に個性的で、一巻読み了えるのに飽きることがない。顔のある俳句、とよく言われるが、中原さんの句集には顔がある、と思う。才知が利いて、鋭く、図太く、一歩退がってにやり、としている顔が。

襟巻の狐くるりと手なづけし　「風評」

鯛焼を割つて五臓を吹きにけり　「蕩児」

飯蛸に猪口才な口ありにけり　「一対」

紐ながき換気扇なり薬喰　「銀化」

税関で越後毒消見せもする　「素泊」

先代が有名すぎし鵜匠なり　「偈書」

句集の跋で林翔先生も言われているように中原さんの作品は俳味、諧謔性が濃い。それは自然よりも人間に興味があり、批評精神が旺盛だからであろう。作品によっては少しうがち過ぎる嫌いもなくはないが、眼前事象への切り込みには他の追随を許さないものがある。
それと中原さんの句集の魅力は、きわめて独創性に富んでいる、ということ。

白魚のさかなたること略しけり　「風評」
鳥の眼の春愁洛中洛外図　「蕩児」
捩花をねぢり戻してみたりけり　「一対」
あと戻り多き踊りにして進む　「銀化」
米五合尽くれば冬の霞食ひ　「素泊」
アンカーの黒の水着に注目す　「偈書」

俳句をはじめて十年、そのうち句集に収めるのは昭和五十八年から六十三年までの六年間の作品三百六十五句。制作年代順に各章から一句ずつ抜いてみて、この発想の独自性、言語感覚の素晴しさには脱帽するしかない。理論的なことは別にして、特に三句目、四句目、五句目の作品など、私にはなんとも好ましく見える。
それともう一つ、中原さんの句集の魅力には俗談平話の駆使があげられよう。

何食はぬ顔で来て踊上手なり　「風評」
逃げ隠れせぬ自然薯に手をやきし　「蕩児」
あぶな絵にいやにちひさき螢籠　「一対」
然るあひだに旧臘の酔まはる　「銀化」
さぞ薄からむ上人の藁蒲団　「素泊」
一向に遍路だよりを呉れもせず　「偈書」

「何食はぬ顔」「逃げ隠れせぬ」「いやにちひさき」「さぞ薄からむ」「一向に」など、こういう普段の話し言葉を、自在に巧みに俳句に取り入れて、それを強固な詩語に昇華させる芸当は、とても凡手のやれるところではない。能村先生にも、

三分写真湯ざめの顔に写りけり　登四郎
すつ飛んでゆく形代は我のもの　〃
葱の香の女弟子ゐて愛くるし　〃

ほか俗談平話の句が多くあるが、やはり師風は争えないものだと思う。芭蕉は「俳諧の益は俗語を正すなり」と言われたが、「正す」とは平たく言えば、「俗語に詩の

血を与えよ」ということでもあろう。高語帰俗とは大乗仏教の精神を敷衍し、それを俳諧に当て嵌めたものだが、高きを悟り俗に帰る精神のない諧謔は、単なる自己満足の、軽薄な物言いに過ぎなくなる。俗談平話を使って卑俗に流れないこと、そこには〝物のあわれ〟を感じる優しい眼が冴えていなければならない。十分に打ち解けていて品性を失わない、危うきに遊ぶ心境だが、そういう俗談平話でなければ、とても俳句で自立することは出来ない。能村先生はもちろんだが、中原さんにもそういう自立がある。それが中原道夫俳句のもう一つの魅力である。

　以上大雑把に句集『蕩児』の持つ特徴について触れてみたが、集中個々にはまだまだ共鳴する句が多くある。その一部、

干草にゆふべの星の紛れ入る　「風評」
埋草に文字摺草のこと書きぬ　「蕩児」
蜂の巣のけふ二三室殖やすかな　「一対」
芋の露勾玉真似ぶこと必死　「銀化」
数珠玉や少し荒れたる景もよし　「素泊」
地虫出てまつすぐに行くところあり　「偈書」

　人間に執し、眼前事象に興味を示す中原さんだが、一面にはこうぃう動植物と遊ぶ余裕も持っている。人間事象だけではいずれ句が痩せるときが来よう。今後こういう自然界へ大きく心を開く作品をもっともっと多く見せていただきたい、と希望する。

〈初出〉「沖」平成1年10月

ただいま正午の作家たち
――三十代同人特作競詠評

ここに登場する青年作家六人、作品には生年月日が記されていないが、六人とも三十代の後半、作句歴も十年前後というところ。この年齢、感受性も豊かだし、何よりも俳句へ向けるひたむきな情熱がある。この作家たち一日の時間で言えばそろそろ正午、一年の季節で言えばそろそろ盛夏の時にあると言えよう。

〈春五番〉正木　ゆう子

俎を十年もたす春の風
筍のまだめつむりてゐる頭《つむり》
兄からの電話数分梅の花

一句目、俎を十年もたせたということは作者の結婚十年ということも暗示していよう。それを受けて「春の風」がいかにも明るく解放的である。二句目はありそうな景だが、中七の措辞によってあくまでも作者の目で見た「筍」となっている。三句目は妹の側からの兄への思いやりで、もう少し話したかったのだが、しかしそれがいかにも兄らしくて潔い、という思いを季語の「梅の花」に託している。三句とも安定した詠みぶりである。

末つ子のやうに暴れて春五番
一八のもう少し背の伸びたけれ

の軽やかさもいい。少し甘いかな、と思う句は〈水滴を苺のいろに洗ひあぐ〉〈あをあをとメロンにナイフ沈めたる〉の二句。〈青蔦や塩の浄さの父の文〉も悪くはないが、「青蔦」の〝青〟と「塩の浄さ」の〝浄さ〟とはイメージとしてイコールなのが惜しい。

巣立たむと鷲に太腿ありにけり
暑かりし日の岩蔭の鷓の目

こちらは対象を正面から見据えて、いかにも巣立ちの鷲らしく、いかにも鷓の目らしい。写生というよりも観察の確かさがあって、こういう正攻法の句が出来る。

他にも佳品はあるが、中でも、

螢火や手首ほそしと摑まれし

に特に注目した。この一句の背後には男性がいて、少女の頃か、恋の頃への回想、胸をきゅんと締めつけるような痛みが走っている。こういう句は女性でなければ出来ないというよりも、自己の本然を見つめる正木ゆう子であって、はじめて出来る句であろうと思う。

〈干潟〉中原　道夫

たつた今橋の燈りぬ白魚鍋
膝立てて野蒜に味噌を乞うてをり
馬珂貝を舌嚙みさうに訳すなり
粽紐役目了へたる長さかな

相変らず食べものの句が多い。外国の旅から舞い込む便りにもよく食べもののことが書かれている。中原道夫は公私どちらにも精力的だから食欲も旺盛なのであろう。


食卓に並ぶグルメにも、あまり手を加えない山海の珍味、旬のものがあり、俳句作家としてそれを見逃がさない。右五句、それぞれ俳諧のおかしみがあって、ついつい心地よく読まされてしまう。これは句集『蕩児』の自在性から引きつづき流れているものだ。

おかしみと言えば、

その度に問はれゐて憂き麦粒腫《ものもらひ》
留年と決まりし髭用鋏かな

も十分におかしい。ただし、「麦粒腫」は季語ではないようだし、「留年」というのも季語ではない。多分その辺は承知の上で自由にやっているのであろう。

〈初物の西瓜の期待されてをらず〉〈灌仏にいつとき潮の引きしごと〉〈亀鳴くやへそ饅頭に臍のなく〉こういうところはもう一つ感動が稀薄である。興の浅さのゆえである。

十五句の中でもっとも共鳴したのは、先の「麦粒腫」の句と、

花吹雪ガードレールのふにやとあり
夏掛をうつつに掛けし重さかな

の二句。「ふにやとあり」はまさに俳諧のおかしみの最たるものであろう。「夏掛」の句に見られる芸の確かさと優しさ、これはまがうかたなき〝機微〟の作家、中原道夫の俳句だと思った。

〈仮住み〉　猪村　直樹
どこか野に火のつきやすきところあり
種俵沈めてきたる熟睡かな

まず断然にこの二句が光る。前句は野焼きをする頃の荒れた景、冬を経た古草が茫々として乾き、マッチ一本点ずると、たちまちに火の広がりそうな気配、そういう春浅き野の危機感をみごとに言い止めている。後句は勤勉な農夫への賞賛、親近感。誰であるとも特定の人を示さずに、こんなにも鮮明に農夫の像が描ける、これが猪村直樹のよろしさだと思う。

ゆく鳥を百人町に見送れり
仮住みのまま春めいてきたりけり
美しきうなじのほかはおぼろなる

一句目は新宿区の俳句文学館のあたり、「百人町」という固有名詞の面白さで読ませる。二句目はどこか都会暮らしの、サラリーマンの軽いなげき、三句目はどこかで会った美しい女人への思い。それぞれさらりと叙して味わいぶかい。

〈野次馬のきちんと並び火事明り〉は物見高い群衆心理を捉え、〈着ぶくれてたれも寿命のありにけり〉は長寿国日本のめでたさを醒めた眼で捉えている。〈雛の間に風呂上がりなる湯気立てて〉も悪くなく、他では、

物の種俳句人口大いなる

の機知の大胆さがいいと思った。

〈ある冬〉　梅田　津
はつきりと蹼なりし雪の上

上五に捉えたはつきりと、という断定が一句の景を鮮明にしている。蹼《みずかき》のあるのは水鳥だから、これは鳰、鴨、雁、白鳥のたぐい。「雪の上」とあるから池か川岸か中洲。〝足跡〟という言葉を使わずに、そういう景を眼前させている。ひとえに「蹼」一字の妙。

ガムテープ伸ばして冬の日向かな
すぐそこに舟溜ある炬燵かな
悪食のあとを枯野の日差しかな

一句目、阿波野青畝の巻尺の句を思い起こさせるが、このガムテープも悪くない。二句目は作者の原郷感とも言えそうな景。三句目の枯野の慰撫。この三句、やはりこの作者のものであろう。

十五句の中では最初の三句あたりまでが無理して数を揃えたという感じで、全体にちぐはぐな感じを与えている。テーマがあるならわずか十五句なのだから、それを一本に統一して提出すべきであったろう。

スニーカーの紐しめて指かじかめり
スクラムにゐてセーターの毳立てり
おぼろ夜のピアスの揺れをうしろより

も悪くない。今後は、

寒糊を斜に構へて煮てをりぬ
老僧の阿と言ひ野火の走りけり

のような句をもっと多く見せて欲しい。

〈卒業写真〉大島　雄作

卒業写真挑むやうなる眉が俺

大勢で写っている卒業写真、同級生ひとりひとりが特徴のある顔立ちをしている。目が自分のところに移ると、どこか挑むような顔、長くつき合って来た顔だが、改めて見ると眉が少しつり上がっている。そういうところをユーモアたっぷりに表出して、大らかな笑いを誘い出している。こういう健康さは作者天性のものであろう。そ

う思ってみれば、

成木責表も裏も叱りけり
啓蟄の小屋より馬が顔出せり
潮まねき女の脛に退りけり

にもどこか笑いがひそんでいる。この作者の十五句、特に破綻はない。

舣挿して波のおどろき届きけり
筍の濡身に朝日通りけり
乳母車睡らせて鴨引きにけり
啓蟄の耳こまやかに洗ひけり

期せずしてみな〝けり〟止めだが、これらの句も一応の水準にある。

筍掘りはづかしき声出でにけり

は一句のニュアンスから、「はづかしき声」ではなく、「はづかしき音」ではないかと思ったがどうか。〝声〟はやはり口から出るものだから「出でにけり」の突き離しはどうか。品性よりも、ここは悪びれず下のほうから出る「音」としたほうがいい。そうすればもう一つ大らかな俳諧の笑いが加わる。

〈剪毛期〉横山　幸嗣

無線電話のむかうから山焼かれけり

山を焼くことは大変なことである。山の大きさに合わせた人員の動員、いざというときの防火の体制、気象条件、全て整わなければ決行出来ない。ここは山焼実行本部のあるところらしい。先刻無線電話の向うから準備完了の連絡が入り、火入れの指令を出したのであろう。そしていま煙が見えはじめているのだ。なかなか臨場感のある表現で、スケールも大きい。

蜂の子を食べたる喉に手がゆきぬ

別に喉がいがらっぽい訳でもないのに、なぜか喉に手が行く。蜂の子に針はないのだが心理的にそうなる。

馬鹿貝と指されれば口閉ぢもせり
ふりかけと同じ音して種袋
うしろ手のあとの腕組み植木市
潮吹の吹いて隠るる意味もなし

こういうところそれぞれおかしく、やはり諧謔志向だが、対象への柔軟な切り込みがあり、今後これを大いに伸ばしてみたい。

他では

くくり藁切れんばかりの桑解けり
父がゐる心強さの種選
競漕の見えぬゴールへただ漕げり

がよかった。

桑解いて咄嗟といふも躱しけり

は面白いが、「といふも」の部分があいまいなのが惜しまれた。ここは自然に「咄嗟の撥ねを」とすべきではなかったか。

以上、ただいま正午の作家たちの作品について一渡りしてみた。そこで感じたこと、これは俳壇全体の傾向らしいが、若い作家たち総じて俳諧味志向に傾いているようだ。

自然はどんどん破壊されていくが、満ち足りた生活と情報化社会で、現代の若者たちには先の先まで見え過ぎている。抒情も人間探求もこの乾いた社会には魅力がない。それでも生きていることには興味があるから、差し当り人生のその表面上の機微を突いて面白おかしく表現しよう、ということらしい。「沖」でその先頭を走っているのが中原道夫、彼には先ほど句集『蕩児』に俳人協会新人賞が与えられたが、これは時代の要請というよりも、彼の発想の独自性、そのエスプリに与えられたものと思う。今後、後続が中原道夫を越えられるか、あるいは並走するか、いまは静観するしかない。

それと、これも俳諧味志向と無関係ではないと思うが、この六人の作家の作品を読んで、〝けり〟の多用が目立った。「俳句は切字ひびきけり」だから、〝けり〟が悪い訳ではないが、安易に使うと小さく早々とけりがついてしまう。多用は乱用につながり、乱用に気づかなくなると詩の動脈硬化を来たす。

その辺のところはこの若い賢明な作者たちには先刻ご承知なのには違いない。俳句にはぎりぎりの省略が要求されると共に、一方ではまた、最後の一字一音ぎりぎりまで表現だ、という空間をもっている。〝けり〟は最後部の〝詰め〟の分、十分心して使いたいと思う。

〈初出〉「沖」平成2年5月

夢に日当る道つづく
――池田崇句集『雪の祀り』

池田崇さんの句集『雪の祀り』は圧倒的に冬の句が多い。その中でとりわけ際立つのは男鹿半島の鰰漁を中心とした風土詠と、生活身辺にある雪との取り組みである。前者は句集の後半部まで熱っぽくつづき、後者は後半に到って二つの境地を獲得する。もちろん春夏秋の句も少なくはなく、それぞれ風土色の濃い作品世界が展開している。それは順を追って見ることにして、まず男鹿に取材する作品から見ていきたい。

なまはげの髪海草のにほひ濃き
夕日より湧き出て鰰《はたはた》舟帰る
鰰群一過や男鹿の一活気

私も一度だけ晩秋の男鹿半島を旅したことがあった。鰰漁は見なかったが、日本海に面した半島のあちこちを見、宿では磯料理を馳走になり、翌日なまはげも見て来た。もっとも私の見たなまはげは観光用のそれで、ほんものは正月行事の、なまけものを叱咤する鬼であるらしい。海も静かであったから至極のんびりと平和な印象を受けた。しかし池田さんの作品に登場する男鹿は非常に荒々しい。

地と海の境もなくて男鹿吹雪く
凍土より鰊箱を引き剝がす

先の三句、いまの二句は、昭和四十六年～四十九年までの作の中からの抄出。さらに見ていくと、

濤頭低く抑へて鰊群来
口笛の尖り吹つ飛び男鹿寒し
怒鳴られて怒鳴り答へて鰊漁婦

という具合で、こちらは五十年～五十二年の作。著者は身体のまるごとで男鹿の冬にのめり込んでいるようだ。確かな観察力、確かな描写力で、特に〈怒鳴られて怒鳴り答へて鰊漁婦〉が面白い。決して「怒鳴り返して」ではない「怒鳴り答へて」だからいいのである。「怒鳴り返して」なら喧嘩のやりとりとなろう。「怒鳴り答へて」なら、叮寧に返答しているのである。浪の荒巻く中での作業だから大声を出さなければ相手に聞えない。こういうところ作者の愛情があって凄い描写力である。

ついでだからもう少し作者の男鹿へののめり込みぶりを見てみよう。

大寒のみな語尾こもる男鹿訛
一時化ともう一時化と鰊待つ
鰊不漁浜に男の余るなり

これは五十三年作、さらに五十四年～五十五年作の中から、

鰊番磯颪に出て葱刻む
海霧が寄り来るよ焚火の手元まで
鰊番屋厠に居ても沖見えて

という具合で男鹿への腰の入れようは尋常一様ではない。収録句数四百三十九句中、男鹿での作品は実に四十句ほどに達している。それも毎年決まって烈風吹きすさぶ冬を狙って足しげく通っている。

これは一体池田さんにとってどういうことなのだろう。池田さんの住む秋田県横手市は奥羽山脈の麓にある盆地、男鹿は八郎潟を囲んで、日本海に面し鼻のように突き出た半島である。この冬の男鹿への道行きは、句集に収録する昭和四十六年（この年の十二月沖入会）から五十七年までの作品中、五十五年までつづけられている。能村登四郎先生は、この句集の序文で、《ふと気付いたことは一つの風土性の素材に執着して熱っぽく詠い込んでいく手法は私の『合掌部落』時代に詠んだやり方にどこか似ている》と書かれている。確かにその通りだが、もう一つ、池田さんの男鹿行きは、血の騒ぎとでもしか言いようのない形でつづけられている。どこかに内的必然の欲求があって、それに駆り立てられている風姿が見られる。荒々しく広がる男鹿の海と、雪深い横手盆地との関連、ここに私は池田さんという俳句作家の精神のゆらめきを感じてすこぶる興味深い。

雪卸して戸障子を喜ばす
灯すごと野に雪竿を挿しゆきぬ
雪晴れや雪きしきしと緊まりつつ
子が三人もう雪国を逃げ出せず

今度は雪の句を見てみよう。昭和四十六年〜五十一年作の中から。一概には律しきれないが一般の生活人にとって雪は脅威である。しかし雪から逃げられないとなれば、そこに開き直って居据わるしかない。したたかに居据わる。その泣き笑いの中から生活の知恵が生まれてくる。池田さんは生活人として雪に居据わりながら、俳句作家としてもしたたかに風土に居据わっている。

雪の市手振り大きく婆と婆
大雪のしんから酔へぬ夜のつづく
どか雪の妻のおろおろ声に覚む
足場よき場所に妻置き雪卸
雪捨ての値を釣り上げて雪やまず

こちらは五十二年〜五十三年の作。池田さんの作品には自他を含めて〝酔ひ〟という言葉がひんぱんに出て来る。跋文を書かれた久保田博氏によれば、「酒はどのくらい飲むのか」という問に対し、彼は「大体一升ぐらい……飲めば二升……」と答えたそうである。雪国の人は酒が強い。酒を飲むと身体があたたまるからだが、酒でも飲まなければ、雪に閉じ込められた心の憂さは払えない、という事情にもある。池田さんの酒豪ぶりもそういう環境から培われたもので、それが期せずして作品にまで現われているのであろう。

古国旗さくらんばうの鳥避《よ》けに
蝮より眼を離さずに木を挽けり
打てばすぐ勘戻りけり盆太鼓

先に男鹿の句、雪の句と色分けして見て来たが、もちろんそれは便宜上であって、句集には一年の作品が順々に収められているので、そのときどきの季節の風土が、やはり作者の確かな観察力によって的確に捉えられている。「蝮」の句は俳人協会の年次俳句大会で、水原秋櫻子の特選に推されたものと言うが、いかにも池田さんらしい冷めた句である。「古国旗」の句は、いつかＮＨＫの山川アナウンサーが演ずるところの「ウルトラ・アイ」という番組で、果実などを荒らす小鳥たちが一番怖がるものは何か、ということで実験したところ、それは案山子や威銃ではなく、大きな目の形をしたものが一番の効果があるということであった。だからこの国旗にも目の輪郭を入れたらもっと効果が出るかも……などと余計なことを考えておかしかった。

早乙女に嫁見と判る女連れ
嫁ぎ来て目の多きなか田を植うる

この二句にはどこか農村の物語性が宿る。一種の諷刺だが、決して悪意のものではなく〝可笑し〟を秘めた諷刺である。この種の作品は他にも沢山ある。

分校の薪が崩るる蝶の昼
田植女の振子揺れしてかつ進む
始終面伏せて踊りてなほ目立つ

一句目は、いかにも早春の分校という感じ。冬の間に焚かれた薪は、減った分だけ斜めになり、バランスを失って崩れる、そこを蝶が飛んでいる。二句日の「振子揺れ」とは、よく見ていてなかなかこうは捉えられないところ、さすがに手練れだと思う。三句目はそれとなく秋田美人の容姿が思われて、この描写力にも感服した。

紙幅も少なくなって来たので、終章に近い、五十六年～五十七年の作品に移る。この二年間の作品にはどこか微妙な変化が起っている。

合歓咲いて「ねむの木」の名の珈琲店
旱田の亀裂が夢の中にまで
迎へ火の一番に兄迎へけり
凝りすぎて案山子その威を失へり
派手に藁焼きて農事のけぢめとす

いままでの句には、どこか風土の素材を力で捻じ伏せようとする一種の構えの姿勢が見られたが、ここに来てそれが影をひそめ、代って謳われる対象が作者の内側から自然に浮上するようになってきている。もちろんこういう形は以前から全くなかったのではなく、ここに来てそれが顕著になった、ということである。さらに見れば、

障子貼る畳好みの不惑来て
淋しくて冬木一本縄垂らす
鶏を威し翔たせて冬うらら
裸木に鴉遊ばせ鬱の国

ということになり、その変化は微妙ながら歴然としている。対象を外側から責めていたものが、ここに来て内側から責めるようになっている。対象にあくまでも個としての自己が関わっている。それにまた、ふたたび雪の、

見られゐて励み過ぎたる雪卸
しばらくは雪を忘るる深雪晴
子が力合はす雪掻き侮れず
かまくらを覗きにゆきし妻永し
幾たびも雪卸すただ雪卸す
長子より手加減なしの雪礫

などの句についても言えよう。こういう自己の内側から発想した句は後半に到って多くなっている。一つの境地が大きく展けはじめた証左であろう。収中最後の一句は

寝酒して夢に日当る道つづく

である。極めて心理的な句である。寝酒して、その夢の中ではじめて見えて来る明るい道、それはどんより曇った暗さからの脱出、青空と太陽への渇仰なのだと思う。池田さんの住む横手市は全国有数の豪雪地帯、しかも盆地である。視界はすべて雪、そういう環境なら、ある日ある時の心情として、どこかに窒息感のようなものがあるのではないか。暗く閉ざされた世界では一条の太陽の光が、真実珠のように有難く尊いのである。

＊

先に私は、「荒々しく広がる男鹿の海と、雪深い横手盆地との関連、ここに私は池田さんという俳句作家の精神のゆらめきを感じてすこぶる興味深い」と書いたが、実は、そのことと、この最後の一句とを繋ぐところに、あのひたむきな男鹿行きの秘密を解く鍵があるのではないか、という思いがあった。

おそらく池田さんにとって、男鹿への道行きは、広い視界への求救の旅であり、青空に代る海の青さへの渇仰、そこで荒々しく立ち働く漁師たちへの讃仰の旅ではなかったか、と思う。この私の推測が当っているか否かは池田さん本人に聞いてみないと分らない。とにかく『雪の祀り』一巻の作品は、全てこの最後の「夢に日当る道つづく」の一句に収斂されてゆくように思われる。そして池田さんの今後の作品世界もまた、ここから新たな地歩を進めることになるだろうとしきりに思われるのである。

〈初出〉「沖」昭和58年12月

川口仁志句集『北風景』寸描

河口仁志さんと、私は「沖」創刊以前に一度だけお会いしている。市川市で開かれる文化祭俳句大会の席上で、あるときお隣り同士であった。私は毎年、森田旅舟、大川つとむ、千賀静子、櫛原希伊子さんといった人達と一緒に幹事であった。あるとき、この中に福永耕二も加わって来た。私はいつも一人で参加していたから、会が済めば懇親会には加わらずそそくさと退場していた。そのときもそのようにして、初めて隣り合わせた河口さんを誘い、どこかの喫茶店に入り、コーヒーを飲んだ。

そのとき何を話したか、具体的には思い出せないが、河口さんは「森の会」というのに参加しており、よかったならあなたも参加しないか、と遠慮がちに誘われたような気がする。私は断った。そして、能村登四郎ほどの人がいまだ一誌を持たないのはおかしい、というようなことを話したような気がする。私は俳句の出発は割と早く、そのときある結社の編集同人であったので、結社と俳壇の動きにはある程度精通していた。

その後私は東京を離れたので、以来この会で河口さんと会うようなことはなかった。「沖」が創刊され、私も京都から参加して、そこにかつての幹事仲間の、大川つとむ、森田旅舟、福永耕二氏らに混じって、そこに河口さんもいたのであった。しかも後で聞くと河口さんは他の仲間何人かと「沖」創刊の機動力となった、ということであった。淡いけれども、そういう〝えにし〟があって、やはり河口さんは私にとって会えばいつも懐かしい人なのである。

その河口さんがようやく第一句集『北風景』を上梓した。「沖」創刊からちょうど十五年目、ややスローながら、いかにも東北出身らしい悠揚さである。しかし遅れついでの「沖」創刊十五周年目というこの節目は悪くない。河口さんは昭和十二年生まれ、あともう少しで四十代も終りであるから、こちらのほうも一つの節目に近づいており、そういう意味で二重に記念すべき上梓となった。そのことをまず河口さんのために喜びたい。

父ありて母ありてこの青山椒

父在らば桑解く情を尋ねたし

河口さんは今は亡き福永耕二と親しかったらしい。一緒に飲む機会も多かったのだろう。耕二は水原秋櫻子をして石田波郷の再来と言わしめたほどだから、俳句も文章も上手く、酒を飲むとまた能弁であった。河口さんはどちらかというと訥弁のほうだから、酒の席ではもっぱら聞き役に廻っていたに違いない。俳句は兄事したかどうか、それは聞いていない、有形無形に影響を受けただろうことだけは確かだ。肉親への愛情を詠って、これはあくまでも作者のものだが、その詠みぶりはどこか耕二に似ている。

春泥に金刷く月となりにけり
落鮒の水叩きつつ釣られけり
風邪の眼に焚火の色を嫉みけり

「沖」創刊後間もない頃の作品、期せずしてどれも「けり」止めだが、仁志俳句の資質はすでにここに開花している。美意識、観察、心理描写、いずれもしっかりしていて自分のものを出している。

霜消ゆるとき豊満に畑うるむ
綱の張り見とどけ戻る種浸し
田の水の落ちつく頃の夕つばめ

土への感触と農事への関心、河口さんの生家が農家であるか否かは知らないが、ここには原体験に裏打ちされたような確かな把握と実像がある。

川泳ぎして太陽の子供たち
山水と同じ冷えもつ土筆摘む
山の子が海へ来て夏惜しみけり

これらの句の背後には河口さんの故郷、福島県須賀川市の山河が据えられているのではないか。変に技巧を弄せず、大らかに対象に迫っている。こういう直線的で鷹揚な詠みぶりも河口さんの一つの魅力である。

鉈携へ枯山犯すごと入りぬ

負け独楽の死の寸前をうろたふる
自我どこまでおでんの箸の荒けづり

一句目の状況は突き詰めれば〈ごと〉のようなものではなく、すでに〈犯す〉ことを前提としていようし、二句目は独楽が倒れるのと、人の死とのダブルイメージだが、もう一呼吸酸素が足りないようだ。三句目は飲み仲間と虚々実々やり合っている上での〈自我〉であろうから〈荒けづり〉とまで言わなければならないか、という点で三句とも微妙な曖昧さ、強引さをのこす。けれどもやはり内へ鋭く踏み込んでいて、紛れもなくこの作者のものと言えよう。

黒牡丹後へはひかぬ蕊の金
木枯や図太く生きて夜の食
鳰の子の吹かれて少し意地通す
蟷螂の人喰ふ貌をしてゐたり

句集後半に到ると、このように意志的に、張り詰めた句が多く見られる。作家としての充実と飛躍への自覚の所産だろうと思う。

曲り家へづかづかと来て三尺寝
下北は晩夏日本のろくろつ首
炎天のどこかにきつと死者の道
うまごやし最北端の白なりし
「田は駄目」と短い夏を低く言ふ

めったに旅をしない河口さんが、ある夏ひとり旅をした。遠野、花巻、青森、恐山などだが、これらの句は見事にその土地の風土を切り取っている。どの句にも作者の血が通っている。観察と自己投影、こういう句を作る河口さんを私はひそかに信頼している。

〈初出〉「沖」昭和60年6月

海を見て山を見て
——岡野康孝句集『七尾の冬』

海を見て山を見て焚火囲みけり

この句は岡野康孝さんの句集『七尾の冬』のほぼ真ん中ほどから、ひょい、と飛び出すように出て来る。しっかりした骨格、誠実な描写の風景句が多く、どの句も非の打ちどころがない。しかし素材的にどこかワンパターンの繰り返しだなあ……と思っているところへ、この句はほんとうに、ひょい、と弾むように出て来る。一句の背景は能登の七尾の厳しい冬。「囲みけり」だから一人ではない。何人かの人が何かを語りながら、体を温め合っている。空は晴れているのか、曇っているのか、それは見えて来ない。晴れているかも知れないし、曇っているかも知れない。いや、「海を見て山を見て」というこの人達のしぐさを見る限り、何やら天気の具合を推し測っている風にも見える。とすると曇っているのか、時化でも来そうな気配なのか、そういう風にとれなくもない。だが、それにしてはこの句の雰囲気には切迫感がない。何やら悠揚迫らざる体で焚火にしばしの暇を楽しんでいる風に見える。天気の具合を推し測るのであれば、「海を見て」ではなく、「沖を見て」であろう。その辺の観察と表現はこの作者には手抜かりはない。

そういう天気のことや、何のために焚火を囲んでいるのかということとは全く無関係に、私にはこの句はとても可笑しかった。「海を見て山を見て」というこのしぐさには、首を左右に動かせば一方は海、一方は山、ということももちろんあるだろうが、私にはもっと別の動作が見て取れる。つまり、海を前方にして焚火に当っていた人が、くるりと後ろ向きになる。十分に温まった顔や手足、今度は背中を温めようとするのである。当然正面が逆になり、逆になった正面に山がある。それをこの焚火を囲む人達は、何かを語りながら、待ちながら、繰り返しているのだ。その何でもないしぐさ、その表現が何とも可笑しい、背景が寒々とした日本海であれば一層このしぐさは可笑しい。ここにはさり気ない作者の風土が見える。詠われている情景が静かなだけに、逆に荒々しい北陸の風土が連想の中に見えて来る。こういう一句が句集の半ば頃に収められていることを私は岡野さんのために喜ぶ。おそらく、岡野さんの句集一巻に流れる精神はこういう風土の中にあるのではないか、それを探りながら、改めて全般に目を通していきたい。

稲架高く良夜の海を隠しけり
稲架解くや日ごとに高き灘の浪
日の出でて海へ流るる穂田の霧
舟小屋に早稲押し込むや驟雨来て
沖浪の一日やはらぐ種下ろし

岡野さんは昭和二十九年に「馬酔木」により俳句をはじめ、四十六年に創刊間もない「沖」に参加している。「沖」に参加しても二年間ぐらいは「馬酔木」にも投句していたようで、その辺の作品は句集のはじめのほうの「春暁」の章に収められている。いまその中から目立つ句を拾ってみたら、右のような句となった。面白いことに、どの句もこちらが田んぼで、向うが海という構図だから、早々と作者の住んでいるところは、そういうところだということが理解出来る。それと、

鰤来たり雪雲能登の岬覆ふ
江の奥の糞にもどる牡蠣の舟
鰤上げて波止の雪消す朝の市
魞挿して舟戻りけり雪月夜
生簀舟波止の朧に海老はねて

というような漁業風景の作品も多く、いかにも海浜という感じで、作者の住んでいる位置が手に取るように分かる。これが「沖」一本に絞ったらしい四十八年より五十一年の「雪の街道」の章に移っても、

稲架解くや山河が負ひし傷あまた
露まみれ一夜寝かせし稲抱けば
晩稲刈るけふは近きに濤の音
畦に居てながめてゐし田打ちにけり
稲架結ふや忽ち風の来て住める

このように相変らず農事、農業風景の句が多い。風景

と言っても、生活そのものといったような念の入れようで、稲や田んぼの景を詠うのに倦むことを知らない。岡野さんは高校の国語教師なのだが、家に帰れば、兼業の農家なのであろうか。あるいは農家出身で農事は岡野さんの原風景にどっかりと腰を下ろしているのであろうか。とにかくいつも見馴れている景に、田んぼ、稲の実りがあり、自らも体験的にそれに参入しているという感じで、この農事を詠うのに岡野さんはなんとも居心地がよさそうなのである。

そういう岡野さんを思い、稲の実りを思えば、おのずと、

わせの香や分入《わけいる》右は有磯海　芭蕉

の句が思い浮んで来る。この句は芭蕉がおくの細道行脚のとき、市振から加賀へ抜ける途中の、高岡を出たあたりでの作と言われる。岡野さんの住むところに七尾湾があり、その湾口の外は有磯海とつながっている。つまり岡野さんにとって、稲の実りを見るとき、芭蕉の右の句がいつもそばにあったのではないか、と思ったりもする。

当っているかどうか、当っていればそれはそれで目出たい。ただこの辺までは同工異曲の稲の句、農事の句が多く並ぶので、読者はそれを読むのに少し忍耐を強いられる。

岡野さんが自身の句境に変身を見せはじめるのはやはり五十三年以降、沖同人になってからである。それは冒頭に掲げた〈海を見て山を見て焚火囲みけり〉あたりの句をもって境とする。同じ頃の句に「沖二百号」と前書のつく、

旅立ちに白き祝辞の夜の雪

というのがある。この句については跋文において林翔先生も讃辞を呈しておられるが、ここにはそれまでの岡野さんには見られなかった詩への思い切った飛翔がある。事実をもう一つ突き抜けたところの空間がみごとに獲得されている。

ところで岡野さんの句集には、その題名が示すように圧倒的に冬の句が多い。それをまず雪の句の中から見てみよう。各章から一句ずつ引く。

雪掘つて舟待つ焚火あがりけり　（春　暁）
灯が点きて雪の街道青滲む　（雪の街道）
憎みつつどこか楽しく雪を掻く　（白き祝辞）
雪吊の一直線は雪待てり　（夏夕べ）
卸したる雪が囲めり番屋の灯　（萩の寺）
限りなきもの浪と言ひ雪と言ふ　（縄文の埴）

同じ雪でも東北の雪は乾いてさらさらして軽いが、北陸の雪は湿りを帯びて重いという。緊張とあきらめと、したたかな腰の据わりがこれらの句には見られる。さらに、生活や漁業風景では、

鰤番屋一燈淡く夜明けをり　（雪の街道）
朝市の誰も背に負ふ冬怒濤　（白き祝辞）
風垣を解くや旧知の波のこゑ　（夏夕べ）
干し上げて白裏返る寒鰈　（〃）
波の距離測りて礁へ海苔掻女　（萩の寺）
塩強き白菜を嚙みけふの計　（縄文の埴）

雪の句と併せて読むと、さすがにここには七尾の風土がどっかりと横たわっている。冬の風景、冬の生活ばかりがこの地の風土ではないが、自然の猛威の中で営まれる人間の生活、そのいのちのあえかさ、これをやはり北国の風土ぶり、と言うべきであろう。

ほかに風土性の濃い句で私がもっとも感動した三句がある。

青北風や浪の鬣飛ぶばかり
鱈食つて骨を累ねし九谷皿
煮凝りの解けて鰈の眼が落ちぬ

これらの句は句集後半のほうに収められている。一句目の「鬣《たてがみ》」に見られるたぐいまれな比喩と豪放さ、二句目の鱈の骨の量感といかにも九谷皿らしい色彩および質感、三句目の機微。この三句は他の類想を峻拒し、堂々と自立している。先に風土性と言ったが、この三句はすでに風土を消している。拾い上げてみて、その根にはじめて風土がある、という風である。俳諧の精神横溢し、そういう意味でこの三句は紛れもなく岡野さんの風土作

品と言えよう。

以下句集後半に限って見て行きたい。やはり新境地は後半に到って顕著である。

雪掘つて違ふ白さの葱を抜く
日脚伸ぶあまり要なき一隅へ
海よりも濃き波模様鯖並ぶ
杉山の雪の絣の斜め織り
雪山のつづきのやうに桜咲く

ここに来たって蟬蛻したように肩が軽くなる。同時に今まで見えなかったものが視界に大きく展けて来ている。感性が研ぎ澄まされ、そこに今までになかった美意識が宿りはじめている。こういう境地は今後大いに広げられるよう期待したい。風土の素材を大胆に活用しながら、それを精神の時空へ力強くはばたかせていただきたい。

紙幅が少なくなってしまった。岡野さんの作品に草花が少なく、ために色彩感に乏しいこと、魚の数はさすがに多いが、鳥獣の登場が少ないこと、教師らしい句が数句しかなかったこと、妻および家族を詠った句が少ないこと、などについても触れたかったが、もう余裕がない。

能村登四郎先生が句集の序文の終りのほうで、

股引を穿きしことなどまだ言えず

を褒められたあと、第二句集において、このような年齢からくる可笑しさがもっと出せたら、と岡野さんを激励されている。私もこの句を読んだとき、これは参ったなあ、と思った。いまはデパートへ行けば、厚手のタイツがあって、私も寒くなれば人に先んじてこれのお世話になる。そして誰にも黙っている。可笑しさとはまた懐しさでもあろう。これは精神の余裕の所産、そういう俳句を私も作りたいと念じているが、まだまだ道は遠い。

海鼠の酢利き過ぎて目をしばたたく

句集掉尾の一句。こちらも以前には見られなかった境地だ。目を自己の内側、日常のさり気ない動作に向けている。そしてやはりどこかに可笑しさが宿る。今までは外景のドラマが多かったが、すでに内なるドラマもはじまっている。このことも岡野さんの俳句のために喜ぶ。

　以上まとまりのない感想に終ってしまった。岡野さんは、今年定年になられたそうである。これからも岡野さんは能登の七尾にあって、「海を見て山を見て」暮らされるに違いない。時間的にも、精神的にも余裕が出来たところで、以前とはまた違った視点でものを見ることが出来る。これから能登の自然がどのような躍動を見せるか、また岡野さんの精神がどのように躍動するか、そのことを期待したい。

〈初出〉「沖」昭和62年12月

同人研修会の記

五月十二日十時十二分、上野駅から「あさま一号」に乗り込んだ関東からの同人三十数名が降りる快晴の戸倉駅。改札口には出迎えの湯本道生、柳沢志良夫氏ら。ほか今日のこの同人研修会に同行し何かとお世話下さる信濃支部の面々。今回の総括責任者は信濃支部とはすっかり昵懇となった大牧広氏。

　十一時、第一の吟行地、姨捨伝説と月の名所の長楽寺へ。ここは戸倉の駅から千曲川を渡り車で十五分、善光寺平を一望にできる高台にある。境内には自然石の句碑や歌碑、芭蕉や宗祇のものなど五十数基。高さ二十メートルはある姨岩という巨岩。庫裡に招じられ、支部の女性の方々手づくりの土地料理の昼食。住職の姨捨伝説についての独自の見解に耳を傾け、第二の吟行地修那羅山へ。途中、りんごの花、遅咲きの桜並木、新緑の落葉松、遠くに横たわる北アルプスの連峰を眺め、中央本線聖高原駅に寄り、名古屋駅から乗り継いで来た関西勢の松島不二夫、柴田雪路、坂本俊子氏らと合流。

一時三十分、修那羅山安宮神社。ここは修那羅の石仏で有名なところ。神仏習合の石神石仏が一千余体。儀軌に拠らない千手観音、大日如来、不動明王、童子地蔵、閻魔大王、獄卒の鬼、それに猫神、山犬、人面獣身、馬上貴人像、姉弟像、ササヤキ神、女人治病と安産の神、樹胎仏、啖護神、癪王神、咳霊神、頭神。利殖の神の福徳金神、催促金神。ほか人の願いのありとあらゆる神……。しかし不思議と暗くはなく、小さいものなど持って帰りたいほどあどけなく優しい。それが異様に無秩序に小径を挟み蜒々と立ち並んでいる。開山の修那羅大天武は修験道と神道を修めた法力の人だったらしい。ここの石神石仏は大天武の豊かなイマジュネーションと彼を慕う石工との見事な合作だ。素朴な住民信仰と生活感情がここに時間を超えてはどろどろに塗り込められている。

夜八時、別所温泉・和泉屋旅館。すでに沖創刊十周年へ向けるお互いの意欲を確認する同人総会、懇親夕食会が終り、当日吟三句の第一回句会だ。明日は五月第二日曜日「母の日」というので、披講は仁子、洵子、俊子、麻子の女性軍。地元支部員の披講は特別に黒一点の小川浩氏。結果は、

能村登四郎先生特選

目の老いに光ひしめく芽落葉松　喜美

林翔先生特選

めをと神腰浮かすまでみどり射す　不二夫

互選高点句五位までは、

めをと神腰浮かすまでみどり射す　不二夫
山笑ふ末座の神はただの石　志良夫
肩車済みし神樹の父子神　円三
すみれ咲くささやき神に囁かれ　宇涯
目の老いに光ひしめく芽落葉松　喜美

の諸作。能村先生から、「折角の同人研修会なのだから、全体的にもっと意欲作があってもいいと思った……」と選後評が述べられ、つづいての林先生もこれに同意見で

あった。

五月十三日、快晴。九時旅館発。信州の鎌倉街道を横目に見て真言宗の古刹前山寺へ。ここで室町時代初期の美しい三重の塔を見、そこから水と緑の田園を通って上田紬の工房へ。玄関の標札は「塩沢至」。織子はこの家の老婦人、それと嫁さんとおぼしき人。小一時間、細い絹糸から織りなされる紬の美しさに見惚れる。ここで支部の女性たちが手配した湯茶の接待、油で揚げた取りたての楤の芽が美味しい。

十二時、昼食後第二回目の句会。会場は信州大学繊維学部。「陸」同人の山崎素粒子氏が特別参加。そして繊維学部から五名の出席。進行は節子、披講は純子、喜美、千津、志良夫の各氏、採点は圭司、昭太郎の両氏。

能村登四郎先生特選

機織女ある日は牡丹なども剪り　　節　子

林翔先生特選

織子で終る一日牡丹と光り合ふ　　俊　子

期せずして女性の句、それも同じような句が両先生の特選となった。互選高点五位まで。

苗時の信濃は水の走る国　　登四郎

筬の音の遅速は母子芽ぶきどき　　千　津

ほこほこと子の列続く桑嫩葉　　秀　子

余花の村筬なるたびに系図古り　　仁　子

婆の目に声あげてくる豆の花　　道　生

両先生講評のあと、賞品授与となったが、第一回、第二回合点の上位二位までは副賞として信濃支部より善光寺御開帳を記念する金盃が授与される。沖の俳句よ善く光れ、という願いをこめて。受賞は麻子、喜美さん。

かくしてこの研修会もいよいよ終幕。青杉子同人会長より支部の人達と会場を提供して下さった信州大学への謝辞、支部からは柳沢志良夫氏が立って、「大変有意義でした。今日の成果は支部にとっても、沖にとっても十倍、二十倍の発展に繋がるように思います」と結ぶ。その夜私は、あの修那羅の石仏たちとの邂逅を思いながら、上野から盛岡行の寝台列車に乗った。

追　記

なお、二日間の総合成績は、一位清水麻子、二位湯橋喜美、三位湯本道生、四位能村先生、五位松本秀子の諸氏であった。

生れたての雲触れてゆく夏帽子　麻　子
地言葉の語尾も織り込み春紬　〃
隣田へ甘えにゆきて紫雲英燃ゆ　喜　美
山毛欅若葉目にろんろんと洞の神　道　生
晴るる日の絹の柔さの芽吹山　秀　子

〈初出〉「沖」昭和54年7月

個の孤の道
――沖風ということ

ここに登四郎主宰が自ら打ち鳴らした沖の作品への三度目の警鐘がある。

「初め無色だった沖が五年経って一つの色彩を持つようになった。それは当然なことですが、その知らず知らずに出来上った力ラーを冷静に批判していくということは今は大切なことであります。ただこの場合気をつけなければならないことは、俳句作家には人それぞれの個性があって、それを充分に生かしながらやっていかなければ全く借り物という事になります。美しく繊細な句風のあう人はそれを捨てる必要はありません。その繊細な手法の中に具象性を加えていくという方法を考えればよいのであります。又写生オンリーの人はその中に人間の映像を加えていくという方法によって古さから脱していくことができます。一番いけないことは、一つの句風が流行すると誰も彼もがその風を追って雑誌全体が一つの色に塗りつぶされてしまうことです。」

――「沖」51年1月号「俳句に於ける瞬間的気息」

主宰のこの沖カラーへの警告は、五十年一月号「俳句が作者の身辺にあるとき」、同十月号「創刊五周年を迎えて」の中でも述べられており、ほかにも五周年記念号の同人達の座談会が話題にし、福永耕二氏も折に触れて述べている。

沖カラーというとき、厳密には沖の個性、もしくは特色ということになろうが、同じような意味で「沖調」「沖風」というようにも使われている。この「調」や「風」を字典によって確かめてみると、「調」のほうは、「ととのう」ということで、これには、やわらぐ・ちょうしが揃う・物事の釣合がうまくとれて衝突がない・ぐあいがよい、などの意味があり、他に、かなう（適する）・ならす・しらべ・ようす・おもむき・ひびき・みやび、などのほか、熟語としての調子・調和・格調・風調などが挙げられる。「風」のほうは、おしえ（教化）・ならわし・しきたり・いきおい（勢力）・おもみ（威光）・ようす・すがた、などの意味があり、熟語としての風格・風情・風雅・風流・風韻などがある。

沖という作家集団の作品に、こういう意味合いの風格や格調が色濃く出てくることは決して悪いことではなく、それが新鮮に脈打っている限りこれはむしろ望ましい姿である。ただ主宰が言われるように、一つの句風が流行し、それに従って雑誌全体が一つの色に塗りつぶされるとき、作者個々の発展が止まり、雑誌の魅力は半減する。沖誌に限らず、雑誌全体が一つの色に塗りつぶされるということは、作者たちが自己の個性を開発せず、他人の模倣に終止してぬくぬくと雑誌の中に埋没してしまうことで、そういう状況からは一誌の中から風格も格調も姿を消し、残された形骸からは集団の臭みだけが漂うことになる。佐藤鬼房氏は「沖」の五十二年八月号「荒野を目差せ」の文中で、「沖作品」のひとたちに、模倣というものを徹底的にやってもらいたい。最も身近かに在る主宰者の作品を、倦むことなく真似続けるのだ。エピゴーネンを恥じることはない。やがて道はおのずからひらけ、創造の突破口を自分で見出せるだけの力がついてくる筈だ、と書いているが、これは初心者にとって非常に大切なことだと思う。ただ同人クラスになったら、できるだけ他人と離れて在ることが必要だ。沖は同人作品も自選ではない。そこに主宰者の多少の好みが入るかも知れない。しかし主宰者といえども一人の作家であり、作家である限り、作家としての文学理念を持っていよう。それによって後輩たる弟子を指導するのだから、そこに多少の好みがすべり込んでも止むを得ないと思う。

ついでながら主宰者とそこに集まる作者たちとの関係に立ち入ってみると、私は主宰者と作者たちとの関係は、作品とそれを理解する読者との関係に似ていると思う。例えばいまここに非常にすぐれた一つの作品があったとする。しかしその作品はそれをすぐれたものとして理解してくれる一人の読者がいなければ、すぐれた作品はそこには存在しなかったことになる。反対にいまここにすぐれた一人の読者がいたとする。しかし、そこにすぐれた作品がなければ、すぐれた読者もついに存在しなかったことになる。そのように作品と読者とは、互いに存在することによって相手を顕現し顕現されるという関係を持つ。このことは主宰者とそこに集まる作者たちとの間にもそっくり当て嵌まる。さらにはこういうことも言える。主宰者はそこに集まった作者たちの質を見ることができるが、作者たちは見られることによって主宰者の質を見ることができる。これは極めて客観的な事実だ。だから作者たちは全身の力で主宰者にぶつかって行く必要がある。そういう形で、見るものと見られるものとの間に丁丁発止とした響き合い、照し合いの緊張があることが望ましい。それがなくて両者惰性でつづけている雑誌を私たちはいくつも見ることができる。

ところで私は沖に入る前の二、三年ほど無所属のままぶらぶらしていたが、その前はある結社で、意味を重く沈めた虚無的な句を多く作っていた。そこに一つの限界を感じていたとき、市川の文化祭俳句大会で、

木蓮の寂光界を耕せり　善昭

という句が登四郎先生の特選に入り、一つの光明を見出した思いだった。間もなく私は仏門に入るため誰にも黙って京都の智積院に登った。修行しているうちに、私はいままで悲愴がっていたことが実はほんとうの悲愴ではなく、自分が見えないまま悲愴の擬態を演じていたこ

とがわかった。悲愴が起るのは悲愴が起るような状況があるからであるが、それを耐え、それを越えたとき、そこからほんとうの笑いが生まれてくるのだということを知った。これは非常に重い病気をした人が、どこかに静謐をただよわせ、ほのかな笑みを湛えているのと似ていた。病気をした人はその病いとの闘いを通して、生きて健康でいることがどんなに光明に溢れているかということを知っている。

加藤楸邨は、「心に傷を持たない人は現代俳句を作るな」と言ったそうだが、おそらくこのせちがらい世の中に生きて、心に傷を負わない人はいないだろう。楸邨はもちろんそれを承知で言っているのだと思う。痛みを痛みとして欺かず、それを凝視することによってほんとうの喜びや悲しみや勇気や希望が湧いてくる。それを詠えということなのだろう。ヴァレリーは「病める貝より真珠は生まれる」と言ったそうだ。

真珠は軟体動物たる貝の体内の真珠嚢という一層の細胞の中から生まれるというが、平凡社の『世界大百科事典』によると、ではその真珠嚢の成因は何かということについては、外来の刺激によるものであって、たとえば吸虫、条虫、線虫などの寄生虫、あるいは砂粒のような異物が何かの機会に殻と肉体の中間にはいりこみ、外套膜上皮の一部とともに結合組織中に進入または没入するためにできるという説と、その成因は、寄生虫や外来物によるものではなく、外套膜上皮が自然に分離して内部の結合組織中に移入するものとする両説があるとのことだが、いずれにしても美しい真珠が一個成生するまで貝は病みつづけなければならない。鮎や鮭がもとの川に戻って来て産卵後しずかに死んでいくように、そこには病いとの猛烈な闘いがあるのだろう。あるいは鮎や鮭にとってそうなることが歓喜なのかも知れないが、歓喜に至るまでの壮烈な生きざまは、宿命とも言えるそういう病感が彼らの体内に核のように宿っているからに違いなかろう。ヴァレリーの比喩は詩人の魂の在り処を語って非常に象徴的である。

話が横道に逸れてしまったが、そういうことがあって私は悲愴がることを止めてしまった。同時に言葉として表現された誰の悲愴も簡単には信用しなくなった。私は現在すこぶる静穏な状況に生活しているが、ここに至りつくまでには、非常に低次元のあまりに人間的な葛藤の中に身を置かなければならなかった。そういうとき俳句ができなかった。そういうみじめな心境を詠いたくなかった。ほんとうに苦しいとき、その渦中にあるとき、人はそれを人に言えるものではない。私は子供の頃よく高い木に登り、枝が折れて落下し、したたかに尾骶骨を打った。痛い、と叫びたいのだが声が出ない。やがてしばらく経ってからやっと「ウーン」と唸って息を吹き返すのが関の山であった。そして声も出せなかった口惜しさと、助かったという安心感で一人ワッハハーと笑うより仕方がなかった。

沖が創刊されたとき、私は京都から参加し、間もなく岩手に帰ったが、沖作品の巻頭を競う次のような作品が私を惹きつけた。

夜光虫ゆるやかにひく櫂の音　高瀬　哲夫
どんぐりに土のこころの深くなる　坂巻　純子
錦木や鳥語いよいよ滑らかに　福永　耕二
冬眠ほしそれより翼もて翔たむ　都筑　智子
薔薇咲くや根にいたはりの雨こまか　難波　勉
花ひとひら早瀬の魚を誤らす　原　教正
村出そびれて焼畦の風とゐる　小林冬日子
木の股に子の顔見ゆる涅槃の日　吉田　利徳
虹にさへ襁褓捧ぐる月日かな　森山　夕樹
鷹のとぶ天よりは海見ゆるらむ　今瀬　剛一
柴栗の二つ三つは睡い数　鈴木　鷹夫

これらの作家の作品に刺激され影響され、私も二度ほど巻頭を得て潮鳴集に送り込まれたが、こういう作品の持つ明るさ、優しさ、軽やかさはそれまでの私の句風には全くないものであった。ないものではあったが、修行の後で私の心に見えて来ていた世界と全く一致するものであった。私はこういう沖作品の新鮮さに打たれ、それを育てる能村登四郎というすぐれた指導者にめぐり会えた喜びを嚙みしめずにはいられなかった。

自分のことにかかずらい過ぎてしまった。実は私には、「沖風はそこに集まる作者たちによって作られる」という思いがある。沖は創刊以来、伝統論、虚実論、イメージ論と精力的に文芸上の真の探求を進めて来たが、それはあくまでも伝統の確認や実作への方法の確認のためであった。これからもまだまだいろんな方法論が展開されていくだろう。私たちはそれを実作への一つの方法として学べばよいのである。それにこだわって一所にとどまっていなければならない理由はどこにもない。自分に適した方法を学び実験し、それによって誰のものでもない自分の作品を書けばよいのである。沖調、沖風、沖カラーと言っても、それは初めから固定した形であるのではなく、私たち一人一人が自己の個性を存分に発揮し、それを伸び伸びと作品に反映させることによって、そのときどきの、おのずからなる香り高い沖カラーが生まれて来よう。

俳句を抒情詩として捉え、伝統の新しさを行くのがわれら沖人の道である。文芸上の真を探求しながら、それを新しく表現していくこと、その姿勢の持続、沖に変らないものがあるとすればただその一事だけであろう。このことは登四郎先生の評論集「伝統の流れの端に立って」を読めばよくわかる。その新しさはあくまでも自己に即すること、ゆめゆめ他人の借物であってはいけない。その道はおそらく最後まで自分の足で歩みつづけなければならない厳しい道のりであろう。私たちはその孤独に耐えて、作家としての光明を獲得しなければならない。この一文の標題を「個の孤の道」としたのもその故にである。

〈初出〉「沖」昭和53年1月

四章　評論・随筆・ほか

風土の中から
——地方俳人の立場

「啄木は遠くから山を見、賢治は山に深く入った」もう二十年も近く前、私に俳句の手引をした友人が、郷土から出た二人の詩人に対し、このような色分けをした。その友人は私と同年であるのに、先年早々とこの世を去った。彼が逝ってからこの言葉は妙に私の心に生きる。それは少年がある日仲のよい友人から何気なく貰ったナイフのような形においてである。

啄木は人も知るように、二十七歳の短い生涯を激しく奔放に生きた。彼の歌はいまも多くの人に愛されているが、それは放浪と孤独と困窮と、愛と正義感と切ない望郷の赤裸々な告白においてである。彼は確かに望郷の詩人であった。彼の胸中にはいつも故郷の川が清冽なひびきを立てて流れていたし、山はあくまでも青く深く横たわっている。しかしそれはそれとして、これを風土とのかかわり合いにおいて眺めるとき、啄木は自然としての故郷の山河は愛したが、風土そのものの中へは身体のまるごとで踏み込むことはしなかった。石をもって追わるるごとく渋民を出てから、行く先々で土地の状況を詠うが、風土そのものの中へは決して入っていかない。いや自然そのものさえ彼の感情表白の脇役であり、あるいは感情表白を包むオブラートとしてしか採用されていない。と言ってもこれは決して彼の歌を少しも傷つけるものではない。彼は自己の真情に忠実であった。生まれ落ちたときからすでに血の宿命として、そのようにしか生きられなかったのかも知れない。とにかくやはり彼は遠くから山を見る人であった。

宮沢賢治はどうであったか。賢治は花巻の素封家に生まれ、盛岡農学校本科卒業後、推されて研究科生として更に上級に進むが、その半ばに信仰上の修行などもあって上京、そこで生活を立てようとするが父の反対に会って帰郷、以来生涯郷里を捨てるようなことはなかった。花巻農学校に奉職し、心中期するところあって退職してからは、肉食を断ち、荒地を耕やし、夏は三日分ぐらいのご飯に梅干を入れて井戸に吊して食べ、冬は凍ったご飯に塩をかけて食べたりして、仏教と農民と青年と自然の中へ深く入っていった。賢治は厳しい風土の中で、汗と泥にまみれて生活した。そういう賢治にとって自然は眺めて詠うものではなかった。自らも自然の一部である。自然の一部であるものにとって、自然を詠うには、自然そのものを発動させなければならない。賢治は自然の中から能動し、空気や光や木や花や多くの動物たち、また宇宙のいろいろなものを能動させた。それは、「なべての悩みをたきぎと燃やし、なべての心を心とせよ、風とゆききし、雲からエネルギーをとれ」(「農民芸術概論」)という信念にもとづくものであった。賢治は実際そのように生活し、そのように詩や童話を書いた。

私はいま郷土から出たこれら二人のすぐれた詩人の仕事を概観しながら、地方俳人に連なる一人として、風土に対してどのようにあるべきかを考える。〈風土〉広辞苑には「土地の状態、即ち、気候・地味など」と出ている。私たちはこれに自然や生活や歴史等にまつわるあらゆる特色を加味して「風土性」と呼んでいる。自然や風景としての風土はどこにでもある。北海道には北海道の、東北には東北の、四国や九州や沖縄には四国や九州や沖縄の風土がある。その風土はちょっと旅をすれば誰の手にも入る。東京の人が北海道の、沖縄の人が本土の風土を手に入れることができる。

しかしこれが風土性ということになると事情が少し違ってくる。単に山や川や小鳥がどうの、海や砂丘や貝殻がどうのということとはおのずから違う、もっとどろどろして目に見えないもの、人の生き死にや利害関係、希望や失望や安穏、死霊や迷信や信仰、そういうものが季節や歴史や慣習や日常の挨拶の中で分ちがたく融け合っている。また季節の移り変わりにしてもその土地の人でなければわからないような微妙な部分があろう。そういうものを旅の人が詠えないということではないが、土地の人のほうがより多く所有しているということに、より多く所有していることと、風土に立脚した作品が作れるということは全く別である。多く所有しているが故に、所有の中に埋没して精神が眠りこけ、これではいけないと何かを追いかければ、特殊性という風土の素材の影法師を摑んだりしていることが多い。

唐突な引用になるが、私は能村登四郎先生の句集『枯野の沖』の中の遠野の一句

炉ほとりに婆が宝珠の卵拭く

を読んだとき、激しいショックを受けた。「宝珠の卵」という捉え方においてであった。ところがどこでどう間違えたか私は「婆が宝珠の卵拭く」ではなく、「婆が宝珠の寒卵」と覚え込んでしまった。そして上が思い出せない。いよいよ私のうちで「婆が宝珠の寒卵」が鮮明に生きつづける。そうして、上が何だったか、いま私はそれを確かめるために『枯野の沖』を取り出してみて改めて掲出如上の形であったことに驚く。なぜこのような過ちを犯していたのか。それは「炉ほとり」が冬であるから、私は私のイメージのおもむくままに「寒」を連想していたためだ。宝珠の卵が私のうちに落ち、落ちた宝珠の卵が私のうちに生きつづけるために、「寒」を呼び寄せたのだ。これは私の幼年期と関係がある。私は終戦の年、小学校の二年生であった。一番食いざかり育ちざかりのとき物資不足の食糧難時代であった。家で鶏を飼っていた。鶏舎なんてものはない、放し飼いであった。鶏は飼い主がしつらえてやった巣に飽きると勝手に自分の好きなところを見つけて卵を生む。それが馬小屋の隅であったり、馬小屋の二階の藁を積んだところであったり、薪小屋であったり、ひどいときには便所の紙屑の蔭であったりした。そしてそれはたいがい真冬の寒中であった。卵は五つや六つのときもあり、多いときには十五や二十個のときもあった。寒中の卵はほとんど凍結し破裂していた。それを見つけたときの喜びはたとえようもない。そこに二、三個まともなのが混じっていればそれは正しく形も重みも宝珠であったのだ。そういうわけで、登四郎先生の宝珠の卵は私を陶酔させ、ゆくりなく私の幼年期の卵に照射したのだから、そこから勝手に「寒」の翼が生えたのも無理はない。しかしいま改めて〈炉ほとりに婆が宝珠の卵拭く〉を検討してみたとき、これはやはり登四郎先生が遠野という風土で捉えた宝珠の卵であり、私の風土の宝珠の卵でないことに気づく。私には炉ほとりも要らないし、拭くも要らない。婆さえも要らないだろう。登四郎先生の宝珠の卵が私の宝珠の卵でありつづけるためにはやはりどうしてもずばり「寒卵」でなければいけないのだ。

風土の特殊性をより多く所有していることと、風土に立脚した作品をより多く作れるということは全く別のことである。先の宝珠の卵がいい例だが、そう言われてみれば私にも宝珠の卵を作れる土壌は確かにあった。それなのに所有した風土の中に眠りこけているから見えても見えない。見えない心で何かを追いかければ、いたずらに特殊性という素材の影法師を摑んでいる。

もう一つ見えない例がある。私の住んでいる花巻市は冒頭に触れた宮沢賢治の出生地であるから賢治に関したものが沢山ある。また高村光太郎が一時隠棲しているので、光太郎に関したものもかなりある。私もそうだが、人々はここに集まって来て、さかんに賢治、光太郎を詠うが、結果はここにこういうものがあった、あそこにあいうものがあったというだけで、多くは表面的な現地報告に終っている。これは素材の特殊性に頼りすぎて精神が忘れ去られているからであろう。ほんとうに賢治、光太郎を詠うなら、素材としての賢治、光太郎ではなく、賢治が求めたもの、光太郎が求めたものを求めるのが第一歩の姿勢であろう。そのときは、賢治、光太郎は単なる影であるにすぎない。「沖」昭和四十八年四月号で斉藤美規氏は「風土に抵抗する」ということを述べておられたが、あれは氏自身の作句姿勢として、風土の素材にたやすく迎合することを厳しく戒めたものであった。

ここでもう二度登四郎先生の「宝珠の卵」に登場してもらうが、「宝珠の卵」が作品として事実以上のリアリティを獲得しているのは、卵を単にそういう形に捉えたから、という表面上の理由にあるのではないだろう。ここには作家登四郎の精神が輝いている。ここには知恵がある。知恵と言っても薄っぺらな知恵ではない。仏教でいう〝般若〟のような知恵、深い洞察と豊かな人間性に裏打ちされた知恵がある。そういう内的要因があってはじめて斡旋された「宝珠の卵」である。そしてそれは遠野という風土に誘発されなければ、ついに導き出し得なかったのではないかと思わせるような決定的な様相を孕んでいるが故に、この句はまぎれもなく遠野の特殊性だと言える。

熟れ蝗日当る沼に飛び込めり　佐藤　鬼房
暗黒や関東平野に火事一つ　金子　兜太
一月の川一月の谷の中　飯田　龍太

この婆に割れぬ根榾はさらし首　小林冬日子

冬山へ鉈提げ戻らざるごとし　吉田　利徳

風土の特殊性が作品の中で見事にリアリティを獲得している例として、手っ取り早く記憶にある右五句を取り上げた。ここには特定の地名はない。いや金子氏の「関東平野」があるが、これだって関東平野のどこなのか茫洋として定かでない。それなのにこれらの句には厳然と風土が横たわっている。作者が長い時間の中で生活した風土が見える。作者の精神と一体となった風土が見える。以上見て来たように、風土は単に事実に忠実であるだけでは少しも風土の特殊性にならない。作者のうちにひとたび受け止められ、新しく生み出されたとき、風土は風土の面目を発揮し、作品は作品としてのリアリティを獲得する。

紙面が残り少なくなってしまった。結論を急がなければならない。地方作家は多くの素材に恵まれている。都会にはすでに自然はなくなったというが、地方にはまだ沢山ある。誰も自然の風土の恩恵から離れて生きることはできない。ただ生活そのものが画一化されてきた。道路は農村の隅々まで舗装され、自家用車はどこの家庭にもある。私たちの頭上にはテレビの電波が飛び交い、食事されも都会も農村もないような形になってきた。それでも自然はある。ただ私たちのほうで生活の画一化に押されて自然を見なくなってしまった。見なくなったから改めて見るとなると、どこかへ特異な素材を探しに出かけることになる。もちろんそれはそれで結構なことだが、私たちはもう一度生活の身辺を見直さなければならない。足下からじっくり見よう。宮沢賢治のように、なべての心を心とし、風とゆききし、雲からエネルギーを取ろう。「沖」の虚実俳句は文芸上の真を行くもので、その「真」の「新」を求めながら、おそらく今後も深く沈潜しながら進行するだろう。この方向は賢治の求めた方向に添っている。私たちは風土の中に深く入り、その中から多くのものを能動させせなければならない。

〈初出〉「沖」昭和51年12月

腹から摑む
——日常をいかに詠むか

少年の頃、よく川に入って魚を取った。主に鰍や鮠のたぐい、鰻も取った。夏になると山峡の親戚に行き、岩魚を取った。釣竿などという面倒なものは不要で、手ごろな笊が一つあればよく、時には素手だけで十分であった。

川幅一メートルぐらいのところが少年の格好の漁場であった。そこで少年は一人の先輩から岩魚の摑み取りを教わった。岩魚は餌になるものには貪欲だが、警戒心がつよく、水に人影がさすと、どこかにさっと隠れてしまう。隠れる場所の単純なところを少年は選ぶ。水は川上から流れてきて、そこに石や岩があると段差がつき、水の落ち口が奥をえぐる。そこに岩魚が隠れる。そこへ両腕を差し入れて感触だけで岩魚を摑み取る。

秘訣は覚えてしまえば単純であった。岩魚は水の落ち窪に隠れて鰭だけを動かしてじっとしている。それを両の手のひらを上にして底から近づき、手に乗った感触を確かめて間髪を容れず摑むのであった。

魚は背鰭は敏感だが、腹部はいつも流れの砂につけているので鈍感であった。その習性をうまく利用しての漁獲法であった。

さて、「日常をいかに詠むか」ということ。まず、すべてのものは表現以前にすでに類型、という認識に立つことであろうと思う。人の日常はすべて類型の中にある。朝がきて、昼がきて、夜がきて、昨日の連続のままに季節は移ろう。その中でうたかたのように立ちては消える喜怒哀楽。五官から伝わるあらゆる感覚も等しくすべての人に備わっているという意味で類型。人の生き死にさえも類型といえよう。花鳥諷詠、人間諷詠といってもこの埒外にはない。類型を類型のまま詠んだものはついに常識から抜けることはない。

先の岩魚の摑み取りが俳句作りの呼吸にも一脈通じるのではないか。岩魚は腹から摑む、これは理に適っているが類型ではない。言えば知恵。俳句の素材は身辺にいくらでもある。自己の心をも含めて、日常の森羅万象はあらゆるドラマに色どられている。そこに心を致し、眼を開いて、類型からではなく、内から、腹から摑む。そのためには言葉への筋肉と実態への触覚を十分にしなやかに、柔軟にしておかなければならない。すべてのものは、表現しようとすると、岩魚のようにとてもデリケートで、さっと隠れてしまうから。

六根をゆつたりと容れ春の空　善昭
さるすべり鈴振つて門くぐるべし　〃
どの山のどの襞も見え茸どき　〃
粥を煮てしぶり太りの氷柱なり　〃

〈初出〉「俳句研究」平成3年10月

自然はドラマ
――近所で自然を詠もう

近所という、日常の生活行動圏にある自然を俳句に詠むには、まずそこにある自然に足を踏み入れること。踏み入れるということは、そこにある自然を心に取り入れること。そこにある自然と、心身の交流を図ること。

しかし、普段見ているなにげない場所というのは、見馴れているだけに意外と俳句に詠みづらい。もうここのものは、何年も前から見て知っている、目新しくないという先入観が先立つからである。

ほんとうはすべてのものは時々刻々、年々歳々つねに移り変わり、何一つとして同じものはない。それを見る自分でさえ、昨日の自分とは違っているはずだし、まして一年も前の自分とは、もっと違っている。同じところに蒲公英が咲き、雀が恋をし、桜が咲いていたとしても、それは一年前のものとは全く違う。自然は時間の流れによって、つねに変化する。変化することによって新しくなる。だから俳句を作ろうとする人は、この自然の変化に敏感でなければならない。自然は日々新た、自分も日々新た、の認識があって、はじめて自然との交流ができる。先入観を離れ、心を開いて無心に自然を見よう。そうすれば、自然は自らの営みの中で起こる変化やドラマを、惜しみなく見せてくれる。

よく見れば薺花咲く垣ねかな　芭蕉

「薺《なずな》」は三味線草、ぺんぺん草とも言われる。一般には、「ぺんぺん草が生える」の言葉で知られ、春の七草の「芹・薺……」と親しまれていても、この両者が同一のものであることを意外に知らない人が多い。その「薺」が、ここでは垣根に咲いていたというのである。雑草の中に混じっているのだから、花が咲かないとわからない。その花も白く小さいから、あまり目立たない。だから「よく見れば」なのである。芭蕉は、薺の花の小さな生きした精いっぱいの姿に感動している。薺の花の生き生きした〟いのち〟に感動している、といってもよかろう。この「薺」は農村ならどこにでもあるが、都会地であっても、それこそ垣根のあるところや雑草地、公園の片隅などには咲いている。薺に限らず、そういうところのものもよく見よう。自然詠は、まず自然のものをよく見ることから始まる。

やはり出てをり仏頭のつくしんぼ　善昭
火の気などなくて土筆が煙立つ　〃

拙作にて恐縮だが、前句は、雪が解けて陽炎の立つころの期待感、その期待感が的中した喜び。後句は、その土筆が少し長けて胞子を飛ばすところの面白さを描写した。どちらも近所の同じ場所での景である。

自然はつねに〝いのち〟を蔵し、ドラマを蔵している。動物、植物、微生物、天然現象それらは互いに微妙にかかわり合いながら、調和や不調和を繰り返し、片時も休むことはない。俳句で自然を詠むということは、そのドラマに参入することではなかろうか。

〈初出〉「俳句朝日」平成8年6月

自由がいい
――八戸市俳誌「たかんな」創刊号へ

「たかんな」創刊号を頂戴したとき、ああこの雑誌はいける、と思った。まず紙面が明るい。そこに納める内容も視野が広い。編集感覚もいい。集まる同人、会員も八戸という一地方を超えて全国的である。藤木倶子さんという方に過去何度かお会いしている。聡明で快活で行動的、内に輝くものがあって、人を簡《えら》ばない。こういう人は行くところ自ずと道が展ける、そう思っていた。だから創刊号を見て、ああ、いかにも、と納得し、この雑誌、いける、と思った。

藤木さんにとってラッキーだったのは、すぐ傍に上村忠郎氏という編集の名手がいたこと、しかも上村氏は藤木さんを俳句揺籃期から知っていて、その人柄、資質をよく理解し、その上で〝師〟も〝志〟も同じくしていることである。この絶妙のコンビと、それを支援する同人、会員があって、「たかんな」は呱々の声をあげた。

「たかんな」は創刊してすぐやっておかねばならぬことがあった。亡き師小林康治氏の追悼であった。師の逝去と拠るべき「林」誌の廃刊で、門下の誰もがまだその悲しみの歔欷の中から抜け出していなかった。それは同人、会員を問わず、「たかんな」創刊号から亡師への悼みの句、亡師恋いし、の句がおびただしく出て来ることでも理解できる。そういう状況下のもと、早速創刊の次の号で特集「追悼・小林康治」が組まれた。この号では外部からの寄稿は岡田日郎、高森ましらの両氏にとどめているが、結社内では主要同人の福島たけし、佐藤信三、松島千代の各氏、それに馬渡鼎氏が筆を執り、ほかに会員による「私の康治俳句」を三月号にまで亘って掲載した。主宰の藤木さんもまた二月号から表紙うら一頁を使って「康治・今月の俳句」の連載を開始した。

これは新しく出発する「たかんな」皆さんの亡き師に対する礼節であり、改めてその師恩、出自の根を確認しておくことでもあった。こうして以後「たかんな」は外部の寄稿も積極的に取り入れ順調にすべり出して行く。

そして二年目の今年一月、表紙のデザインも新しく、一周年記念号を出した。六十頁でスタートした創刊号が、一年を経て堂々一〇〇頁である。草間時彦、岡井省二、小澤克己、倉橋羊村、成田千空、原田青児、有馬籌子、新谷ひろし各氏らの寄稿もバラエティに富んでいて、片寄らない藤木さんの視野、交際圏がうかがわれる。二月七日には一周年記念大会が八戸プラザアーバンホテルで開かれ、五月号はその記念大会号である。グラビアもふんだんに取り入れ、会の賑やかであったことが了解される。

私は十二月中に、藤木さんより一周年記念号に対する感想を求められていたのだが、生憎く、暮れも押し迫った三十日に胃潰瘍のため入院してしまい、不如意のまま約束を果たせなかった。だから五月号の内容がとても眩しく感じられる。

さて、一周年で目出たく盛り上がった「たかんな」はその余勢を駆って二年目の半ばをいま通過しつつある。次の目標は三周年であろう。三周年ぐらいまで師康治氏の面影が揺曳するかも知れない。三周年以後である。それ以後まで師の影を曳きずってはいられないだろう。〝衣鉢をつぐ〟という言葉がある。〝資師相承〟という言葉がある。仏教にはまた〝写瓶《しゃびょう》〟という言葉もある。意味は微妙に違うけれども、師から弟子へその道の奥義を伝え、弟子がそれを受けつぎ、実践し、さらにそれを次の弟子へ伝えていく、ということである。

藤木さんは師小林康治氏から、俳句の衣鉢を受けついだ。師康治氏の主宰誌「林」をついだのではない。その精神をついだ。そのことを藤木さんは〝創刊のことば〟で、こう書いている。

小林康治先生の心血をそそがれた『林』の韻文精神を受け継ぎ、あせらずに一歩一歩前進したいと思います。なによりも実作を重視し、真摯に俳句に取り組む、なごやかな集団でありたいと思います。

その韻文精神が師からの衣鉢であるが、〝心血をそそがれた〟というその姿もまた衣鉢であるに違いない。雑誌も一つの経営体であり、精神ばかりではどうにもならないことがあろう。それは藤木さんの才知、仲間たちとの努力でやって行くしかない。私は能村登四郎が「沖」を創刊して以来「沖」に拠っているが、それ以前は「俳句文学」という雑誌にいて編集に加わっていた。そこで交流誌のいろんな結社誌を見、その浮沈のほどを見て来た。そして得た結論は、結社誌は、その主宰者の器以上には大きくならない、ということであった。

現今、俳句ブームの余慶で、会員の数だけを誇り、内容の空疎な俳誌も散見される。これは主宰者の器以上に大きくなった俳誌だ。経営手腕が先行しているのであろう。会員はほどほどでいいのではないか。いい主宰者にはいい作家が集まって来る。いい主宰者はいい作家を育てられる。いい作家のいない俳誌はどんなに大きくなっても空疎だ。

「たかんな」は八戸市という人口二十四万人の地方都市に発行所をおいて誕生した。八戸市には加藤憲曠氏の「薫風」があり、木附沢麦青氏の「青嶺」があって、すでに他に根を張っている。この二誌を入れて青森県には十指を屈する俳誌があるのではないか。これは主なところ二誌しか持たない岩手県俳壇から見れば驚異だ。同時に羨しいと思う。その青森県にまた生新「たかんな」が加わった。八戸市だけに限って言えば、「薫風」も「青嶺」も、その根はかつての「北鈴」にある。藤木さんも上村忠郎氏も元の根は「北鈴」にある。そういう意味ではこの三誌は兄妹誌と言ってもいい。兄の俳誌が先に二つあって、妹の俳誌が九年後に生まれた。だからこの三誌は、同じ八戸市内にあって今後お互いに啓発し、響き合って発展して行くであろう。

佐藤信三氏は「たかんな」一周年記念号において、《私どもは両誌の同人、会員にあえて『たかんな』加入を働きかけなかった。八戸俳壇の混乱を避けたかったし、いい俳誌に育てれば自ら道は開けると思ったからである》と述べている。これは先輩俳誌「薫風」と「青嶺」への配慮であった。

私もこの配慮は賢明であった、と思う。賢明であった、と言うのは、「たかんな」は八戸および青森県内のみに視座を据える俳誌ではなかったからである。「たかんな」は藤木さんとその仲間たちの、自らの文芸の理想のために出されたものに違いないのだが、それも含めて、「林」誌廃刊後の、残された仲間たちの拠り所となるべき性格の俳誌でもあった。その俳誌の主宰者が、たまたま八戸市在住の藤木さんだった、ということである。藤木さんは精神も行動も自在の人である。だから、「たかんな」はもっと自由でいい。志を高く視野を全国に向けて自由であるところに今後の発展の可能性が秘められていることにいる。もちろん、地元といえども新会員を育てることに疎かであってはならない。その上で「たかんな」はこれから皆で協力して全国にもっと会員を増やす必要がある。そうしていい俳誌を作り、いい作家を育てて行く。そうすれば八戸俳壇は今以上に緊張感が醸成され、その質の高い土壌の中でお互いが向上して行く。それがひいては青森俳壇に波及し、やがて全国俳壇にも影響して行く、そうなる可能性は十分にある。

以上思いつくままに述べて来たが、要するに、私は藤木さんと「たかんな」の自由さに期待する。八戸から自由であり、青森から自由であり、全国俳壇から自由であるのがいい。芭蕉は弘法大師の言葉を引用し、「師のあとを求めず、師の求めたるところを求めよ」と言った。

そういう意味では藤木さんと「たかんな」は、これから師の康治師の求めたるところのものを求めて行くことになる。そのためには今を全てのものから自由に行くのがいい。

〈初出〉八戸俳誌「たかんな」平成6年5月

西那須野深耕
――太田土男句集『西那須野』

句集『西那須野』の著者太田土男氏は「濱」同人。職業は農林技官、家畜の飼料となる牧草の研究が仕事である。そちこち転勤があり、現在の西那須野草地試験場に移られてから、すでに十年以上になるのではないか。以前盛岡にもおられたので、私は地元誌「草笛」を通じて氏と知り合った。

集中いくらか岩手らしい作品もあるが、ほとんど現在地での作。句集名もこの地から採られている。全体の内容も〝牧暮し〟一色のトーン。そのこと著者自身あとがきで、「振り返って一事に執着しすぎた感もないではない……」と書かれているが、それはそれ、一人の作家の姿勢として見事というほかはない。

牧下りる牛越冬の牛に啼く
ぬくみ通ひ合ふ搾乳の手と乳房

草いきれ牧もはづれの病牛舎
先導に二度山の牛牧びらき
牛に言葉かけやる雪のきりもなし

土男氏の研究の仕事は牛を抜きにしてはあり得ない。そのためにつねに牛や牛飼や牧場や、それを取り巻く自然に接している。右一句目は開巻劈頭を飾る一句。一読残された牛への痛みが走る。三句目もまた隔離された病牛への憐憫の情があり、他の句にもそれぞれしっかりした描写力に支えられて、牛への愛情が余すなくゆき渡っている。

げんげ田に泣く弟を姉が抱く
子を上げて干草を積みをはりけり
負けてやる泣腁の子の体当り
郭公や一姫二太郎鶏が二羽
訝して雪嶺牧の子の相手

土男氏は無類の子煩悩のようでもある。子を詠むと言葉がイメージを獲得して自在に躍り、決してべとつかない。こういう子への愛情は他人の子に対しても分ちがたくおよび、本句集の一大特色ともなっている。

雪礫もて雪投げに誘ひけり

これも愛児俳句の範疇に入るかと思うが、なんとも頰笑ましい。子供にまじって大人もいるのであろう。雪投げは、はじめ拒否していても、一発食わされると怒って投げ返し、それからついに一緒になってやり合う。そういう可笑しさ、面白さが童心をまじえて大らかに詠われている。

長閑さの牛従へてまだ娶らず
牧下りて踊りその夜に帰りけり

跋文を書かれた大川つとむ氏によれば、前句は西那須野に移った折の第一作で、「濱」雑詠の初巻頭、師の大野林火に激賞されたものという。後句はその後の作だが、どちらにも悠揚迫らざるところがあって、いかにも西那須野の牧童らしい。

子を生みしより狂へりき麦熟れき

俳句はものを言えぬ文学である、ということを逆手にとって、その沈黙の中でこの句は如実に状況を活写する。季語の象徴性のゆえであり、そこまで高められた感性、技法のゆえである。子を生んで狂った女は哀れだが、それを見守る家族にも地獄の苦しみがあるに違いない。淡々とした語り口ながら、「麦熟れき」の醸す雰囲気はなんとも凄惨である。

朴一花ひらけり山の谺も稀
雲一つなし啄木鳥に弾みつく
鰐口より紅白の紐山ざくら

この三句には珍しく人も牛も登場していない。もっとも三句目には多少の人間臭が纏いつくが、共通していることは、作者がゆったりと大自然の中に同化していることである。表現的には写生を土台にして心眼をはたらかせている、ということであろう。今後こういう世界も、もっと展開して欲しいと思う。

畦塗の笠石さんに遠会釈
郭公も入殖よりの楽天家

前句には〈古碑「那須国造碑」を笠石さんと呼んで村人親しむ〉という前書がある。世に前書好きの人がいて、前書のために折角の一句が台無しになる例がままあるが、この句の前書は必然である。那須の国造りは温泉と開拓から始まったのであろう。後句は戦後の入殖のようである。先達の労苦を思う敬虔な村人たちと、どんなに打ちひしがれても笑いの中で雄々しく立ち上がる村人たちのバイタリティーをこの二句は語っている。これは作者自身が村人の一人として、そこにどっしり腰を据えていることの証明である。うわついた旅行者の眼では、なかなかこういう句は出来ない。

風花や庭に出て搗く祝餅
輪飾や臼の干割に米詰まり

前句の「祝餅」というのは婚儀の餅なのであろう。「庭に出て」だから、千本杵などで大勢で唄いながら搗いているようだ。後句は正月の臼で、農家の喜怒哀楽を刻み来たった臼。どちらも風土の生活を内側からあたたかく見つめたものである。

春の川一跳びにして鶏散らす
雛飾る牛飼の二戸鶏往き来
屋根替の籠伏せの鶏鳴きにけり
掛干しの稲を犬猫鶏くぐり

自給自足のために放し飼いにされる鶏たち。この鶏たちもまた家族か親しい友人のように扱われ、本句集に一つの彩りを添える。

山笑ふ牛の連れ鳴きゆき渡り
大夕立ぶつかり合ひて牛歩く

終りのほうから。やはり牛は最後まで出て来る。春の訪れとなった牧の景、大夕立の中に誘導される牛の群。のどかさ、雄大さ、迫力、実にいい。

師とながの別れを流す汗ばかり

集中掉尾の一句。著者の師大野林火は昭和五十七年八月二十一日に永眠された。著者は師に〝近代味溢るる牧歌を奏でて貰いたい〟と激励されていたそうだ。本句集は、著者の西那須野における深耕であり、その具体的な展開は牛や牧場や、自然や、人々への一大讃歌となっている。師の期待にも、十分応えられる一書となったと思う。

〈初出〉栃木県俳句雑誌「鬼怒」昭和59年2月号

毒強き酒をくむ人
――上田五千石句集『田園』

渡り鳥みるみるわれの小さくなり　　上田五千石

句集『田園』の終りのほうに収める句で、上田五千石と言えばまずこの句を思い出すほどだ。普通なら、「小さく」なるのは「渡り鳥」のほうで、「われ」は登場の必要ないところ。それを逆手にとった詩法で、主客転倒の効果を在らしめている。

実際には、「みるみる小さく」なっていくのは、やはり「渡り鳥」のほうだ。作者はそれを見ている。頭上を過ぎるときから見ていたのであろう。「渡り鳥」は大空をひたすら羽搏って飛んでいく。飛ぶことがまるで〝いのち〟そのものであるかのように。「渡り鳥」は自らの意志で飛んでいるのか、他の何かに突き動かされて飛んでいるのか、とにかく「渡り鳥」は飛びながら「みるみる」小さくなっていく。それを最後まで見送りながら、おそらく作者も気持ちの上で、「渡り鳥」と一体になって飛んでいたに違いない。そしてふと「われ」に返ったとき、地上に残された人間という微小の「われ」に気づいたのだ。そしてそこからみちびき出された主客転倒の意外性。

しかし、この句は、そういう詩法から来る面白さばかりでなく、もう一つ、そこに作者の孤独感のようなものが揺曳していることに気づく。「われの小さくなり」と言わなければならなかった詩的動機は、〝いのち〟の存在としての〝さびしさ〟、あるいは、定住者から見た、「渡り鳥」を通しての漂白への思い……。そういう詩人の直観が表現の背後に立ち揺らいでいるように見える。

ところで、上田五千石は鷹羽狩行と並ぶ、秋元不死男門の双璧。昭和二十九年、二十歳で不死男主宰の「氷海」に入り、新興俳句系の自由な気風の中で育った。同時に山口誓子の「天狼」にも投句して、誓子の俳句性、即物象徴の写生構成も学んだ。当時は社会性俳句論議の盛んなときであったが、五千石はその影響を受けつつも、直接に社会性俳句にのめり込むようなことはなく、あくまでも俳句の芸術性、文学性の中で自己を磨いていったように見える。それが『田園』の世界であった、と言えよう。

ゆびさして寒星一つづつ生かす
告げざる愛雪嶺はまた雪かさね
雪山の斑や友情にひび生ず

「作品は、ほぼ制作順に編んだが、初期詩篇として一括する意味で、年次を付することをしなかった。（後記）」とあり、その通りになっているから、年齢は二十歳から三十五歳までのところで推測するしかないが、右は句集のはじめのほうに収めてあり、二十代前半の作と見ていいであろう。

一句目は、「一つづつ生かす」に少しく自意識が出過ぎるが、自意識の押し出しも若さの特権ではあろう。一句に断裁のよさがあって、リズムも弾み、初期においてこういう句を作れるのも一つの資質を示すものと言えよう。二句目の愛の逡巡、三句目の友情を通しての傷みの表白。いずれも個に根ざしていさぎよく、そこから青春の熱い吐息さえ伝わって来るようだ。

老螢掌《て》よりこぼせば火を断ちし
初螢いづくより火を点じ来し
手を執つて青き螢火握らしむ

螢が好きらしく、集中には他にも螢の句が出て来る。右三句では特に二句目の発想が独自。いかにも青年らしいロマンを籠めて、言葉も内側から輝いている。

木枯に星の布石はぴしぴしと
冬銀河青春容赦なく流れ
露更けて出でたる星の粒ぞろひ
かぞへゐるうちに殖えくる冬の星

ここにも夢多く、もの思う青年の姿が浮き彫りにされている。一句目は擬人法を駆使して才気煥発。二句目の自己凝視、三句目、四句目の対象へ向けるナイーブな視線。五千石のこの句集には星を詠んだ佳品が多い。それが句集一巻に茫洋とした彩りを添えるのに役立っている。

酔ひはての銀河蒼ざめゆくばかり
みみず鳴く日記はいつか懺悔録
青葉木菟睡りて五欲しづめむか

こういう句もあって、自己に誠実であろうとする姿勢がうかがえる。俳句のもつ芸の、もう一方にある文学性。その文学性こそ、青年期の愛や希望や不条理への怒り、懐疑、逡巡、蹉跌、傷心の内情を吐露するのに、もっとも適した詩型であろう。五千石はそれを通して、自己に誠実に向かい合った。

枯崖と日の寵頒つ乳母車
柚子湯出て慈母観音のごとく立つ
みどり子に光あつまる蝶の昼
よだれかけ乳くさければ春蚊出づ
子の指のジャムをねぶるも春の昼

この頃は結婚して一家を構えている。二句目の「慈母観音のごとく」とは、これはまた手放しの驚きようだが、そこに子を抱いている女性を思えば、おのずから清らかさも立ちのぼり、この手放しぶりも、若い父親ゆえのよろしさ、と思える。同じ頃に、

はじまりし三十路の迷路木の実降る
父といふしづけさにゐて胡挑割る

というのがあって、これは生活と文芸のはざまに揺れる心情であろうか。一方では内から満ちて来る父情、そういう振幅の中で五千石は作家としても成長して行く。

ここまでいくつか句集『田園』の特徴的なところを見て来たが、それでもまだ十分ではない。五千石という作家は、初期の頃から、その個性に、どこかしたたかな面魂があって、あらぬところから、思いがけない発想を引き出して来る。

萬緑や死は一弾を以て足る

おだやかならざる内容だが、誰でも気づいていて、なかなかこうは表現出来ないところのものだ。厳粛たるべき人の死が、実際には意外と他愛ないものであること、

小さな鉄の玉の瞬時の衝撃によってかんたんにこと切れる人のいのちの脆さに思いを致し、愕然としているところである。

御命講毒強き酒くみにけり

「御命講」とは日蓮の忌日（陰暦十月十三日）に営まれる法会、〝おえしき〟とも。芭蕉にも〈御命講や油のやうな酒五升〉があって、この日、法会のあと、寺や檀信徒の家で酒が出される。「毒強き酒」とは、浴びるほど飲んだ、ということであろうが、この強弁、いかにも「立正安国論」を書いた日蓮その人の気魄にも通じてなかなか面白い。

秋の雲立志伝みな家を捨つ

立志伝中の人は数多くあろうけれども、「家を捨つ」となると、その範囲はおのずから決まる。文芸の世界だけに限れば、遠くは西行、芭蕉、良寛。近くは放哉、山頭火。いずれも一所不在の漂白の人たち。そういう漂白への思いを背後に秘め、この句また五千石のロマン、その心の〝あや〟を知るのにオリジナルの一句になっている。冒頭に掲げた〈渡り鳥みるみるわれの小さくなり〉は、この句の後のほうにつづく句で、それだから私は、やはり意識下に漂白の思いが流れている、と見たのであったが、これは決して深読みではなかろうと思う。

大雑把ながら、以上見て来た句集『田園』は、昭和四十三年十月二十四日、春日書房から、「昭和俳人選書1」として出版された。序文は秋元不死男、収録句数二百十余句。初期より十五年間の句業の成果をまとめたもので、同年、この句集が、第八回俳人協会賞を受ける。このとき、上田五千石三十五歳。その後の五千石の俳壇での活躍ぶりを知れば、この句集は、五千石世に出るための幸運の句集であった。

＊

いまは、その句集からすでに二十三年の歳月が流れている、その後五千石は昭和四十八年に主宰誌「畦」を創刊、「眼前直覚」の俳論を打ち立てて門下を指導し、俳壇における地歩もゆるぎがない。
もう紙幅も少ないが、少しく『田園』以後の作品にも当ってみたい。

初めての螢水より火を生じ　第二句集『森林』
山開きたる雲中にこころざす　〃
殴りづかみに大綿を損はず　〃
暮れ際に桃の色出す桃の花　〃
かく伸びてしまへば日脚問はずなる　〃
下萌ゆる黒板拭を百たたき　第三句集『風景』
太郎に見えて次郎に見えぬ狐火や　〃
啓蟄に引く虫偏の字のゐるはゐるは　〃
塔しのぐもののなければしぐれくる　〃
早蕨や若狭を出でぬ仏たち　〃

第二句集『森林』は昭和五十三年刊、第三句集『風景』は昭和五十七年刊で、その後の句集が出ていることは聞いていない。第一句集は「さびしさ」が基調、第二句集は「しづけさ」への志向、第三句集は、大方が「即事即興」で、特に〈啓蟄に引く虫偏の字のゐるはゐるは〉の句が出たときは、私なども、あっ、と驚いたことを覚えている。「眼前直覚」の理論を実作で示し、そこに俳諧の〝おどけ〟〝たわむれ〟を色濃く滲じませて、さながら、談論風発、打々発止のおもむきである。
さらに『森林』以後の句を「俳句年鑑」などで拾うと、

堰といふ水の切口初紅葉
あたたかき雪がふるふる兎の目
ふだん着の俳句大好き茄子の花
河馬の背のごときは何ぞおでん酒
独活削ぐや波郷と齢並べけり

また、平成三年、平成四年の「俳句」一月号から抽くと、

もがり笛洗ひたてなる星ばかり
こがらしのおのれほろぶる声と聞く
綿虫や墓の茅舎は咳を絶ち
納豆や忍ぶる恋の古歌いくつ
煮凝やきのふの吾を不問にし

櫟や一男旅に一女嫁し

期せずして、上五に「や」を置く句を四句も採り上げてしまったが、年齢の深まりと共に俳諧への思いは一層深められ、そこに自己深耕、自得の境地をいよいよ確かなものにしている。

いま、世は、空前の俳句ブーム。それは悪いことではないが、俳句産業がこれに当て込み過ぎる。過ぎることは食傷であり、食傷は美ではない。こういう状況は、あとまだ十年以上は続くだろうが、それだからこそ、いま問われなければならないのは作品の質。世は平穏、作品も平穏。平穏大いに結構。ただそういう状況だからこそ、作品の質に、もっと気宇壮大、奇想天外のものがほしい。それが出来るのは差し当り、「毒強き酒」をくむ人。

上田五千石には、これからまだまだ、打々発止とした俳諧のおかしみを打ち出してほしい。

〈初出〉「沖」平成4年3月

句碑の表情

岩手支部の皆さんの協力を得て、私の住む寺、自性院の境内に建立した能村登四郎先生の〝早池峯句碑〟は、この五月十日で満一年になる。

朝夕眺めていると、句碑もそのときどきによっていろんな表情を見せる。梅雨どきはしっとりと落着き、夏は埃をかぶって気だるそう、秋は紅葉に映えて恥し気、落葉も終り霜柱が立ち、周囲が枯一色になると、句碑もどこか悄然と見える。

この句碑、まだ雪の経験はなかった。今度はどんな表情を見せるか、と楽しみであった。粉雪が舞うようになった。すると句碑は瞑想をはじめた。雪片がつぎつぎ碑面に触れる。それがなんとも心地よさそうなのである。そのうち雪のタオルで頬被り……と見ていると、いつかお高祖頭巾に。次に本格的な雪がどかっと来たと思ったら、やおら眼だけを残して、すっぽり白覆面を決めこんでしまった。

高貴というか、神秘というか、とにかくあまりオツに澄まされるので、天気のよい日に碑面の雪を払ってやると、汗を流して、やあやあ、とテレる感じ。

この句碑、まだ早春の喜びを経験していない。一年の季節が回っていないのだ。

これから五月へかけてどんな表情を見せるか、句碑の百面、そばにいて見飽きない。もう少し暖かくなったら、ここに山から採って来た春蘭を植えつけたいと思っている。

〈初出〉「沖」昭和62年5月

岩手俳壇への提言

――「転換期迎え協会結成を」

ことしに入って県内俳壇は二人の優れた指導者を失った。一人は田村了咲氏、一人は高橋青湖氏。了咲氏の死はだれも予想していなかった。胃ガンであったことをだれも知らされていなかったから。そちこちの句会の選者を辞退されてはいたが、作品活動は衰えていなかったし、晩年の作品は、いよいよ澄み切った自在の境地にあり、これの延長、さらなる展開をだれも信じて疑わなかった。県内俳句作家の中で、この人の選や指導を直接間接に受けなかった人はおそらくいないであろう。

私個人に関して言えば、私は、この人を指導者としてもさることながら、何よりもすぐれた一人の作家として尊敬してきた。お世辞や軽口をたたいて人を笑わせることの得意な人ではなかったから、あらぬ誤解を受けたこともあったようだ。晩年洒落したように温かかった。私は、そのころに親近を得た。孤高の中に時折り見せるあの柔和な笑顔を忘れることは出来ない。

高橋青湖氏は老齢のため、門人たちにも、だまって、息子さんのいる兵庫県西宮市へ去られた。郵便屋さんが配達に行くと、郵便受けに「郵便物は左記に転送して下さい」という張り紙がしてあったという。そのため俳誌「自然味」は自然解消という形になったらしい。青湖氏は「自然味」発行の後継者を育てなかった。最後まで自分で編集し、印刷所に渡し、そして発送した。自分の俳誌は自分一代でよし、としたのであろう。門人たちが次々に一人前になって巣立っていく。それもそれでよし、としたのであろう。

かくして二人の指導者が岩手から消えた。六年前には宮野小提灯氏が亡くなられているから、これで明治生まれの三人の指導者が消えたことになる。

次は大正および昭和生まれの指導者の浮上ということになるであろう。いやすでに大正生まれは浮上している。宮慶一郎、小原啄葉の両氏。宮氏は「草笛」の発行者、小原氏は「樹氷」を主宰し、その発展は、いよいよ軌道に乗りつつある。この二人を指導者と見るにだれもやぶさかでないであろう。ほかに名実ともに指導者にふさわしい人は五、六人はいる。

問題は、「岩手県芸術祭俳句大会」など公の催しの際の選者にだれがなるか、ということだ。また、それをだれがどのような手続きで決めているか、ということだ。ここのところがどうも不透明で風通しも悪い。毎年、県芸術祭俳句大会はおおむね不評である。昨年、「岩手県俳句協会」なるものが打ち出されたが、その後の活動は聞かない。このことの是非はともあれ、あれはそういう不透明さが産み落とした、岩手俳壇の一種の所産であったように思われる。だが、このままでは、またたれかが次のグループを産み落とさないとも限らない。そこで私は、ここに次の二点について提言しておきたい。
①早い時期に具眼の士の英知を結集し、晴朗に「岩手県俳句協会（仮称）」を結成させること。
②地方グループが主催する各種大会以外の選者は、この協会が主体性を持って決めること。
右は私に限らず、県内の俳句にかかわるものの等しく待ち望んでいることである。問題は、それでは実際に県俳句協会を発足させるには、どういう手順を経なければならないか、ということであろう。私は具体的に次のよ

うに提案しておきたい。

県内には現在、「岩手県俳人協会」という団体がある。これは中央の「俳人協会」会員による親睦団体。もう一つは、これも中央組織である「現代俳句協会」に加入している会員たちである。第一段階として、まずこの両者の代表数人（必ずしも同数でなくてもよい）が話し合いのテーブルに着くこと。おおよその構想が立ったら、次の段階で、地域グループの代表、各結社の代表に賛同を呼びかける。ここで晴朗な意見を出し合い、もっと理想的な協会の骨組みを作る。もちろん一度に出来るはずはない。辛抱強く何度も討議を重ねることになろう。お互いに誠意と根気を尽くし、公正無私、大乗的見地に立つことが必要だ。かくして合意が出たら、いよいよ結成大会ということになる。案外、案ずるより生むが易し、ということになるかもしれない。

県内俳句作家の多くは、いま一つの収斂期に入っている。その証拠に続々と句集が出され、また出されつつある。みなそれぞれに成長し確かな目を持っている。そのようなときに、だれも知らぬところで、一部の人たちによって、何かがひそかに決められているということは現状ではやむを得ないとしても、どうも不自然で、よくない。

「県俳句協会」を結成させるなら今がよい。機は積極的に熟させること。待っているだけでは何もやって来ないし、何も始まらない。

〈初出〉「岩手日報」昭和55年11月

岩手県の県花・県木

岩手の県花である「桐」は足利時代に遠野南部家が大和から苗を移したのが始まりと伝えられている。南部桐は柾目に紫色の光沢があるのが特色で、本県産の桐下駄として生産され、また箪笥その他の材として全国的に珍重されている。

私の子供の頃までは、少し裕福な所では家に娘が生まれると記念に桐の木を植え、娘が成長して嫁入りするときは、これを伐って箪笥を作り持たせる習慣があった。だから娘たちは、この木の成長と自分の将来の晴姿を重ね合せながら夢多く育った。腕白ざかりの男の子たちにとっても桐の木は親しみ深いものであった。伐り倒し、材を取り、残ったところを輪切りにすれば、中は小さな空洞が出来ているので、これに前後二本の芯棒を通せば箱車の車輪になった。雪国の子供たちにとって、早春の柔らかな土を踏みながら、この桐丸太の車輪で作った箱車を押して遊ぶことの喜びはたとえようもないものであった。

しかし、桐が広く多くの人から愛されるのは、右のような実用の面ばかりではなく、その花のもつ陰影、しっとりとした気品によるところが大きい。

中国ではむかし、この木を鳳凰の棲む木としてたっとんだという。日本でもこの思想から天皇の袍の模様へ桐竹鳳凰をつけ、他の調度や器物にもこの模様を多く用いた。紋章としての桐紋が皇室から武家の間にひろまったのも、そういう中国の思想に影響されたものだろうと言われている。

とにかく桐は、その材質、花の色調とも日本人の生活感情にぴったり一致し、万葉のむかしから、多くの詩歌、芸術にも取りこまれた。初夏の頃、足もとに散り敷く落花を見つけて、ああと驚き、その眼をおもむろに空に向ける喜びは子供も大人も同じである。

「桐」が岩手の県花となったのは、昭和三十年三月二十二日、NHKが放送三十周年を記念して公募、発表したときに始まる。その県の花を、岩手の俳人たちはこのように詠っている。

花桐や水より昏るる一揆の峡　菅原多つを
桐の花電線ひくき峡四五戸　市野川　隆
遠く見て近づきて見て桐の花　斉藤江都女
桐咲くや妻病みてより独り住み　清水　徹亮
半農半僧夕映は桐の花のいろ　大畑　善昭

＊

岩手の県の木「南部赤松」は植物学上の和名ではない。日本万国博覧会を記念し、昭和四十一年九月二十六日、毎日新聞社の提唱により公募、選定された。赤松は本州、四国、九州、朝鮮に分布するというが、本県の赤松は材が長大で真っすぐであり、材質もよく、他県に比して立派な森林をなすことで取り上げられた。

世界でマツ科に属するものは百種類近くもあるといわれているが、日本における松の代表は何と言っても赤松、黒松である。古今を問わず、松ほど日本人の生活、精神風土に大きくかかわりを持つ木は少ないであろう。建築、詩歌、芸術は言うにおよばず、民俗行事、地名、人名にまで幅広く取り込まれる。松の松たるゆえんは雪霜をまってその色を改めぬところにある。つまり松は、成就、健康、長寿への願望を象徴する吉祥の木なのである。

松の美林の多い岩手では、俗に「峰の松、沢の杉」と言われている。松は風通しと日当りのよいところによく育つ。杉はどちらかというと比較的湿気のあるところに育つ。だからこれは、「峰には松を植えよ、谷間には杉を植えよ」という森林王国岩手の生活の教訓なのである。

県の木が「南部赤松」だが、日常私たちは松を見るとき、特に「ナンブアカマツ」と意識して見る訳ではなく、それを俳句に詠み込むときも、

蟬鳴くや松より松に新しく　村田とう女
尾長鳴き松林うすく雪を敷き　田村　了咲
松の雪ときに礫となりて碑へ　小瀬川季楽
松の芯白く天指す師を迎ふ　小原　啄葉
雪しづくして剛の松柔の杉　大畑　善昭

というように、松の総称で済ましている。おそらくこれは全国の俳人たちにとっても同じことであろう。

右は県内作家のものだが、「南部赤松」や「赤松」の

名を入れて詠った句もわずかだがある。

春の雷南部あかまつ背にしたり　戸塚時不知
赤松を明と見しより爽涼に　大畑　善昭

赤松は四季を通していろんな表情を見せるが、赤松がほんとうに赤松らしくなるのは、周囲の空気が澄みはじめる夏の終り頃から秋にかけてである。その頃の赤松は一層みどりを深め、その樹膚にもどこか顔を洗って立つような艶な明るさがある。岩手には天明の飢饉のとき松の皮を叩いて食べたという話がある。あるいはそれは本当であったかも知れない。

〈初出〉「俳句とエッセイ」昭和56年7月

宮慶一郎句集『青黍原』　茫洋

青黍原父は子とあるとき父か

岩手から「草笛」という同人雑誌兼会員相互選の俳誌が出ている。宮慶一郎さんが発行人で、県内の各結社の同人クラスの大方がここに集まっている。最近号が通巻二五四号。二五〇号のとき、この誌としては少し豪華版の合同句集を出した。私が編集一切を担当した。

宮さんは大正十四年の丑年生れ、昭和の年数がそのまま宮さんの年齢になっている。私も丑年生れだが、ちょうど一まわり下の丑年だ。そのせいか私と宮さんとはウシならぬウマが合う。痩身、やや面長、聡明さを象徴する明るい額、ふさふさして青年のような黒髪、眼鏡の奥にいつも遠くを見ているような澄んだ眼がある。特別淡々としている訳ではないが人と話して決して激さず、詭弁、誇張はついにこの人からは聞かれない。何か決定的な回答を求めたいときでも、他に影響あるような場合、安易な即断はしない。時として隔靴搔痒の感を抱くこともあるが、この人の持つ全体の雰囲気でその場は何となく納得してしまう。そして後から、あの人どこかヌーボーだ、と思ったりする。優しくて意志の人なのだ。決して人を誇らないが自分を卑下することもない。だから宮さんの周囲には多くの人が集まる。「草笛」が二五〇号を迎えたのも、発行人にそういう魅力があってのことであった。宮さんは現在、岩手県芸術祭俳句大会の選者もつとめていられる。

さて掲句はその宮慶一郎さんの句集『青黍原』中半に収められている。いい句だと思う。句集の題名もこの句から採られているから著者にとっても愛着、感慨の一句に違いない。「父は子とあるとき父か」という反復反問、求心的でいかにも宮さんらしい。どういうものか、男は子と共に在って、「お父さん」と呼ばれるとき、父という確証を持つ。子でありながらつねに眩しく遠い存在、陽炎のくゆらぎのような、握れば落ちる砂のような、傍にいてついに子の内側に入り込むことはできない。「お父さん」と呼ばれ、信頼され、頰笑まれたとき、はじめて父という確証を持つ。男の悲哀も栄光もそこにあるのだが、だから男たちは時として子を忘れ、妻を忘れ、男の中で闘い、男の中で理解し合う。「青黍原」という背景もいい。茫洋として少しは人間の生活臭のあるところ、一句のドラマの仕立として、他のどんな背景とも置き替えることはできない。

宮さんは晩婚だったようだ。昭和十八年に国鉄に奉職、二十七歳のとき胸の病いで入院、幸い手術は免れたが、復職までに三年を要している。この句に到り着くまでの消息は、

月下の穂麦煌々婚期定まらず
脳中に冬天の紺愛深まる
蓬髪の妻病むに似て妊る冬
万緑にはじまる四季や長子生る
父子高唱冬雲の縁かがやけば
萬緑を妻歩むべし婚十年

等の句に詳しい。『青黍原』の句は「婚十年」のすぐ隣りに収められている。そう言えば『青黍原』の句には、まだどことなく青春性の余香が漂う。

私たちの間では、「宮さんの句は硬い」ということが通り相場になっている。この言葉の中には「硬質」という意味と、「生硬」という意味が同居する。この相場の手形はほかならぬ宮さん自身が、その作品において発行したものだが、今度句集一巻を通読して、もうそろそろこの相場の手形は宮さんの作品のために返上しなければならないな、という思いを強くした。句集を読めば誰でも気づくことだが、中半あたりまで非常に硬い。表現においても内容においても苦渋の時代であったことがわかる。句集『青黍原』は宮さんの初期三年を除く全句業の中からの収録である。人は誰でも一気に円熟へ向うことはできない。そんなこと出来る筈もない。作者が自らに誠実であればあるほど、その時々の諸状況、年齢や生活や社会の種々相と真剣に立ち向わなければならない。その中でいかに自己を見つめるか、そしてそれをいかに思想化し表現化するか。句集前半に見られる苦渋の相貌も、字余りの多用も、著者のそうした真摯なる生の確認と表現意欲の反映にほかならない。

宮さんは「寒雷」に拠るまでに「夏草」「麦」を経ている。この間十年。先の「硬さの返上」云々は、「寒雷」以後の作品、

大寒や聞えざる聲見えざる聲
紅葉見むと蟹の出で来し最上川
栗鼠どもが跳び来てねむい爆薬庫
山蟻に日暮乾びし飯一ト粒
子の深きねむり雪嶺に連なれり

あたりを経て、

和賀流も惚け土筆も凪に佇つ
水芭蕉峡の天地の真澄むかな
暗がりにじゃが薯芽吹く地獄変
霧の深さに枯木のこゑの悪路王
縄文の闇満ちをらむ冬の壺

等の作品に到ってそう思った。宮さんの作品の持つ抒

情は本質的に硬質である。そして青色のトーン。句集の後半からは確かに硬質ではあっても生硬のほうは影を潜めて来ている。生硬は十七文字という制約の中では致命傷である。しかし生硬も硬質も、それまでの宮さんの作品の持つエネルギーであった。

句集後半は字余りも硬さもあまり苦にならなくなっている。言葉が自然に俳句形式の中へ濾過されているためだ。これから宮さんの作品はどういう風になっていくだろう。いつも言いたいことを言い合っている私たちにとって興味深いことである。句集『青黍原』は待たれて久しい句集であった。早い時期にまた次の句集を見せていただきたい。

〈初出〉「寒雷」昭和55年5月

宮さんの新境地

宮慶一郎さんの晩年の作に、

橅の実の枯色愚直骨頂漢

という句がある。これはおそらく自画像であろう。愚直一途を以てよしとする己が作風の自恃ともいえようか。宮さんの前の句集『青黍原』が出たとき、私は宮さんの所属する「寒雷」から書評を求められ、共鳴句を挙げながら、終りのほうで宮さんの句の〝硬さ〟を言い、硬質はいいが生硬は十七文字という制約の中では致命傷である、と指摘した。しかしそんなことは他人の言を俟つまでもなく、宮さん自身が一番に承知していたことであったろう。

その後に出た『俳句創作ノート』を読んでも、宮さんには生硬、難解とみられる句がかなりの数ある。

礫とならんと雪のいのちの拮抗す

雪箆ショベル等除雪具どれも骨太に

地下石油備蓄基地入口の春田

こういう句、言っていることはよく分かるが、内容が盛り過ぎ、表現が生硬である。難解句は、

新暦無数の石が存在す

穂草ゆく女の恥部は背にありき

末法の腸が鳴る雪颪

こういうところ。表現は定型に嵌まってすっきりしている。定型美は俳句の一つの要素だから、これらの句は定型の中では完結している。問題はそれぞれのフレーズが、季語とどうひびき合っているか、という点で私にはどうもどこかにもどかしさが残る。

しかし宮さんはそういうことに一向に頓着しない。生硬は創作上のエネルギーから来るものであり、難解はそのように見えたものを、そのように表現しなければ止まないという内的衝動があってのことであろう。他人の言に左右されず、あくまでもおのがじし、それが冒頭に挙げた〈橅の実の枯色愚直骨頂漢〉なのであろう、と思う。

宮さんの作品を読むとき、どうしても避けて通れない生硬や難解を取り上げたが、そうは言ってもやはり全体としては、宮さんの作品に私は大いに心引かれる。妻や子や孫をはじめ、師の楸邨、畏敬の鬼房、先輩、友人、知己、みな親しく宮さんの作品に登場する。平泉、遠野、夏油、渋民、鑪山など土地へ対する思いも深い。その一つ一つが挨拶であり、存問であり、その折々の消息ともなっている。

内面を心象するときはつねに寒色のトーンだ。その寒色の中でもっとも象徴的な句は、

胸中の王国にゆく橇を待つ

この「橇を待つ」ときの状態はいかなる時か。多分句想を練る時であろう。作者の理想とする雪の王国、そこへ行けば己が俳諧を自在に飛翔出来る、という確信。寒色のトーンもここまで高められれば絶唱というしかない。

前段で紙幅を使い過ぎたので以下はあまり多くは取り

上げられない。急いで『俳句創作ノート』あたりから顕著になっている句を挙げたい。

刎頸といひ莫逆といふおぼろ
打ちかぶりたる春蟬のこはれごゑ
神代より海鼠の口に刀傷

一句目の「刎頸」は刎頸《ふんけい》の交りのこと、「莫逆《ばくげき》」は意気投合してきわめて親密なことで、それが「おぼろ」だという軽い嘆き。二句目の「こはれごゑ」には説明抜きで納得させられる。三句目は古事記上巻からの引用で、いわばパロディー。こういう諧謔への踏み込みは『青黍原』時代には見られなかったことで、これは宮さんの新境地と言ってよかろう。『俳句創作ノート』以後の句を「草笛」から拾ってみても

夏風邪に三光鳥がホイホイホイ
偸安の日々六畳の春の家
草の花爛柯の斧が捨ててあり

こういう句がある。いずれも俳味横溢して余裕ある詠みぶりである。先に宮さんの句の生硬、難解を言ったが、ここにはもはや生硬も難解もない。作者の思念が俳諧の深みの中で澄んで来たからであろう。今まで見えなかったものが見えてきた、と言ってもいい。

足元を彼岸の水が流れゐる

ここでも見えないものが見えている。暗喩法も見事だ。この世の水の美しさを「彼岸」に照射させている。

宮さんには自分の死が見えていたのであろう。もっともっと長生きされて、このような句をもっと沢山見せていただきたかったのに、未だ思わざるの死はかえすがえすも残念でならない。

〈初出〉「草笛」平成3年12月

宮慶一郎氏をしのぶ

去る八月二十日、本紙「いわて文園」の俳句の選者を約二十年間担当して来られた宮慶一郎氏が他界された。七十五歳であった。

宮氏は盛岡から出ている俳句の同人雑誌「草笛」の代表であり、人間探求派の加藤楸邨の主宰誌「寒雷」の主要同人でもあった。「草笛」は去る七月一日に創刊五十周年記念大会を盛大に催したが、代表の宮氏は自身の描いた大会の青写真の準備完了を前にして入院加療の身となっておられた。

私は氏が入院中に二度病院に見舞った。1度目は「こういう状態になったので、「いわて文園」の選者を辞退した。幅広い選句眼が必要なので代わりに支局のほうにあなたを推薦しておいた。よろしく」ということであった。

二度目は「草笛」の記念大会が終った直後で、大会は成功裡に終了したことを報告すると、安堵したように明るくほほえまれた。帰りぎわに握手をし、きっと治りますから辛抱づよく養生して下さいね、と言うと、うん、うん、とうなずきながら、「ああ、あなたの手は柔らかいねえ、こういう手をしているんだ……」と歓嘆の声をあげられた。私は自分のエネルギーが宮氏に伝わっていることを覚えながら、これならきっと治る、と確信に似たものを感じていた。しかし、その宮氏がついに帰らぬ人になってしまわれた。

顧みて氏は大きな人であったと思う。豪胆とか豪放というのではなく、もっと沈潜して澄み、一歩退ったところで余裕をもって物事を受け入れる。決して激したり大言壮語はしない。自己誇示や自己卑下もしない。自然体のまま人をつつみ、しなやかに勁い意志の人であった。

その宮慶一郎氏に、もうお会いすることが出来ないと思うと、とても寂しい。謹んでご冥福をお祈りするばかりである。

〈初出〉「毎日新聞」平成13年8月

岩手に主宰句碑を

五月の〝沖箱根勉強会〟に出席したら、長野支部の湯本道生氏から、支部として、能村登四郎・林翔両先生の連袂句碑建立の準備が進められている旨の報告があり、さすが湯本支部長らしい発想だと感心して聞いていた。

実は私も、沖創刊十五周年を記念し、私の住む寺の境内に、主宰句碑建立の計画を進めていた。ただしこのこと、岩手支部挙げて、というのではなく、私個人の独善のはからいにあり、そのはからいに、いつも集まる仲間たちが乗っかってくれる、というもので、つつましい句碑しか出来ないから、あまり宣伝しないで、本部のほうには出来上がったら報告しよう、という形をとって来た。

その句碑が石屋さんとの話し合いの結果、来春には開眼、ということで進められることになった。少ない予算での事業だが、石屋さんは最大限努力してくれるという。石はインド産の黒みかげの自然石を使うことになった。いま主宰に水茎となる句を案じていただいている。十五周年記念大会には、岩手にも主宰句碑一基建立ということで報告が出来、みなさんにも喜んでいただけそうである。

〈初出〉「沖15周年」60年10月

「沖」岩手支部の巻

一、支部の結成

岩手支部の結成は昭和四十六年八月十九日である。私が京都智積院での修行を了え、花巻の自性院に入ってから四ヵ月目。能村登四郎先生の大学時代の同級会が青森であり、その帰途花巻にお立寄りをいただいた機会を利用して。そのときまだ大学生であった能村研三さん、たまたま北海道旅行で、帰路先生と落ち合われてご一緒。支部結成と言っても、会員は、私と柏山照空さん、他三名という、ほんとうに小さな支部の結成であった。

二、通信句会誌「はやちね」発行

支部は出来たが、広い県土ゆえ毎月集まっての句会などは夢のまた夢。それで私のガリ版刷りで通信句会誌「はやちね」を発行。創刊号はB5判の四頁、能村先生にも選句をいただき、これによって会員も徐々に増えはじめ、頁も厚くなったが、定期発行とはいかず、第十号を出したのが四年後の五十年七月。このとき会員十六名、誌面二十六頁。沖の主要同人、県内他結社の人たちにも寄稿をいただいていたので評判もよく、岩手日報文芸欄にもよく取り上げられた。が、句会誌の発行もここまで。私の公私に亘る仕事がにわかに忙しくなり、雑誌の発行にまで手が回らず、十号を以って休刊の止むなきに至る。それによって当初の会員の半数が離れてしまった。

しかし、それまでの会員、柏山照空、及川茂登子、工藤節朗さんら、また佐藤すすむさんら大船渡勢が安泰。これに新しく八百板俊子さんらが加わり、昭和五十二年には横浜から岩澤京さんが岩手に移住されて賑やか。しばらくの間二十人前後の会員で推移する。

三、主な行事

会員数は多くなかったが、沖創刊の翌年にはすでに支部結成を見ている岩手支部だから行事だけは大小合わせれば沢山ある。が、ここには主なものだけ。

① 遠野吟行　昭和48年5月4日

能村登四郎先生が、平泉の芭蕉祭俳句大会に講師として招かれた機会を利用して、初期の会員ほか交流の他結社の人たちと。このとき東京から、田中志希乃、岡本富子、岩澤京の三女史も先生に同行して来られた。

②　はやちね句会創立三周年記念行事
　昭和49年9月14日〜16日

一日目、早池峯山の麓、岳集落に泊り、早池峯神楽を見学。二日目、早池峯山登山、夜大迫町泊り。三日目、バスで石川啄木の渋民に直行、周辺散策のあと、玉山村中央公民館にて記念俳句大会。このとき来駕を予定されていた能村先生が出発直前になって胃潰瘍で入院され、代りに、福永耕二、高瀬哲夫、平澤研而の三氏が応援に駈けつけて下さる。参加者、交流他結社の人たちを含めて三十名。

③　大畑善昭句集『早池峯』出版記念祝賀会
　昭和54年4月29日

花巻市内「やぶや」にて。本部から能村、林の両先生、坂巻純子、河口仁志、梶浦武さんたち。秋田から池田崇さんも来られて能村先生たちと初対面。やはり交流他結社の人たちも含めて六十名を越す参加者。

④　工藤節朗句集『渋民野』出版記念祝賀会
　昭和56年1月25日

石川啄木ゆかりの宝徳寺にて。本部から鈴木鷹夫さんを講師に。しかし思わぬアクシデント。その鷹夫さん、会場に入る直前に、つるつるに凍った雪道に転倒、腰を強打してそのまま地元の病院に入院。ために記念俳句大会は講師抜きで。鷹夫さんにはすぐに奥様の節子さんが看護に駈けつけられ、一週間ほどの治療、帰京されてからも長く通院された。

⑤　第十二回「沖」みちのく勉強会
　昭和58年7月30日〜31日

花巻温泉、ホテル「紅葉館」にて。〝詩と風と光の町、花巻……〟という宮沢賢治、高村光太郎に関したキャッチフレーズで。全国から百四十八名の出席。能村先生は奥様ご逝去のため研三さんと共に欠席。開会歓迎の挨拶は主宰夫人を哀悼し、一分間の黙禱を以てはじまる。悲しみを内に秘めた勉強会。しかし、ひとたび燃え出した沖の炎は止み難く、青く、熱く、二日間を燃え尽して終了。

⑥　能村登四郎句碑建立除幕式
　昭和61年5月10日　花巻市自性院境内

能村先生の第五番目の句碑、水茎は、

早池峯の雪かがよへり朝ざくら

で、岩手支部「はやちね句会」が建立。祝賀会は花巻温泉ホテル「紅葉館」で。翌日能村先生は、石川啄木生誕百年祭の俳句大会に講演を依頼され渋民へ。

⑦ 柏山照空句集『花冷え経』、岩澤京句集『岬径』出版合同記念祝賀会

昭和63年12月29日

花巻温泉「青葉館」にて。本部から、能村先生、坂巻純子、渡辺昭、北村仁子、秦洵子、北川英子、梅村すみを、中原道夫さんたち。九州から宮田カイ子、坂口晴子さんも飛行機で。県内からも六十五名の参加。翌日は有志で遠野吟行。

⑧ 第二十回「沖」みちのく平泉勉強会

平成3年5月25日～26日

平泉、ホテル「金鶏荘」にて。〝みちのくは青のとき……〟のキャッチフレーズ。主宰、副主宰を含め全国から百八十五名の参加。うち地元岩手支部から会員三十名の出席。〝青のとき〟に相応しい、みちのくの古都の夏。解散後、毛越寺庭園で、平安絵巻さながらの〝曲水の宴〟が見られた。

四、支部の現状

平成二年、赤澤雨石、内藤絹子、川村杏平さんらが中心になって、岩手沖、盛岡句会を結成。また花巻では、栗城光雄、佐々木みき子さんを中心に、岩手沖の衛星誌ならぬ衛星句会を開いている。という訳で、今後年二度ぐらい沖岩手全県句会の開催を検討中……。

〈初出〉「沖」平成3年12月

若々しい飛翔力

——吉田敏夫「空のなくなる」を読む

「青嶺」は創刊十周年を俟たずして確実に地方誌としての基盤を築いた。麦青氏の作家としての魅力、指導力のよろしさは勿論のことだが、それを支える個々の作家たちの熱意、結束力に負うところも大きい。吉田敏夫さんもまたその一端を担っている。今は地方からの〝発信〟の時代である。地方にあって中央にも通じる一誌、地方にいて中央にも通じる作家を目ざしたい。いや、「青嶺」はすでにそのように歩を進めている。「青嶺」には酸素がいっぱいあって楽しい。そこに今回の特別作品の吉田敏夫さんのような作家がいることもまた楽しい。

水芭蕉鳥語がふやす水の影
雪渓を往き来に仰ぎ遅田植

三十五句のうちの最初の二句。どちらも陽光いっぱいで眩しいほど明るい。「鳥語」という造語を最初に創造したのは〈錦木や鳥語いよいよ滑らかに〉の福永耕二であった、と私は記憶している。この語はその後そちこちで見かけるようになったが、成功例はそう多くはないようだ。吉田さんのこの「鳥語」は「水の影」と少しひねって見せているが、成功作の部に入るだろう。「雪渓」の句も、力みのない表出で、いかにも「遅田植」らしい景を現前させている。

七合目よりは雲被て花吹雪
登山道鶯こゑを剰さずに
春の颪残雪穢すにはあらず
山襞の暮るる遅速や花林檎
瞑れば山くらくなる芽落葉松

三十五句の前半は吟行句である。どこという場所の断りもないし、固有名詞も出て来ないから、それらしいところをこちらで自由に連想出来る。

一句目は、高山帯に見られる。〝ミネザクラ〟の類。麓の眺望と見えない頂上、というアンバランスの中での

「花吹雪」。そういう遭遇こそ山登りの至福だ。二句目、三句目の季語の重複はもとより承知の上のこと。実感を大切にして、この作家のレベルからすれば、このあたりまずまずの平均作。四句目は中七で切る「や」の安易さが惜しまれるが、ここはもう一押しの推敲によって何とでもなりそうで、景の鮮明さが救いだ。五句目は「山くらくなる」と言って、逆にその頃、その場所の陽光のやわらかさを言い当てている。

雪のこる山となき山百千鳥

この句の前ではしばらく立ち止まり、考え込んでしまった。「雪のこる山」と「百千鳥」のひびき合いがなんとも心地よいのだが、どうも不勉強のゆえ、「山となき山」の形容の仕方が分らない。そういう用例があるのか、あとで作者にお聞きしてみたい。

風が生む代田の水輪葱坊主
葭切や競歩双肘ひかりつつ
葉桜の下ぶらんこの小さき宙
干して白き襁褓も田植どきの家
水位標はればれ蝶を虜にす

後半は日常、居ながらの作。やはりどの句も明るい。そして優しい。健康なものへの弾むような旋律、そしてそれへのエクスタシー。言葉の一つ一つが輝き、ひびき合っている。この声調は今後も大切にしたいところだ。

雪渓やわが血醒めゆくまでの風
蝶つれて田のひと二人紺固め
苺咲き老に大事の畝ありぬ
蒲公英に姉妹幼し鶏を飼ふ
対岸の風が揉み合ひ八重桜

こちらには少しく注文をつけたい句を抽いた。一句目、中七の展開まではいい気分で読めるのだが、下五の「までの風」のあいまいさにはぐらかされる。二句目は「田の人」と断っているのだから。その上にまた「二人」と言う必要があるのか。三句目は「老に大事の畝」はいいとして、「ありぬ」とまで言わなければならないのか。

揚雲雀空のなくなるところまで

「空のなくなる」の題名はこの句から取られている。この感性、直感力、理屈なく楽しい。吉田さんは五十代に入っただろうか。それともまだ四十代の後半であろうか。聞いてみたことはないが、この若々しい飛翔力、澄みの深さ、ただただ感嘆、脱帽するばかり。

〈初出〉「青嶺」平成5年9月

四句目は、「幼し」と「飼ふ」の形容詞と動詞の関係が少しうるさい。五句目は、下五の「八重桜」が、対岸にあるのか、こちらにあるのかがはっきりしない。

しかし、これらの句とて、決して駄作というのではなく、むしろ十分にきらめいている。ただ熟成不足、指摘の部分、あと一夜、二夜大切に寝かせると十分に熟成しそうだ。

中空という美き言葉揚雲雀

葭切の葦揺れすこしたちて風

前句の「中空」は〝ちゅうくう〟ではなく、〝なかぞら〟と読ませるのであろう。「美き」は〝よき〟のようだから、そう読むのがこの句の美意識には適う。後句「葭切」は小鳥一般の習性として、巣に戻って来ても、ただちに巣に飛び込むようなことはしない。周囲を警戒して一端近くの葭や小枝に止まって様子を窺う。そのときの「葦揺れすこしたちて風」なのだ。ここにはそういう観察に裏ずけられた微妙な〝あわい〟が捉えられている。

五章　「草笛」所収の評論・随筆・ほか

昆ふさ子句集『冬桜』評

――寒色から暖色へ

過ぐる日はご高著『冬桜』有難うございました。なかなか目をとおす暇がなくてこのほどようやく拝見いたしました。待たれて久しい句集、あだやおろそかには読めませんでした。人の言に左右されず、直かに作品に触れたくて一通り読み終えてから三氏の序文、跋文を読みましたが、これがまた見事な三重奏、それぞれの立場からふさ子さんの境遇、作品世界を浮き彫りにしており、随分贅沢な句集という感じです。すでに第三句集ぐらい持っていても可笑しくない句歴であってみればこれで良かったと思います。

霧の太陽ぼつとり浮び痰切れず
聖夜飛ぶ星の数ほど奇蹟あれ
豊の秋貨車のび切って止りけり

夏草新人賞を取った頃の作品、さすがにいいですね。若くしてすでにこういう句を作っていたのですからその才能も並々ならぬものが感じられます。

稲架下し済みたる夜の潮騒ぐ
雪積みしより潮鳴らず海見えず
春寒や流寓の教師箱ためて

二句目「潮鳴らず」ではなく「海鳴らず海見えず」と私は覚えておりました。この頃、私は東京にいてふさ子さんの句を遠望しており、特に、「海見えず」は「見えず」と言っていながら意識の中で明確に見えている海の青さに思いを致し、胸を熱くしたことを改めて懐かしく思い出しました。

寒鴉翔つて片足まだ見ゆる
空蟬になほたましひの目が二つ
毒茸の一本足の影法師

麦青氏がふさ子さんの句の物語性を言っておりますが

更につけ加えれば境涯性が尾を曳き、その境涯性はまた文学性と裏腹の関係にあったのではないでしょうか。確かに物語性は叙述に流れ過ぎるきらいがあり、切れ字による俳句の詩的空間、簡潔性からは離れます。それが麦青氏の言われる俳句性なのでしょう。しかし右の三句など見事、その俳句性を獲得していて共鳴しました。

袋掛逆光に顔失へり
雪嶺に念仏申す鬼剣舞
夏に入る双眼鏡の別世界

確かに後半に入って身が軽くなったようです。一句の世界に遊びがすべり込んでいます。心が自由になって来たのでしょう。それまでの読後の印象ではどちらかと言うと寒色の句が多かったように思います。それが後半に到って少しずつ暖色に転じつつあるという印象でした。

「冬桜」一巻、十分読み応えのある句集でした。長いトンネルを抜けていよいよ前途光明の世界です。どうぞ存分にふさ子さんの世界を展開して行って下さい。

〈初出〉「草笛」平成4年2月

佐藤賢一句集『蘇民将来』管見

蜩や世阿弥を慕ふ道細し

一見古風で目立たない句である。それは季語の下に「や」を入れていることと、「慕ふ」「細し」と連綿する短歌的な抒情がそうさせるのであろう。しかし、一読、すとんと心に落ちて来る句である。

世阿弥は室町時代初期に能の基礎を確立した人で、その論書も多く、とりわけ「風姿花伝」など一般にも多く読まれている。晩年は不幸にして佐渡へ配流の身となり、許されて帰洛したかどうかは不明とされている。

賢一さんは宝生流謡曲教授嘱託の資格を持つというから、世阿弥への敬慕の念は一入なのであろう。掲句はその世阿弥配流の地、佐渡での作である。土地への挨拶という気持ちもあろうが、もっと踏み込んで世阿弥晩年の不遇、逆境の身を、茫とした時間の彼方にさぐり、それを現在の感慨に引き戻している。「道細し」とはなんという微妙で連想豊かな言葉であろう。この美意識の立ちゆらぎ、お世辞抜きでいいと思う。

ところで、賢一さんは昭和六十二年に、

雪明り貞観四年の薬師仏
影冴ゆる北の仏は威圧の相
雪の坂一気に駆けて水垢離へ
闇揺れて裸参りが動き出す
出奔し密かに戻る蘇民祭

など一連三十句を以って、第一回岩手県俳句連盟賞を受けた。句集にはその後に出来た同一テーマの句も加え、「黒石寺蘇民祭」と題して一括し、他の章と別扱いにしている。この一連の句には、そのむかし大和の政府軍と雄々しく戦い、ついに鎮圧された蝦夷の王アテルイらの無念の思いを重ね合わせた物語風の作品も多く出て来るが、率直に言って、こちらのほうは意識や観念だけが先行し、まだ煮つまらないまま早々と答えを出し過ぎたという感じもあって、一句の独立性にも欠け、必ずしも成功しているとは言い難い。そういう中にあって、ずばり蘇民祭そのものに対象を絞った句には、はっきりした映像が結ばれており、これは紛れもなく賢一さんの風土の所産であると思った。

どくだみや土蔵の裏を怖れし日
裏山は悪口雑言野分立つ

これも初期の作品、前句は「怖れし日」と言っていながら、何に怖れたのか言っていないところが心憎い。私にはそこの部分に蛇などが見えて来て、うん、いかにも、と頷いてしまう。後句の「悪口雑言」は芝居のセリフをそのまま俳句に持ち込んで来たような面白さだが、この大胆さも直感のひらめきあってこその成功と言えよう。

山笑ふ前の含羞小豆色
兜虫完全武装のまま憤死
乙女らの羽化してきたる更衣

句集半ば頃になると発想とみに自在になり、幅も出て来て、賢一さん、乗ってるな……と思う。三句目の「更衣」の句は、かつて草笛に発表され好評を得た句だが、私などもその新鮮な感覚に脱帽したことを今でもはっきりと覚えている。

がガんぼのにつちもさつちもいかぬこと
門付けのつくつく法師すぐに発つ

こちらも発想が自在、「にっちもさっちも」などという俗談平語を使って、「ががんぼ」のががんぼらしさを捉え、そこへ俳諧の〝おかしみ〟をすべり込ませている。「門付け」と見る見方もやはり〝おかしみ〟だ。肩の力を抜いて、酸素がいっぱい、という風なところがなんとも楽しい。

早池峰を反り返らせて夏神楽
霊山の涼気しだいに銅鈸子《テビラガネ》
虫干しを兼ねて権現様を出す

この「早池峰神楽」では、特に二句目の緊密感に注目する。「早池峰」と言わず「霊山」と言い、「神楽」と言わず「銅鈸子」と言って、いままさに神楽が「涼気」の中で最高潮に達しているところを伝えている。この情景への踏み込み、宮沢賢治の「原体剣舞連」のように妖しく美しい。

狛犬の視界に入りし猟夫《さつを》かな

取り上げたい句をいくつも飛び越え、後半に到ってこの句に注目した。ここには何やらミステリーじみた雰囲気がある。普通なら視界を利かせているのは獲物を追う「猟夫」の筈、それが反対に「狛犬」に凝視されている。そしてここから何か事件が突発しそうな気配。ドラマとしては逆説の面白さであり、詩法としては主客転倒の面白さと言えよう。

こういう芸をさらりとやって見せる賢一さんを私は俳句作家として信頼する。賢一さんの本領発揮はいよいよこれから。私は能や謡曲については全くの門外漢だが、〝省略の美学〟ということにおいては能と俳句の共通点もずい分あるのではないかと思う。賢一さんは先に、『芭蕉と謡曲』という一冊を世に出している。その芭蕉の向うを張って、現代から謡曲を俳句に照射するということも賢一さんには出来るのではないか。今後いろんな面で賢一さんに期待するところ大きい。

〈初出〉「草笛」平成4年10月

岡山不衣のこと

岡山不衣という作家について、私はいままであまり関心を持たなかった。小林文夫氏の『岩手俳諧史』で岡山不衣を知り、何となく気になる存在ではあったが、深く追究する気にもならず、また花巻市の雄山寺に不衣の句碑が建てられていることも知ってはいたが、それさえも一度も訪ねたことはなかった。

それが、花巻市公民館の行事で、北松斉、宮沢賢治、高村光太郎、岡山不衣などの〝先人講座〟が開設されることになり、岡山不衣については私に講師の白羽の矢が当った。ちょうどいい機会、とばかりにあわてて資料集めにかかったが、この資料がまた極めて少ない。図書館の職員でさえ、「オカモト・フイですか。知りませんね……」といった具合。

さいわい、近所に歌誌「季節風」を発行している川辺潔氏が『岡山不衣句集』を持っておられたのでお借りし、しばらくはそれに顫っぴきになった。私の関心事は、もっぱら不衣がどんな作品を残しているか、ということにあった。

岡山不衣（本名儀七）は明治十八年（一八八五）十二月九日、貴族院議員伊藤儀兵衛の四男として、花巻町四日町に生まれたが、四歳で岡山直樹の養子になり、盛岡中学二年のとき一級上の石川啄木と親友になった。明治三十七年、中学を卒業して仙台第二高等学校に入学するが、翌年病気のため中途退学して盛岡に帰り、啄木の「小天地」社同人に加わり、明星派ばりの短歌をつくった。明治三十九年、父の友人を介して岩手毎日新聞社に入社し、のちに名編集長として知られるようになる。

不衣が本格的に俳句を作るようになったのは、大正五年頃、紫波町出身の医師、岩動炎天のすすめによるものであった。炎天の所属していた「渋柿」に参加し、松根東洋城にその才を認められ、同人として毎回のように巻頭に取り上げられた。昭和十八年十一月二十九日、五十九歳で病没するまでに、東洋城によって選ばれた「渋柿」誌上の句は、一、五五一句あるという。

不衣没して二十二年後の昭和四十年に、森荘已池氏らの尽力によって、はじめて『岡山不衣句集』が世に出された。この句集には俳句六百三十六句と、不衣の文章、それに不衣の友人知己が不衣の人となりを書いており、不衣を知るためには貴重な資料となっている。

その不衣の句を私は丹念に読んだ。判で押したように「や」「かな」の句が多いが、現代にも立派に通用する句が多く、やはり不衣は特異な才能の持ち主であると理解した。

枇杷の種吐くや懈怠の心あり
女人焚殺朧の中のことなりけり
鶏頭や夕日に染まり地獄変
昔日蓮これを叱りし海鼠かな
凧やよもつひら坂まのあたり
我が閑を妻の憐れむこがしかな
嫁に行く姉達も居て上巳かな

ここには七句しか取り上げられないが、こういう句を作った岡山不衣を岩動炎天は、歌の啄木、詩の賢治、俳句の不衣と上げ、岩手の三偉才と言っている。しかし不衣は啄木や賢治のようには世に知られず、生活苦と病弱のうちに、啄木の「小天地」時代の家、盛岡磧町の草屋でひっそりと息を引き取った。

不衣が生前も死後もあまり世に知られなかったのは、時代の状況もあろうが、自己をひけらかすような性格でなかったこと、後進を育成しなかったことにあるように思う。

そのことはまた、〝岡山不衣研究〟を一層困難なものにしている。不衣は新聞記者だけあって、その文章も論理明解、達意の文章を沢山残している。しかし、その文章もまだ一冊に纏められていない。

〈初出〉「草笛」平成4年12月

工藤令子句集『雪月夜』評
――桜さくらや極楽寺

ひとところ空の蒼あり西行忌

右の句はこのたび出版された工藤令子さんの句集『雪月夜』の劈頭より五句目におかれている。温和な句だが澄みは深く、物欲し気なところがない。この一句の延長して行き着くところは、人間自在の囚われない〝遊び〟の世界の筈で、令子さんの師、「杉」の森澄雄主宰の目指す方向に添うものであろう。

宿題の娘よ夕顔の風すこし
テニスコートの子の声風に桐の花
子を送る夜風の中の白木槿

これも句集のはじめのほうに出ているので書き抜いてみたら、期せずして三句とも「風」が配され、それが「娘」や「子」の健康感を高めるのに役立っている。他

にも「颪」の句が多く、中に、

ひぐらしや醴泉銘書颪めくり

というのがあった。「醴泉銘《れいせんめい》」は書家たちの間で、楷書の規範として有名。それだから他の句も注意深く見て行くと、果たして、

たどたどと古筆読みをり雪螢
和紙が吸ふ墨の滲みの暮春かな
遊印の小さきを買ひ春隣

というのがあって、令子さんが書もやっておられることを知った。そう言えば何かの時にいただく、令子さんの万年筆の手紙の文字が実にいい。骨格が太く、男性的ですかっとしている。ご本人から書のこと一度もお聞きしたことはない。句集を通してそれを発見したことは嬉しいことであった。

ここでもう一度先の「娘」「子」のところへ戻り、もう少しご自身および肉親を詠った句を見てみたい。

夜蛙や老眼鏡をはづし置く
耳病んで音無き一と日カンナ咲く
存《なが》へて今を惜しめり花月夜
和らぎし一病のあり流し雛

いずれもはじめのほうに収める句で、俳句が第一人称の文学という観点に立てば、これは明らかに令子さん自身ということになる。どの句も境涯性を宿してしみじみとした落着きがあり、特に三句目、四句目がいい。ただこの「存《なが》へて」の句の制作年代を作者五十歳前後と推定すると、早々と老成し過ぎる感は否めず、通常ならこういう句は七十代、八十代になってからでも十分間に合う。が、個人の人生的な感慨は年齢によって区別は出来ない。令子さんには令子さんの、五十代にしてそう表白せざるを得ない状況があったのであろう。

父ひとり住み連翹の花あかり
耳遠くなりたる父よ木の芽和
父のものやや薄味に時雨の夜

こちらは肉親への愛、かなり高齢の「父」が思われる。娘としての父への思いやり、いたわりの心情が、あまりべとつかない表現でいい止められ、いい景になっている。

すこし高く四温の空に産着干す
片言の子の目いきいき初雛
牡丹の風や襁褓をたたみゐて

令子さんは作品に一切前書をつけない。つけたほうが読者には親切という場合もあるのだが、そういうことには一向に頓着しない。ここに取り上げた句は句集の後半のほうに収められ、どうやらお孫さんのようで、それも二句目はお嬢ちゃんらしい。けれども、どの子の何番目のお孫さん、というようなことは全く分らない。作品の上では〝孫〟という言葉さえ使われていない。これはやはり作品を情によってべたつかせないための周到な図いで、そういうところ作家として信用できると思う。
以下は本句集の特色となっているところから。

神佛隣り合せや木の実降る
淡雪や念佛数珠にたぐり艶
もの食べて彼岸佛と近くをり

一句目に「神佛」とあるが、本句集には実に多くの〝神佛〟が出て来る。収録句数三百五十五句のうち、ざっと数えて五十句を超えている。多くは吟行から得たものだが、日常生活の慣行にしっかり根を下ろしたものも多く、この土着ぶりのバックボーン、したたかに勁い。紙幅がなくなったので、最後に共鳴句を上げたい。

須弥壇に青梅雨の燈や中尊寺
今生の桜さくらや極楽寺
雪嶺をまぢかに齢かさねたる
新涼や透かしてたたむ孔雀の尾
雪降るやシャガールの絵の赤き馬

句集の終りのほうから抽いた。これらの五句、今後の展望を開く句と見る。特に二句目の「今生の桜」の境地は令子さんのこれまでの句業から得た一つの自得の世界であり、冒頭に取り上げた「西行忌」の句の延長線上で低通していた。第二句集に期待するところも大きい。

〈初出〉「草笛」平成8年8月

小菅白藤句集『鬼古里』鑑賞
――自在への志向

警官の胸にぶつかり熊ン蜂

　この句はこの度上梓された白藤さんの第二句集『鬼古里』のはじめのほうに収められている。この時期白藤さんはまだ現職の警察官だから、この「警官」は白藤さんと見てもいいし、もっと若い警官であっても構わない。「熊ン蜂」も頑丈な蜂だが、警官の胸も頑丈だから、ここは頑丈と頑丈のぶつかり合い。もちろん迂闊な熊ン蜂のほうが逃げたには違いないのだが、飄逸味に溢れてこの瞬時の切り取りがなんとも面白い。俳句における機微の捉え方、こういうところに俳人としての白藤さんの〝ウデ〟の確かさがある。

　ところで、『鬼古里』には昭和五十八年から平成八年までの十三年間の作品の中から自選で四百三十九句が収められている。『鬼古里』とは白藤さんの自宅から西へ二キロ足らずのところにある鬼古里山から採った題名だそうだが、表紙の佐藤氷峰氏の能筆と装幀の渋さが相俟って、この題名なかなかいい。

くらがりの寒の水飲み張込みへ
雪の夜の張込みの足犬が嗅ぐ
検視せし手をくらがりの雪に拭く

　こちらも句集冒頭のほうに置かれる句で、第一句集『遠野火』の続編という感じ。刑事という職業から摑んで来る特異な臨場感だが、こういう句は手を変え品を変へ、句集の前半あたりまでつづく。もっとも白藤さんの定年退職は平成元年三月だから、これは当然と言えば当然。退職後は、

定年の身の落着けと雪来たる
定年の頭を蜂に刺されたる

などと肩の荷を下ろしながらも、なお身についてしまった刑事としての性分は、

氷水デカの眼のまま老いゆくか
夜桜や犬に前職嗅がれたる

というように、こういう句は句集の終りのほうまで尾を曳く。以下先に戻って句集全般の特徴的な作品に触れたい。

長子の婚もて一年をしめくくる
妻とわれの三角点に冬薔薇

これも冒頭五句目までの中から。その後、

頑丈な子をひとりもち夏負けす
新涼や家の真中に赤子置く
冬籠妻に短気を数へらる
入学しまづ鉄棒にぶらさがる

子、孫、妻、時間の経過を含め、一家安泰の消息が伝わって来て頰笑ましい。

風花や千蔭はるかなもの見つむ
輝子の句たどれば真の雪の国
寒行のしんがり善昭かも知れぬ

知名の故人や実在の有名人も出て来るが、右のような句も出て来て、おや、と思ったりする。こういう人名の登場は読む人にとって分る人と分らない人とがある筈だが、そういうこと一向に頓着しないのも白藤さんらしい大らかさだ。

海底の綺羅知りつくし海女の逝く
はっきりとせぬ陽を叱り昆布干す
夜のすぐをはりて海と葱坊主
大蛸の困りはてたるまま凍る

句集には意外と海辺の景や生活を詠んだ句が多い。これは吟行の句もあるには違いないが、転勤中の久慈市での生活が根底に据えられていると見てもいいと思う。

岩手山より来し雪とおもひ掃く
原《はら》　敬《たかし》　忌　の　山　門　に　乳　母　車
小岩井や蟬の鳴き出す牛の胴
霧のこる鬼古里峠祀るごと
しぐるるや鬼古里の道天へ消ゆ

これらの句は盛岡とその周辺だから自分の庭前のようなもの。「鬼古里」の句にはもう一句、

山百合や馬の悲鳴の鬼古里に

があって、「悲鳴」の裏に隠された伝説を知れば、三句のうちではこの句が一番いい。まだまだ採り上げたい句は多いが、最後に絞りに絞って、

牛の眼を抜くいきほひの鬼やんま
子かまきり牛に食はれてしまひけり
鳴子引く婆に二枚の乳房あり
川が底見せて八月十五日
白鳥のみなコンタクトレンズの眼

こういう自在志向の句にたまらない魅力を感じる。俳句は詰まるところ自得の世界である。今後の白藤さんにはこういう世界をもっと広げ、そこに遊歩していただきたい。

〈初出〉「草笛」平成9年8月

『小林輝子集』寸評

狸汁山のいただき夜も見えて

昭和五十八年の作。こういう状況は囲炉裡に薪が燃え、自在鈎がかかり、そこに鉄鍋が吊され、さあ、煮えた、煮えた、という雰囲気が相応しい。「山のいただき夜も見えて」は窓外の景なのだが、ここには一日の時間の経過も見て取れる。昼も見えていた山、枯木の山、または雪を被った山、そのいただき。曇っていたり、雪が降ったりしていれば山は見えないのだから、月明りの山が思われる。静かに浮かぶようにあるのか、煌々と照りかがやいているのか、その辺の一切の事情は「見えて」の中に集約され、焦点はあくまで「狸汁」だ。いまなら動物愛護団体からクレームのつきそうな内容だが、一句の構成は実に見事だ。ここには狩猟本能の喜びもあるが、山の恵みは神からいただくもの、という無意識の敬虔さも潜んでいよう。

「結婚して四十数年、狸汁を作ったのは三回。愛犬白房は狸捕りの名犬だった。我が家の狸汁で山崎和賀流さんは名句を残した。」この句にはこういう自註がついている。

本集は俳人協会より、「自註現代俳句シリーズ・小林輝子集」として出されているので、昭和四十四年から平成十年までの収録三百句全てに自註がついている。一句に自註をつけることの功罪はもちろんある。前書をつけて、それが邪魔になる句があるように、自註をつけて一句のもつ読み手のイメージを損ねる場合もある。それで輝子さんも「自註が饒舌になりすぎてしまうのではないか。」（あとがき）と迷った上で、この自註シリーズに参加したようだ。

たしかに、この自註は少しうるさいなあ、というのもある。自註は影の形に添うようにあるのが一番理想的なのだが、なかなか三百句が全てそのようには行かないところに自註の難しさがある。これは一人小林輝子さんに限ったことではなく、誰の場合にも当て嵌まるものだ。

けれども私は誰のものでも、うるさい自註は一度読んで無視するようにしている。駄句はいいざ知らず、いい句というのは、作者の思惑や説明をはるかに超えたところで屹然として立っているものだ。そして輝子さんにはそういう句が多い。
以下は紙幅の関係で作品のみで前に進みたい。

昏れてより人の集まるいぶり漬
山祇《やまがみ》の森見おろしに熊の柵
雪女郎しんばり棒に祖母の杖
履きおろす茶毘手伝ひの踏俵

右は前句集『人形笛』以後の昭和五十八年から六十二年までの作から。先の「狸汁」の句も入れて、ここにはいかにも西和賀らしい風土が横溢している。風土がそのようにあるから、そのように詠える、というものではなかろう。あっても、あるのが当り前と見れば、見えても見えない。心して見なければ何も見えないのだ。これは輝子さんの貪欲な作家魂の好奇心から来るものであろう。輝子さんの作品はあまりにも素材が豊かだ。一見素材の渉猟趣味のようにも見える。が、見ようとすれば風土の素材はいくらでも見える、という風でもあり、それへの飽くなき挑戦とバイタリティーが輝子さんを今日の作家たらしめて来た。

一木を無駄に使って月夜茸

平成六年作。この句についてはどこかに書いたか、本人の前で褒めたかしたような記憶がある。「無駄に使つて」の俗語のよろしさ、大胆な表現ながら俳句の品性を少しも損ねない。この大らかな内なる笑い、ここまで来ると、風土はもはや素材ではない。風土は風土の育くむそのものの〝いのち〟であり、そこにことさらに何かの意味性を付加する必要のないものとなる。こういう句を読むと輝子さんが現在いかに充実しているかが分かる。そしてこの延長線上に今後の輝子さんの境地が展開されるであろうことが、前兆として分かる。

踊唄神代の恋に触れにけり
蹼《みづかき》の空を蹴つたる御慶《ぎよけい》かな
隠し田の二枚三枚螢湧く
大空へはね上りたる独楽の紐

水に溶けさうな昼月獺期来る

平成七年から十年までの後半から抽いた。吟行あり、日常あり。周辺の景ありだが、気づいたことはここに来たって表現の自在性が際立っていること、それに伴なって風物へのよりかかりがない。風土の特殊性をことさら強調するようなこともない。その上に澄みと深みが加わっている。僅か三百句の中を垣間見ただけでも、これは歴然としている。一人の作家の成長とはそういうものであろうか、と私は驚きを隠せない。小林輝子さんは、いま本物の俳句作家としていよいよ独自の句境を歩みはじめている、そういう印象を抱かされた。これは決してお世辞で言うのではなく、実感であった。

なお本集の作品は俳人協会の企画によって漢字に全てルビを付してあったが、ここに取り上げた句には適宜省略させていただいた。輝子さんの次の句集を楽しく待ちたい。

〈初出〉「草笛」平成11年12月

寒行——季《とき》のエッセイ

「寒明け」は「立春」と共にやって来る。私はその寒明けの前日、二月三日に生まれた。「節分」の日である。花巻の住持になって以来私は毎年、この日盛岡のある寺へ節分会の助法（手伝い）に行き、帰りはいつも夜の十時近い。子供たちが幼なかった頃、「お父さんの誕生日はつまらないなあ……」と言った。お目当てのケーキが食べられないからであった。

それで妻が、お父さんの誕生祝いは前の日の二月二日にしようね、と言って実行されたことがあったが、それもどうもしっくりと行かなかった。その頃私は寒行の托鉢をやっていたからである。

寒行は冬至から始めて、小寒で満願とすることも出来るのだが、私はもっとも寒さの厳しい大寒から始めて節分で満願とするのを選んでいた。この寒行を満願するには中間を一日も休んではいけないのである。好きな酒やたばこをつつしみ、体調を整え、墨染めの衣に網代笠、手甲脚絆のいでたち。出発は提灯を点して振鈴を携え、夕方の三時頃で、終りは夜の七時頃である。毎日方向を変えて花巻の町の路地から路地を歩き、ときには農村部まで足を伸ばした。これは義務でもなく、他から強制されるものでもなく、あくまでも自らの修行のためであった。

この寒行で困ることがいくつかあった。烈風や吹雪のとき、衣の袖が帆のように風をはらみ、飛ばされそうになって、一進一退すること。歩道のない狭い道路で、走行中の車やオートバイと擦れ違うとき、衣の袖がバックミラーに引っかかりそうになること。雪が降りしきる中、農村部では夕方になると道が白一色の闇の中に消え、誤って小川に落ちたりすることであった。

それよりも何よりも、困るのは生理作用。出発前から水分の摂取は最小限度に押さえているのだが、何しろ長時間歩くのでどうしても催して来る。托鉢の僧が町の中で、立ったまま、そこいらでちょっと、という訳には行かない。そういうとき、たまたま近くに知っている人の家があれば入りやすいのだが、知らない人の家へは、そのことのみで、お頼み申す、とはなかなか言い辛い。そこでもう少し先の公衆トイレまで我慢することにする。

本山での修行時代によく言われた。衣を着た僧が道を歩くとき、決して急いで人を追い越したり、駆け出したりしてはいけない。全て余裕をもって事に当れ。降らずとも傘の用意をだ、と。しかしこういうときはどうしても急ぎ足になっている。そしてやっとたどり着いて、やれやれ、と衣の裾をかき分け、下に履いたもんぺの出し入れ口から股引まで手を入れ、もぞもぞと、もどかしく、身の一物に触れる。しかし、ここでもまた時間がかかる。手首から指先まで冷え切ってしまった手は折角触れた物を握れない。催しのほうはそういう事情にはお構いなしに、出せない。握る力がない。握れないから外へ引っ張り出せない。限界の極みなのだが、ここで早く早く、と急を告げる。限界の極みなのだが、ここで引っ張り出せないまま、ままよ、という訳には行かない。もう少し待て、と叱りおき、数分の間、股間で手首からあたためる。この〝待ち〟の苦しさ、まさに悶絶寸前、額から脂汗がじっとり。その甲斐あってようやく用が足りたときの爽快感、まさに天上飛翔のような心地。

かくしてまた何ごともなかったようにゆっくりと歩き出す。そのときの安らぎ。ああ、生きるってことはいいなあ……と実感する。
そういう訳で、「節分」の日は私の寒行の満願の日。二月二日は満願の前日だから、子供たちには気の毒ながら、とても誕生祝いなどと落ちついた気分にはなれないのであった。満願の日の節分会の助法、このときは花巻の町は歩けないから、盛岡駅からその寺まで歩いて托鉢した。住職が法礼（謝礼）のほかに喜捨をはずんでくれた。

翌日は「寒明け」「立春」。一陽来福である。と言っても雪国の岩手は大寒からの厳しい寒さはまだつづき、ほんとうに一陽来福を実感するのは三月に入ってからである。けれども日脚は少しずつ伸び、陽光も日を追って明るくなる。雑木林にもそれぞれ個性があって、瑞々しい色合いを見せる。季語の「春隣」「春を待つ」「春近し」が実感させられる。

そういう中、満願から一週間か十日以内に、今度は日中に、寒行中に喜捨して下さった方々の家に御礼に、「立春大吉」の御札を配って歩く。道で喜捨され、顔も名前も知らない人には、本尊の前で、「財法二施　功徳無量　檀波羅蜜　具足円満　乃至法界　平等利益」と唱え、その人の功徳と、「現当二世安楽・子孫長久」を祈願する。

その寒行を今はやっていない。世俗の時間にとっぷり浸っているからだが、あの頃の肉体的な若さはもはや戻らないとしても、折を見てまだもう少し歩きたいと思う。

〈初出〉「草笛」平成14年2月

美意識のスパーク
——鈴木きぬ絵句集『火の鳥』を読む

旅一世はせをも吾もでで虫も

右の句は鈴木きぬ絵さんの句集『火の鳥』の初めのほうにあり、所属誌「人」に入会してから四年目ぐらいの作のようだ。句集全体を一渡りしてから再びこの句の前に立ち止まり、うーん、これは信用できる、と思った。

きぬ絵さんは本句集の冒頭のほうで相次いで夫君と長男の死に遭遇している。ほかに作品には出て来ないが、跋文に代る及川和男氏の文を読むと、一関在住前には三男の不慮の事故死、もっと以前には生まれたばかりの次男の死もあったそうだ。してみるときぬ絵さんのこれまでの境遇は、愛するものを失った悲しみと、ときには修羅の心を胸にたたんだ生き方であった筈だ。それがここに来て吹っ切れているように見える。芭蕉は漂泊の人であったが、定住もまた人生の旅と観ずれば、そこに諦念の世界が展ける。悲しみは作者の自浄作用の中で濾過され、それが作品化の強力なバネになる。「はせをも吾もでで虫も」と三者を並列させる飄逸振り、ここにはあるがままの自己を諾う自愛への余裕さえ見えている。

骨太を父に授かる豆の飯
草の餅故山に祖母を置き忘る
蕗の薹惚けさせてはならぬ母
裸木に父の拳のやうな瘤
骨《こつ》の父もう陽炎となる頃か

集中父母を詠んだ句が多い。父は精神的な支え、強さの象徴として在り、母は逆に作者からのいたわりの形としてある。

夜濯や夫をたやすく許す気に

すでに泉下におられる夫、ここにも自浄作用がはたらいている。許す内容は何であったかは秘められている。
飯島晴子は同じように夫に逝去されたとき、〈死ぬ人の大わがままと初蛙〉と詠んだものだが、夫婦にはそういう怨みつらみや許し方だってあるのだ。

高階の湯船を月へ漕ぎ出さん

旅先でのホテルか、都会のマンションでの作か。若々しい飛躍とロマンがあって、この健康感も好ましい。

悪路王に欲しき桂冠鷹舞へり

「悪路王」は固有名詞ではなく、平安時代から中世のころ、東北地方で中央政府の支配に従わない人々が住むと考えられていた土地の王、という意味らしい。従って悪路王即ち阿弖流為《アテルイ》ということになり、その勇猛を讃えるのに桂冠を持って来るのはまことに相応しい。そこに「鷹」を配する周到さもなかなかなもの。

口のあるさびしさ人もくちなはも

日常吟の中にも佳品が沢山あるが、その中でもこの句は異色。「口のあるさびしさ」はまず作者、そして人間、そしてくちなはは、そして一切の動物。一個のいのちが生きるには、別の一個のいのちを犠牲にしなくてはならない。そのおぞましさ、そのさびしさ。これもあるがままの自己凝視の姿だ。

合歓の花丹波山系雨細か
やや寒の朝来る一条戻り橋
大江山暮れてしまへり零余子めし
柚子熟るる丹後の日差しこまぎれに

こちらはどの句にも固有名詞が入っている。地名にはその土地なりの歴史や物語り、伝承を背負っている。きぬ絵さんは京都出身なそうだ。どの句もしみじみとした懐しさを誘う。そこで生れ育ち、そこで馴れ親しんだ地だからであろう。

　ほかにもまだまだ本句集の特徴として取り上げたい句はあるが、紙幅も少なくなったので割愛。最後まで残しておいた句を上げたい。

日高見の鉄の沸点寒夕焼
いぬふぐり始めにビックバンありき
凍飯や雀の太郎次郎花子
火の鳥を放つころあひ雪繽紛
花すすき地熱は沸騰点に来る

これらの句、いちいちの鑑賞は避けるが、どの句もインパクトがある。自在な発想で表現にも無理がなく、作者の持つイメージが読み手にもすとんと落ちて来る。イマジネーションが豊かなのだ。そしてしなやかな勁さ。男性的な筋肉質な勁さ、と言ってもいい。言葉が作者の感性によって美意識にスパークする。そのひかりが美しい。

鈴木きぬ絵さんは、「人」主宰の進藤一考師亡きあと、故宮慶一郎氏に従って「寒雷」に拠っているらしい。「人」も「寒雷」ももともと人間の真実を詠むことでは共通している。きぬ絵さんのさらなる精進に期待したい。

〈初出〉「草笛」平成15年10月

草笛集（互選）を解消し誌面の刷新を

外部からの意見を聞くと、どうも草笛は顔のよく見えない雑誌のようだ。草笛は同人誌だが、代表、編集、発行所と別々の役割分担にある。その上、代表や他の有力同人のために作品発表の特別なスペースを割かない。押し並べて同列にみな五句なのである。つまり草笛を印象づける作家を作らないのである。スターを作らない。目につくような継続的な評論の書き手を登場させない。それだから外部からは、賑やかな雑誌のようだけど、もう一つピンと来ないという風なのだ。一部の交流誌は別として、月に百冊以上もの寄贈を受ける結社誌では、よほどの特徴ある雑誌以外には興味を示さない。

故佐藤鬼房氏の主宰した「小熊座」は草笛の頁数の半分ぐらいの雑誌でありながら、小熊座は数ある受贈誌の中から選んで読まれると言う。鬼房氏個人の作家的魅力によるところは勿論だが、雑誌そのものも読ませる内容の編集になっている。これは今日の高野ムツオ氏の主宰になっても変らない。

こういうことを書くと、草笛は草笛でいいではないか、何も俳壇の顔色など窺う必要はない、という反発が返って来そうだ。それについては私も諾う。みんな草笛が好きだから集まって来ている。私も草笛が好きだから四十年近くも草笛の一員となっている。草笛の敬愛する諸兄姉と会うのは楽しい。その作品を読むのも楽しい。サロン的雰囲気も楽しい。

しかし、好きなゆえに、ここだけは何とかしなければ、という部分もある。草笛はあまりにも盛り沢山で、浅いところでごちゃごちゃしている。草笛は同人誌で、作品の発表欄は、草炎集、草光集、草風集、と三つにランクされている。草炎集は古参、実力者。草光集は中堅。草風集は草笛入会後二年経ては初心者でも推薦される。それも無鑑査で平等に五句掲載だ。これは同人誌の性格上、また経営上の理由から止むを得ない。

浅いところで特にごちゃごちゃが目立つのは草笛集の誌上互選だ。近着の三九九号を見ると、ここに使う頁数は、投句用紙、投句作品、互選結果、複数による選者とその選評で十四頁を占める。

この互選形式は、昭和二十七年五月、盛岡市内岩手サナトリウムで、初心者による初心者のための句会が発足。句会は投句を原稿用紙に清記し、病室から病室へと回覧互選し、その結果を再び回覧したことに始まっている。つまりそれが草笛の今日に発展する源泉だったのである。

しかし時移り、人が変わり、状況も変わって、同人制が確立された現在もそれが必要なのかどうか。という疑問から、私は十年以上も前から、この互選欄の廃止を提案して来た。十四頁にもわたる印刷費の大きさ、編集部における集計や原稿づくりの手間ひまも大変な負担だ。それよりも何よりも選んだ人の顔の見えない選句の採点からは決して新しい才能は現われない。

これについて役員会で論議すると意見は必ず二分した。私のような改革派?と、従来通りでよしとする守旧派とにである。ただし、草笛に魅力を感じて入会して来る初心者は互選では救えないということでは一致し、平成五年度から新しく「草笛・雑詠集」が創設され、草風集の同人の投句も可とした。そしてこちらへの投句も年々多くなって来ているが、選評の欄はわずか一頁。初心者を育てるにはこちらのほうが大事なのに、まだ継子扱いだ。

そこで私は再度、草笛全同人、会員に次の点について提案しておきたい。

1　草笛集（互選欄）は発展的に解消すること。

2　その解消された分の頁をもう少し多く雑詠欄に振り分けること。

3　理想的には雑詠欄の選は草笛代表の任にある人が相応しいこと。

4　代表に不都合ある場合は他の有力同人が二年乃至三年交替で担当する。ただし、人気があり本人も希望すれば留任は妨げない。

5　出来れば最初のほうの二頁ぐらいを割き、代表ほか何人か有力同人（これは輪番制）の作品を掲載すること。

6　余ったスペースを評論、論文、講演録、エッセイ等に随時有効に活用する。

先に私は「草笛は顔の見えない雑誌のようだ」と書いたが、右のようになれば草笛の印象はもっとすっきりした形になるであろう。

以上私見を述べたが、草笛の諸賢にも是非ご一考をお願いしたい。

〈初出〉「草笛」平成16年6月

『末座』管見
――岩瀬張治夫句集を読む

海の音どろんどろんと雪催

岩瀬張治夫氏の第四句集『末座』の開巻劈頭の句。まず「どろんどろん」の擬音語が面白い。怒濤が岩を打つ音は、普通なら、どどーん、どどーん、なのであろうが、どろんどろん、には心理的陰翳が宿る。芝居などで幽霊の出るときの太鼓の音は、どろどろどろ……と無気味にひびくし、濁った流動物をどろどろした流れ、などと言うから、それとダブって、この海の音は特異である。雪催のどんよりした空模様が作者をそういう心境にさせているのであろう。

ところで、この句集に収めた句はざっと数えて二百三十句余り。そのうち海（一部岬、浦を含めて）の句が二十三句ぐらい出て来る。集中の一〇パーセントを占める。これは治夫氏が太平洋沿岸の久慈市に住んでいることと、もう一つは、治夫氏が持病のため、あまり遠出が出来ないという境涯性にあるようにも思われる。

ひぐらしの後《のち》ざうざうと海の声
潮騒の聞ゆる柿を捥ぎにけり
おんおんと海が哭いてる寒の入り
寂寥のとき冬涛のどんと来る

その一〇パーセントを占める海の句の中でも、音を入れた海の句が際立っていい。視覚に広がる海が、聴覚によって作者の心理的イメージが増幅するからであろう。

このわたを食べながら酒飲みながら
燗酒をしたたか飲んで死を悼む

治夫氏は第一級身体障害者ということだが、どういう種類の障害なのか私は知らない。けれども酒も嗜まれるようだから、その辺は救いだ。

目借時病状ややに快《よ》かりけり

この病癒ゆることなし鰯雲
病み狎れて齢や古りぬ更衣

少し遡って、第二句集の『忘れ潮』の最後の句に〈この病ひ死にたし死にたし死にたくなし〉があって、これはいただけない。第三句集『去年今年』でも、わめく句、があって、小菅白藤氏が、「病気に甘えないこと、病者でありながら、病気を超克した治夫俳句を期待したい」と評していたが、私も同感であった。

それが第四句集に到って、その甘えは確かに超克され払拭されていることが了解できる。右三句に見られる諦念とその澄みがそれを証明している。しかしながら、現実に病者であることから離れることは出来ない。その思いは次のような形で出て来る。

目刺焼く今が倖せかも知れず
秋海棠長子としての親不幸
鈴虫を飼つて孤独を養へり
娶らずに五十を過ぎぬ温め酒

これも諦念の境地。現実を直視しての境涯性である。

さくら蕊降る放浪のこころざし
出奔のこころありけり鰯雲

こういう句も出て来る。西行、芭蕉、山頭火などに見られる、漂泊への思いが想念の中にあるに違いない。よく分らないのだが、治夫氏には二三日の旅行さえ一人ではままならないのではないか。そうであれば、出奔や放浪への思いには健常者以上のものがあろうと思われる。

その人を忘れず居りぬ金ひばり
恋ひとつ秘めしんしんと咲くさくら
クローバーの花初恋を記憶せり
許されぬ恋よずぶ濡れ紫陽花よ
牡丹の香をんな想へばをんなの香

こちらは恋。切なく、いたわしい恋だが、病弱の心に灯るほのぼのとした明りとなっている。

以上は治夫氏の特徴的な句について触れて来たが、そこから離れて、治夫氏の俳人としての自在な句、多くの共鳴句の中から五句に絞ってここに挙げておきたい。

ひぐらしや火を休みゐる登り窯
猫柳川面は九時を過ぎにけり
野老掘りゐてしらしらと昼の月
馬がゐて十一月の渚かな
風立ちにけり錚《さう》々《さう》と東菊

最後に気になったこと。句集のタイトルが『末座』なのだが、その元になった句がなく、その説明もなかったこと。表記は旧仮名づかいが主体だが、ところどころに新仮名づかいが散見されたこと。一集に同一句が二句、ほかに同工異曲ならぬ同工同曲の句が六句も入集されていたことであった。一集に同一句が二句というのはミスで済まされるが、同工同曲の句が六句もあるというのは句集編集以前の選句の厳しさの欠如であり、句集全体の品位を損う。句集は作者のものであるが、ひとたび読者の手に渡ったときは読者のものでもある。従って読者への丸投げは許されない。その辺だけがこの句集の瑕。

好漢治夫氏にはまた次の句集を出してほしい。人はどんなに足掻いても生老病死の中にある。今のままで一向に構わない。強靭な精神の若さでやっていただきたい。

〈初出〉「草笛」平成18年4月

六章　現代俳句論評

（一）「沖」

現代俳句論評　「沖」昭和57年8月

雪の富士雲脱ぐ母国語を知らず　　金谷　信夫
（「壺」五月号）

先般、中国の残留孤児たちが、日中両国のはからいによって一時的に里帰りした。この句はそのときの孤児たちへの同情の感慨であろう。帰って来た孤児たちはそれぞれ成長して結婚し、子供を育て、立派に中国で生活の基盤を持っていた。こういう人たちを孤児と呼ぶのはおかしいが、終戦当時の原点に帰ればやはり孤児なのであろう。肉親とめぐり合って感泣する人、すでに泉下の人となった父や母の墓に詣でて泣き崩れる人、目ざす肉親はたずね当らず空しく帰国する人など、テレビで見ていて身につまされるものがあった。

この句はそういう状況を背後に敷きながら、表面的な時事のなぞりには終っていない。訴えたいことは山ほどあろう孤児たち、母国語を知らないゆえに、その思いの万分の一も述べられないもどかしさ。そういう孤児たちに富士がみずからその全容を明らかにした。せめてこの富士の姿をよく見て行って欲しい、君たち母国のこの美しい山を。という切実な願いがある。こういう場合、手法的にリアリズムの強さがものをいう。

私もそうだが、一般に俳人は時事的な生ま生ましさにはあまり立ち入りたがらない。俳句の短さはどちらかと言うと、「顕」の露わなものよりも、「密」の隠れた部分を表現するのに適し、露わなものへの露わな表現に躊躇する。けれども、この句のように、たとえ時事的状況から触発された感慨であっても、それが個の魂の深層から汲みあげられたものであれば、それはすでに一つのオリジナリティとして十分に人の心を打つ。作者としてはこの一句、どうしても書きとめておかなければならなかったのであろうと思う。

朝がすぐ夜《よ》に流氷の鼠鳴き　　鷹羽　狩行
（「狩」五月号）

網走での作である。旅にいる時間というのは、見ようによっては割とスローに流れていくもののように思う。殊に北海道のような広い土地ではなおさらだ。あれこれと見て歩いているのだが、一日が終ってみると、それらが茫洋とした空間に融け込み、すべてのものが不確かな存在に思えてくる。確かなのは行動がはじまる前の朝の時間と、現在流氷を前にしているただいまの時間。それが「朝がすぐ夜《よ》に」なのであろう。あるいは、どんより曇って太陽の覗かない一日をそのように把握した、とも受け取れる。

いずれにしても、普通ならこの措辞、「朝がすぐ夜となり」と持っていくところだが、そういう饒舌は避けて、「すぐ夜に」で切ってしまった。必要最小限度ぎりぎりの省略である。北海道の地元の人たちは、流氷の鳴るのを、流氷が哭く、と言うそうだ。風土の情念で捉えた感覚的な言葉だと思う。このことを作者は同時発表の作で、

流氷が哭くと土着の灯の早寝

と書きとめている。これもいいが、やはり一句のドラマ性から言ったら、前掲の作のほうが数等上だ。「鼠鳴き」がなんとも具体的でいい。流氷は「キキキキ……」と鳴るか、「チチチチ……」と鳴るか、私は聞いたことはないが、この表現で確かにそのように聞えて来る。情と知のほどよく調和した一句と言えよう。

殺生のあと口拭いてくすりの日　長谷川双魚
（「青樹」五月号）

「殺生」は生命あるものを殺すこと、仏教の殺生戒を犯すことである。表現通り読むと虫か何かを殺した風なのだが、「口拭いて」が出て来ると、もっと広義に、肉か何かを食した後、とも受け取れる。一句の解釈としては後者を取ったほうが自然のようだ。「くすりの日」は陰暦五月五日の異称。肉か魚か、脂っこいものを食した後、胃の薬でも呑んだのであろう。その日がたまたま「くすりの日」だったということだ。一抹のうしろめたさが背後にある。

平安後期の僧、覚鑁《かくばん》（興教大師）の「密厳院発露懺悔文」というのに、「ことさらに殺し、誤って殺す有情の

命」というくだりがある。その有情の命をいつくしみながらも、それを食し、ながらえなければならない、人間の弱さ悲しさ。それがある日ある時の感慨としてふっと洩らされた一句だ。しかし表現は淡々としてそれほど深刻ではない。同時発表の八句の中に、

天瓜粉まへは打たせず逃げまはる
ぽつねんとして風騒の蟇
起し絵のぬれ場の仏倒しかな

などの諸作があり、軽妙洒脱な俳味を見せている。この風貌、人生十分、良心的に、十分肯定的、にといった感じである。

身をながるる落花の影のさくら山　　野澤　節子
（「蘭」五月号）

一句の声調としては、〝身をながるる、落花の影の、さくら山〟だが意味的調べとしては、〝身をながるる、落花の、影の、さくら山〟と読みたい。「影」は「陰」や「蔭」ではないのだから、この「さくら山」はもちろん遠くの景ではない。この落花、現実には眼前を流れたのであろうが、それを想念の中に引き込み、心象の投影として照射した。作者の肉体が「さくら山」に融け込み、精神だけが一切の空間を支配しているという感じである。そしてそこを流れる無数の落花、この落花は片側は光が当たって鮮烈に眩しい。眩しいゆえに、落花たちは裏から見れば確かな影を纏っている。影を纏うことによって落花はこの世における至上の美しさを現出する。詩人の眼はそういう落花の微妙なところを見逃さなかった。見逃さなかったというより、そのように在らしめてはじめて在る「身をながるる落花の影のさくら山」だ。同時発表にも、

身のうちへ落花つもりてゆくばかり
一山のこらへきれざる花ふぶき
少女の手落花の空へ泳ぎたる

ほか二句のさくらの作がある。作者の想念、いよいよ明鏡の中に澄み、あえかなもの、微妙な心理の襞をつぎ

つぎに映し出して見せてくれる。そのくさぐさのそよぎを、今後も興味をもって見つめさせていただこう。

飛花落花鐘撞き捨てて振りかぶり　山口　草堂
（「南風」五月号）

この句を最初、うん、いいなあ、と思い、書きとめておいて、さて何か書こうという段になって、はたと困ってしまった。「鐘撞き捨てて」がよくわからないのである。ここがわからなければ、「振りかぶり」もまたよくわからない。時間をおいて咀嚼してやっと納得した。

この鐘はたまたま興を覚えて撞いたのであろう。かなり大きな梵鐘であることが想像される。両足をひらいて、臍のあたりに力を入れ、重い撞木を大きく引いて撞いた。僧が法要や時刻を知らせるために、数を定めて撞くような撞き方ではない。たわむれに、その鐘の音を聞きたいためにのみ、一つか二つ撞いたのであろう。だから「撞き捨てて」なのだ。撞木はもちろんだが、鐘もまた反動で戻ってくる。それを両手をひろげてよろめくように受け止める。「振りかぶり」は正しくそれに違いなかった。

こういう経験は誰にでもあることだが、しかし、若い人なら決して「振りかぶり」とは言わないだろう。作者は今年七月で満八十四歳になられる。そういう高齢であれば、「振りかぶり」はけだし実感だろうと思う。しかし表現は少しもこせつかないし、緩んでもいない。骨太く豪放でさえある。この老大家、かつて「馬酔木」で荒草堂と呼ばれたそうだ。その荒ぶり、少しも衰えず、いまだ健在なり、というところ。

青き踏むより濃き青へ舟使ひ　岡本　眸
（「朝」五月号）

川か池か、湖か、踏青の岸へ舟を使っていく。いや、すでに舟から下りている状態。この助詞の「より」は、比較、強調の「より」で、「濃き青へ」に付く。〝青き踏む、より濃き青へ、舟使ひ〟である。結論を先に出し、経過をあとから収斂していく表現。その経過のほうに、イメージの豊かなふくらみを見せる。青の強調とそのリフレイン、「舟使ひ」の遊心がなんとも楽しい。あこがれの岸へ着く舟は作者の充実した気力をはらんで、いよいよ順風満帆のようだ。同時発表の、

緋桃咲く何に汲みても水光り
初蝶の花びら立てしごとき影
風生忌
師はときに遊べ遊べと梅日和

の諸作もいい。骨格がしっかりしていて柔軟。女性の作としては珍しくべとつかない、スカッとしたセンスだ。

還らざる旅は人にも草の絮　福永　耕二
（句集『散木』より）

この稿を進めている最中に、東京美術より福永耕二第三句集『散木』が送られて来た。遺句集である。耕二氏逝って二年目、奥さんの福永みち子さんによって纏められた。前句集『踏歌』以後の昭和五十四年から五十五年までの二年間の作、三百三十五句を収めている。

掲句はその中の一句、簡潔明瞭で、今は亡き作者の心の在りようが思われる。「還らざる旅」は死を暗示する言葉で、風に乗って飛ぶ草の絮にさえそれを思っている。しかし作者は、この句を成したとき、その還らざる旅が、一年もたたずに、おのれの身に訪れて来ようとは思っていなかったであろう。人間も四十代ぐらいになると、つらつらそういう予測はしている。しかしそんなに切羽詰ってはいない。

この句も悠揚迫らざる態で立っている。草の絮のように、ふわりとした、還らざる旅もまたいいではないか、というふうな優しい様相である。そして作者は、自ら書いた作品に誘われるように、ふわりと逝ってしまった。残されたものは虚空を見つめ、ひたすら絮の軽さを思う。

そのように、死を思うことにさえ優しかった作者は、自然にも人間にも、動物にも、植物にも等しく優しい眼を向けた。

芦の角枯芦原に蜂起せり　54年
日曜大工日曜庭師芝青む　〃
サングラス樹海を黒き幕とせり　〃
蛾も人もおのれ焼く火を恋ひゆけり　〃
葛咲いておとろへしらぬ強日差　〃
北海道大学
雪舞ふやわかき白樺老いし楡　55年

指頭よりはじまる天道虫の旅　〃
矢車草矢羽根いづれも錆びて秋　〃
安房はいま穂芒の白濤の白　〃
佐久は
百草の露むらさきに師の山河　〃

前句集『踏歌』は俳人協会新人賞を与えられた。その後のもっとも脂の乗っている時期のものだけに、わずか二年間の作品といえども、さすが佳品ぞろいである。

ここには各年から各五句ずつを挙げるにとどめるが、彼がいかに俳句を通してものを優しく、いたわりをもって眺めていたかがよくわかる。自己の在存がいたわしければ、自己を取りまくすべてのものもまたいたわしかったのであろう。彼はすべてのものに全身全霊を傾けた。それが彼の存問であった、と今は思う。

最後の句は、

ぼろぼろの身を枯菊の見ゆる辺に

である。この傷ましさ、今また、しんじつ惜しい人を失ったと改めて思う。

現代俳句論評　「沖」昭和57年9月

暮れてより夏至と思へり尚暮るる　滝　春一
（「暖流」七月号）

何か仕事をしていて、もう夕方だから止めようと思うのだが、まだ手元が明るい。それではもう少し、と手を進めてもまだ明るい。そういう暮れ遅い時間に驚き、それから、ああ、今日は夏至だ、と気づく。気づいてからもなお時間をおき、大地はゆっくりと夜の闇に沈んでいく。

一句の内容はそういうことで、いかにも夏の夕べの感じを捉えて余すところがない。こういう作品を読むと、読者もじっくりと作者の感動の中へ誘い込まれる。暮れがての微妙な時間の推移と、そのときの心の在りようが「夏至」という暦日の季語の中でやさしく受け止められ、十分にナイーブで、たおやかなのである。

右は「石榴集18」と題する十五句の中の一句だが、他

にも、

夏至の沼あかるく湛へ物影なし
執拗にめまとひ一つ夏至の暮
生籬の深き茂りに夏至の闇

があって、それぞれ夏至への思いを深めている。

作者は今年、句集『花石榴』によって、第十六回「蛇笏賞」を受賞された。その受賞のことばは、「俳句」七月号にも出ているが、「暖流」七月号にも、〈俳壇に難しい句や分らない句が多くなったら私は誰にでも分るやさしい句を作って行こうと思うようになった。この五年ほどに、そんな俳句を作り溜めたものが『花石榴』である。それが思いもかけず、蛇笏賞選考委員の方々に取上げられて、賞を受けることになったのは、うれしく有難いことである。〉と率直な感想を述べていられる。

俳句が俳句の中でわかりやすくあるということは、作者が俳句定型に呼吸を合せ、その中で自在である、ということであろう。そういう作品が蛇笏賞となった。心からお祝いし、いよいよのご加餐をお祈りしたい。

白根葵咲く雪渓のうるみけり　石原　八束
（「秋」五月号）

この誌は思い切った企画を組む。先ごろ各結社の実力どころ、八名の山男を誘って、「谷川岳競詠」を挙行した。発表した作品は一人各十五句、各二頁というスペースで、堂々総合誌なみの企画である。

掲句、「白根葵咲く雪渓の」まで一気に読み下すべきであろう。そう読むとまわりの景が茫洋の中に引き締まり、「うるみけり」がそれを受けて微動だにしない。白根葵はピンクに紫がかった、高山植物中もっとも美しい花の一つである。その白根葵に見惚れていて、眼がうるんでいるのは作者自身なのだが、それを雪渓に感情移入した。周囲が峨々とした岩壁であり、雪渓はうす汚れていようから、この措辞なかなか適切だと思う。力の張った大らかな句で、いかにも大自然の懐にいる感じである。

他にも、

雪渓に匍匐《はらば》ひてきく谷の音
ほととぎす雪崩なごりのしづけさに

雪渓の一の倉沢ちんぐるま
雪渓を水流れ落つ光り落つ
雪渓に湧く蟬しぐれ蟇しぐれ

など、気力充実して、山上の涼気へ読者をぐいぐい引っ張っていく魅力がある。

　他の人たちにも佳品が多いが、ここには各一句ずつ挙げるにとどめておく。

雪渓を攀ぢ折鶴の落ちてゐし　宇咲　冬男
岩壁に岩壁の翳夏は来ぬ　岡田　日郎
夕光ゲの飛沫に透る蟬の声　老川　敏彦
雪渓を踏み来し気負ひなほ続く　久保田　博
雪渓の熱くて蟬の鳴き出せり　柴崎左田男
肩の小屋仰ぐまなざし登山帽　深見けん二
雪渓に細き身の影曳いてをり　湯下　量園

樅の鴉にプール開きの破れこだま　飯田　龍太
（「雲母」七月号）

　プール開き。子供たちのキヤッ、キヤッ、と言う歓声、指導員のメガホンから出る太声など、プールはなんとも賑やかだ。そういうプールの状況が樅の木の上にいる鴉を通してよく見える。

　しかし、表現上では、プールがどうの、というような説明はしていない。樅の鴉に破れこだまが返って来る、とだけ言っている。このこだま、近くに山でもあれば山からも返って来ようが、ここはそれよりも校舎などからはね返って来るこだまとしたほうがいいようだ。なぜ「破れこだま」なのか。子供たちが間断なく騒いでいるからである。山から返って来るこだまなら、しっとりしてこの状況にはそぐわない。やはり校舎。ときに風があったりして、こだまはどこかへ吹きさらわれているのかも知れない。

　そういうこだまが鴉に返って来る。鴉はこだまに関心を示している訳ではなかろう。耳で受け止めながら、つねのごとく首をかしげたりして、プールを見下ろし、やっているな、の態であろう。

　この鴉、電線や屋根の上にいる鴉ではなく、樅の木にいる鴉だからいい。樅はクリスマスツリーに使う木で、それの大きく伸びたやつだから、枝をうっそうと茂らせている。鴉がそれに隠れるように止まっている。炎天下やはり日陰がいいのであろう。松や杉でないところもまたよかった。この樅、やはり不動である。

待つてゐしごとくに胸に天道虫　遠藤　梧逸
（「みちのく」七月号）

何かの用事で庭先か野に出た折の句であろう。すいーと小虫が飛んで来て胸に止まった。気味悪くて払いのけようとしたのだが、よく見るとそれが天道虫であった。あぶら虫などを食する益虫、羽に七つの星を配し、つややかで可愛いい。悪い気持ちはしない。こちらは予期していなかったのだが、突然向うから飛び込んで来て止まったのだ。

天道虫のほうにしても、最初から人間さまの胸を狙って飛んで来たのではなかろう。たまたま空中飛行しているうちに、頃合いよくそこに突き当ったのであろう。そのところを承知で、「待ってゐしごとくに」と据えた。作者の微笑が思われる。八十九歳という高齢にしてこの詩心。若やぎ、初々しさ、無欲、無碍、そのこと何よりも作者の長寿の健康のために喜びたい。

ついでながら、去る四月、この作者の句碑が、木曾宮ノ越の徳音寺に建立された。

義仲の兵馬瞼に草炎　梧　逸
巴の墓義仲に侍す杉落葉　同

の二句。昭和四十六年、木曾を旅した折の作という。それが、木曾義仲公の八百年祭を記念して、寺側から乞われての建立という、これもまためでたいことである。

蛇の衣被て白日の葡萄の樹　林　香燿子
（「濱」七月号）

最初、この句、蛇の脱け殻が葡萄の樹に掛かっているのかな、と思ったが、どうもそういうことではなさそうだ。蛇はだいたい地上の草群の中で脱皮するから、人為的な手が加わらなければ、樹の上に掛かるようなことはまずない。仮に掛かっていたとしても、それを「被て」

と見るのは少し大げさだ。

とすれば、この句は、葡萄の樹が蛇の衣を纏っている、と見なければならない。そう見ると途端にこの葡萄の樹は何やら不気味な存在となる。明らかに、作者はそのように見ているようだ。

葡萄の樹は鱗様の外皮を纏っている。根元のほうの太い部分ほど顕著だ。その外皮に虫が宿ったりするから、これを剝がしたりするが、放っておいても百日紅の木と同じように自然に落剝して新しいのと入れ替わる。葡萄の樹はまた蔓族の特性として曲りくねって伸びるから、ある日あるとき、ふっと、それが蛇の鱗を纏っている、と直感したとしても決して不自然ではない。作者によってそう言われればいかにもそのように見えてくるところに、この句の特異性がある。

いままでこのことに誰も気がつかなかった。「白日の」という、突き離した時間の限定もいい。作者のイマジネーションの冴えを見せた一句と言えよう。

行きあうてあめんぼうにも都合あり　　平野美和子
（「杉」六月号）

特別作品「象の耳」二十句の中の一句、日々忽忙のうちに過していると、そちこちに義理を欠いたりして、借金でもしているような、なんとも居心地の悪い思いに駆られる。まして時間を限られたり、断りにくい用事が一度に二つも重なったりすると、いよいよ困ってしまう。

この句は具体的には何も言っていないが、内容的にはおそらくそういう類いのものであろう。水の上ですいすいやっている脚長のあめんぼうにも、見ようによっては、どこか忙しそうであったり、思い詰めているように見えたりする。そういうところを上手く捉えて「あめんぼうにも都合あり」と言っている。実が虚の中にやわらかくつつみ込まれ、透けるような形で在る。一種剽軽でとぼけたような表現ながら、そこに不思議なあたたかさとおかしみが宿る。

事実を事実のまま受け止めることと、それを表現化することとはおのずから別だが、この作者には、事実は事実として受け止めながらも、そこから少し離れたところで自己の表現を獲得しようという姿勢が見える。そしてそれが、この句に限って言えば、作者のエスプリとうまく嚙み合っている、と思う。

奥羽山系花かたかごに柵置かず　　神蔵　器

（「風土」七月号）

「智恵子の泉」と題する二十八句の中の一句。作者は石川桂郎亡きあとの「風土」を実質的に担う「風土集」の選者、同時に編集発行人。「風土・みちのく支部」の春季鍛練会に招かれた折のもので、岩手での作。ゆったりとした景の大きい作品である。「奥羽山系」は、奥羽山脈の系列の山という意味を蔵し、その山襞の中に営まれる人間の生活をも内蔵していよう。

かつてこの山襞の中から、若い角川賞作家、故山崎和賀流が出た。彼の受賞対象となった作品の題名も「奥羽山系」であり、彼の没後、彼の仲間たちが彼のために出した遺句集も「奥羽山系」であった。その地に「風土」の同人、小林輝子さんという女流がいて、そこを訪ねられたのであろう。同時発表に、

和賀流亡し菓子屋の奥の夏障子

という挨拶句も成している。掲上の句もまた山崎和賀流の「奥羽山系」を念頭においた挨拶句とも受け取れるが、一句の解釈としては必ずしもそれにこだわることはなかろう。

かたかごは「堅香子」で片栗の花の古名。土地では一般にこれを「かたかご」または「かたご」と呼んでいる。そのかたかごが雪解の終った林間に群をなし、乱れるように咲いている。陽光があまねく降りそそぎ、あたりは小鳥の声のほか物音一つしないに違いない。静寂と山の奥深さ。都会人には、時間の、気の遠くなるような停滞感があろう。そこを「柵置かず」と捉えた。無限定への限定である。

この意外性、しかし決して計算された技巧ではないようだ。言えば、自然の中に胸を開いて立ったときの直観力。旅の心の、旅にあそぶ無心さが、物の微に触れて感応し、状況を一気に了解した、と言うべきであろう。作者の敬虔な息づかいまで聞えて来るような一句だと思う。

現代俳句論評　「沖」昭和59年4月

冬山の忘年会を一つ加ふ　増山　青樹
（「風土」一月号）

風土賞作品から。都会の喧騒を抜け出し、冬山で迎える忘年会。白銀の尾根を汗だくで歩いて、夜は山小屋泊り。山男たちの歓談や歌声が聞えて来そうである。忘年会と言っても、この山男たち遅くまで騒いで他人の迷惑になるようなことはしない。時が過ぎれば早目に休み、次の日のために体調を整える。山頂の山小屋で仰ぐ御来光の素晴しさも山男でなければ分らないであろう。

この句における一本調子の独白には、ある年齢に達した人の感慨がある。「一つ加ふ」がそれである。若い人なら、こういうしみじみした独白は出て来ないだろう。作者自祝の一句、そこに読者も引き入れられる。

筍を見る一本の竹となり
木道に釘浮きあがる花野かな
妻と来て桃畑はやや明る過ぎ

一句目のイメージ、二句目の写実、三句目の柔軟な情趣、それぞれ面白く、なかなか幅の広い作者のようだ。

睡蓮の回りに雨の降つてをり
登山靴で覗く民芸店のこけし

ただ、なかにはこういう常識も混じる。常識には常識の気易さというのもある訳だが、今後そこに芸なり、ひねりなりが加わらなければ、この辺りはどうにもならないと思う。

竹落葉野良猫の三匹目が来る　生田　秀夫

風土賞同時受賞の作品。「三匹目が来る」という口語調のやや不安定な表現が、いかにも野良猫の出現らしくて効果的である。かなり計算されていて「竹落葉」とのひびき合いも悪くない。竹落葉はあまり大きな音を立てないし、あたりには苔なども生えていよう。そのとき作者はどんな格好をしていたか、などということも勝手に想像出来てとても可笑しい。飄々としてあたたかい眼差しの感じられる一句である。

病妻の指図うるさき麦の秋

暮れ方は目より疲れて梅雨旱

経木帽風強ければ持ち歩き

久に寝るわが家ぞ霧にとりまかれ

人生の辛酸を十分に舐め尽し、これこの通り、という開き直りも見られ、したたかな面魂を持った作家である。岡山県の農家の人らしいが、

百姓のくびにネクタイ一茶の忌

こういう自己卑下にも似た悪ふざけを私は採らない。ゆえなく通俗に遊び過ぎる。

百姓の倦むときものの芽光り出す

同じ百姓を詠っても、こちらのほうに品性の高さがある。

瓜坊のとことこ馴れて蕗畠　新郷登志子
（「泉」一月号）

泉賞作品から。「瓜坊」はいのししのこと。最近山の動物たちは妙に人なつこいようだ。禁猟区とか狩猟期があり、また動物愛護の立場から、昔のようにやたらめったら捕獲しなくなったからであろう。瓜坊でも狸でも、人影を見れば危険を感じて逃げるのが習性なのだが、山から出て来ても追われるどころか可愛がられて餌付けまでして貰える。最初は警戒していても、どうやら大丈夫ということになれば、またとことこやって来る。この句はそういうところを衒いなく捉えてほほえましい。

この作者には旅吟が多く、

素手染めて女も猪の皮を剝ぐ

串のもの口で引つぱる炉辺話

藤村を読まねば灼くる木曾の坂

など選考委員大方の共鳴を得ている。私見を述べれば、まだどこかに、見てやろう、見て来た、という構え、もしくは寄りかかりの甘さが見られる。もう少しゆったりその中に融け込み、そこから抜け出る余裕がほしい。

稲びかり葛湯は水にかへりけり

むしろ、こちらの日常性のなかに見られる感性の豊かさこそ大切にしたい。

次女三女虎の子長女さくらんぼ　　内藤　巨人

やはり泉賞同時受賞の作品。どちらかと言うと自由奔放型と見える。と言ってもそれはあくまでも内在的にである。内に躍るものがなければ表現が躍らない。表現を鼓舞して内を躍らせる方法もある訳だが、その際でもやはり躍る内容があってはじめて表現が引き立つ。掲句の「虎の子長女」には全く恐れ入った。長女が最後まで隠されているところがなんとも心憎い。「さくらんぼ」という季語も上乗である。私にも三人の娘がいるが、なかなかこういう表現は思いもおよばなかった。

この作者には、

捨キャベツ百貫踏めば別れ霜
海鼠突く胸に白波おとろへず
入り小作出小作道や蕗の雨
馬繋ぎ戸毎に錆びて雲珠桜
眄みては左源太右源太川床用意

などがあり、目下安定と冒険の途上にあるようだ。いずれ特異さ、ユニークさがこの人の持ち味、いまのうちに大いに冒険されるがいいと思う。安定は早晩向うからやって来ると思う。

些事山を成す水際のふところ手　　岡本　眸
（「朝」一月号）

この作者の作品には、どこかに竹を割ったようなスカッとしたところがある。「眸」という名前が明るく深いように、この人の詩精神もまたそのようにあるようだ。「些事山を成す」ことは一誌の主宰者としては日常的なのであろう。大事は別にあるのである。しかし山成す些事をこなせない人に大事など出来る筈もない。作者は些事の一つ一つを決しておろそかにはしていない。ただ大事があるゆえに些事はぎりぎりまでほおっておくのである。いよいよ取りかからなければならないときが来て、さて何から片づけようか、ということになる。それが「水際のふところ手」なのである。悠揚としながら決然とした態度があり、そこに作者の健康で誠実な人間像が見えて来る。この作者の近作に、

渾身に真向へば夏美しや
蟬の木や首拭く顔をあほむかす
人教ふさびしさ蔦を茂らしめ
月光の溢れてをりぬ塵芥の穴
物食みて忘るる怒り冬の鵙

こういう句がある。いかに時間を、日常を大切にしていられるかがわかる。その折々の自己を凝視し、それを内なる鏡に映している。発想は日常の生活線上にありながら、その切り取りは見事というほかはない。

「俳句とエッセイ」三月号を読むと、この作者の句集『母系』が本年度現代俳句女流賞に推されたとある。以前には俳人協会賞、いままた女流賞、むべなるかな、と思い、遠くからひそかな拍手を送りたい。

金槌の楔あまくて雪女郎　　藤田湘子
（「鷹」二月号）

この一句に置かれた金槌、不思議な金槌だ。楔があまいからではなく、どうにも消えない形で置かれているから不思議である。例えば下五を「十二月」と持って行っても一句としては成り立つ。その場合、金槌は消える。釘を打ったとか、立てつけを直したとかいうことで、目的がすぐわかる。目的がわかればそちらのほうに意味が移行するから、金槌は自然に消える。だが、この一句の金槌はどうもそのようには消えない。

それは一見かけ離れ過ぎとも思える「雪女」のせいであろう。時間は昼夜どちらでもいい。雪女は戸外から内を窺っているようだ。そういう中に金槌はある。しかも

カタカタしてあまり頼りにもならない金槌が。助詞の「て」を手がかりに常識的な意味性を探れば、この金槌は昼間、あるいは数日前に隙間か何かを塞ぐために使われた、ということになる。そうなればこの金槌は消えるだろう。

しかしこの一句はそういう常識の意味性を拒否するような形で書かれている。そうなると、この雪女と金槌の関連は何なのか。ここまで来てハッと気がついた。直接には関連がない。なくていいのである。雪女は、そういうカタカタの金槌を置いているような家が好きなのだ。つまり気易いのだ。そういうことだってあるだろう。テレビ、暖房、自家用車、全て便利主義の世の中だから。

これは作者の直感力だ。イメージなんて言う前の、もっと鋭く垂直な直感力だ。ここに来て金槌はようやくスーッと消えて行く。

元日の山褒貶の外にあり　　飯田　龍太
（「雲母」二月号）

飯田龍太俳句の魅力は、弾力性のある表現に加え、自然と生活、生活と人間がつね一体に重なっているところにある。そしてどんな表現をとっても、その中に過不足のない内容がきっちり詰まっている。表現が内容に余ってだぶついたり、内容が表現を破って露出したりはしない。人口に膾炙された〈一月の川一月の谷の中〉の一句にしたって、これだけの内容をつつんで、その表現はしなやかに自在である。

もう一つ龍太俳句の魅力は、その多くは、よく解る、ということである。よく解るから読者に、自分にもこういう俳句は作れるぞ、という気を起こさせる。実際やってみると、きりきり舞いさせられて、これはとてもかなわない、ということになるのだが、一瞬でもそういう錯覚を起こさせる魅力は龍太俳句にはある。

ついでに言えば、龍太俳句は曰く言い難し、というところがある。感銘してしまって、うん、うん、と納得させられ、黙らせられてしまう。無理して何か言ったり書いたりしようとすると、微妙なところがすり抜けてしまう、そういう不安がある。

ところで掲句の「褒貶」によって代弁される山とはどういう山だろう。おそらく四季の明け暮れと一緒にある山。高低や、すがたかたち、川に魚影を置く山、山菜の山、茸の山、雑木山、常緑の山、草山、それぞれ土地人の生活と密接につながっている山々に違いない。そういう大小さまざまな山が、元日の淑気の中に目出たく静かなたたずまいを見せ、対等の位置を占めてある。作者の敬虔さと山々への親しみが横溢する一句、「外にあり」という下五の受け止めがなんとも絶妙である。

水底の修羅は見せずにかいつぶり　中島　志摩
（「曜変」三月号）

修羅は狂気の権化である。修羅は悲しく、いつも何かに怒っている。地を叩き、天を仰いで泣き叫びたいほど悲しいに違いない。ゆえなく不当に扱われている嘆き、自分が正当にわかって貰えない口惜しさ、修羅は冷静を失い、ただただ辛く苦しい。そのために怒り狂う。その修羅は誰の心にも棲んでいる。だから人は修羅の悲しみがよくわかる。

しかしこの句の修羅はもちろんそういう修羅ではない。水に浮んで悠々としているかいつぶりの、潜った水底はきっと修羅場であったに違いないという思いがあり、それが比喩に昇華してこの一句は成った。作者によってそのように見えた世界、書かれた世界、不思議な説得力とリアリティーがある。

この作者、以前から柔軟な姿勢があって注目していた。が、やや観念、類想につくきらいがあった。ここに来てそれがようやく澄みはじめた。さらに意志的にこの澄みを深める必要がある。この一句のもつイマジネーションなかなか上乗である。

現代俳句論評　「沖」昭和59年5月

五月冷ともわが辞書の表紙冷　千葉　雅子
（「畦」二月号）

第五回畦賞自選二十句から。二十句を前にしてどの句を取り上げようかとずい分迷った。特別つよくひびいて来る作品はなかったが、総じて質がよく粒が揃っている。そしてこの作者天性のものと思うが、作品の色調が極めて明るい。心理的なことを言う場合でも決してじめつかず、全体がさわやかな感じなのだ。

夕東風や海の高さに小鳥籠
佐保姫に疎んぜられしけふきのふ
桜より離れてどつと桜冷
卯の花の美しき卯の花腐しかな
怺へゐし一語吐きたるごとく薔薇

まだまだあるがこれ以上は遠慮しておく。受賞のことばの中に、〈俳句を追い、俳句に追われて過ごした十年間…〉とある。こうなるとやはり長いだけが俳歴じゃない、と言いたくなる。作品が明るいのは、性格が明るい、ということであろうが、もう一つ、その内容が澄んでいる、ということでもあろう。内容が澄んでいるということは思念が澄んでいることであり、その表現も簡潔であるということであろうと思う。この特質は俳句の短さに適う。

ところで掲上の句、いかにも女性らしい繊細な感覚である。「五月冷」と言っていて確かにそういう季節の冷ややかな空気が捉えられている。この辞書はよく使われて手擦れなどもしていよう。「わが辞書」の「わが」は普通なら言わずもかなのところだが、この場合は内なるリズムを言葉に乗せるための、遊びの効果としてはたらいている。この言語感覚もなかなかいいと思う。

笛を聴くかに凍鶴の立ち勝る　北　光星
（「道」二月号）

まったく自慢にならないことながら、私は実物の凍鶴を見たことがない。独身時代に上野の動物園にはよく行ったものだが、冬に行った記憶はないし、第一あそこに鶴が飼われていたかどうかも記憶にない。もう二十年以上も前に北海道東部の旅をし、釧路の湿原で三羽ほどの鶴を見たが、遠景であったためともう一つ映像がはっきりしない。絵や写真やテレビではよく見るが、それらはどうもこちらが見たいようには見せてくれない。こちらが見たいように見るには、やはり近くから実物に出合うしかないのであろう。

掲句は見たいように見た人の作品であるように思える。一体いままで誰がこのように凍鶴を見た人がいるだろうか。檻も餌も、野も空も、背景や場所となるものは何一つ添えていないのに、ここには紛れもなく一羽の凍鶴が立っている。凍鶴はじっとしていても、目をつむったり、細目にしたりぐらいはするだろうから、「笛を聴くかに」というこの措辞はまことに適切である。

この句はもちろん眼だけで捉えた句ではないようだ。想像力、あるいは心眼がはたらいている。けれどもやはり見たことの強みを根底に据えている。単なる思いつきでは、なかなかこういう臨場感のある芸は出て来ないものと思う。

働かぬ者にも朝日竜の玉　磯貝碧蹄館

（「握手」二月号）

かつてこの作者が第一句集『握手』を出したとき、そのあとがきの末尾に、「私の掌は分厚くない。然し私は一切のものへ掌をさしのべて、その存在の現れを喜びあいたい……。そうした私の心意を計り、草田男先生が句集名を『握手』と贈ってくださった。いっそう、レアリスムとロマンチシズムの交流に生きたい」と書いた。いまから十八年も前のことである、「一切のものへ掌をさしのべて、その存在の現れを喜びあいたい」「いっそうレアリスムとロマンチシズムの交流に生きたい」というそのことの実践は現在でも少しも変っていないようだ。

ただ『握手』時代の作品は詩心のおもむくまま自由奔放、止むに止まれぬ情熱のほとばしりがあった。それが近年はとみに抑制をきかせ内に沈潜する作品が多くなっているように見受けられる。これは作品が内的に深化し、作家として円熟期に達していることと無関係ではないであろう。

掲句にもその沈潜の深まりが見られる。色調として流れているものはやはりこの人の健康なロマンチシズムである。「働かぬ者」とは自他いずれとも取れるが、作者自身と見るのが自然であろう。謙虚で健康、詩人として天性の純粋さに恵まれている人のようである。

同月号では他に、

朝の靴橙その他燦々たり
神鏡に緑金の雉子尾を曳けり
笹鳴や山波金と銀を打つ

の作品に注目した。外光の明るさを内なる琴線にひびかせて、いよいよ独歩自在の境地である。

面映ゆく泥鰌に申す御慶かな　　金谷　信夫
（「壺」三月号）

泥鰌は自然に棲息するものなら、冬は泥中にくぐって姿を現わさない。養殖のものなら温水飼青ということであろう。桶などに入れている場合でも冬ならば余程のことがなければじっと底に沈んでいる。この句の泥鰌は暖房の部屋の水槽にでも飼われているであろうか。そう見るほうがこの句には似つかわしい。

「御慶」は新年に祝辞を交わすことで、この作者は泥鰌にそれをたてまつったのだ。あるいは先に泥鰌からたてまつられたのかも知れない。ひらひらと浮上して来た泥鰌が水面で息をして、またひらひらと潜っていく。それを戯画的に挨拶と捉えたのだ。「面映ゆく」の一語がその辺の事情を語っている。屠蘇が入ったりして新年の祝いごころにあればこれは決して不自然ではない。

表現ではやや慇懃に、内容的にはややとぼけているところがこの句の面目である。泥鰌の言葉は句の裏に隠されているが、擬人法の一種、珍しく諧謔性のある一句である。

凧垣《かっちょ》して鬼哭のこゑのいくそたび　　成田　千空
（「暖鳥」三月号）

「風垣」を〝かつちよ〟と言うのは作者の住む青森地方の方言なのであろう。寒風や吹雪を防ぐために、家のまわりを藁や萱や板で囲う。これをやると外景が遮られていささか暗くなるが、寒い冬を少しでも暖かく過ごすためには、これくらいの我慢は止むを得ない。

「鬼哭」は広辞苑で引いてみると、「浮ばれぬ亡者の泣くこと。またその声」とある。どのような声で泣くのかは、「鬼哭啾啾《しゅうしゅう》」とあり、「しくしくと鬼哭の声のするさま。鬼気が迫って物凄い形容」とある。つまり鬼哭はこの世の声ではない。そのような声が現実に聞えて来るのか。重く暗い風土の中から、確かに作者はそれを聞いているようである。あるいは、それは木枯に軋む風垣の悲鳴なのかも知れないし、またこれから迎える長い冬に対して風土そのものがそのように哭くのかも知れない。作者はそれを全身全霊で受け止めているようだ。「風垣して」という方言書きは、いかにもこの鬼哭の舞台には相応しい。

これは作者の鋭敏な季節感覚である。この「鬼哭のこゑ」が幻聴であるのか、木枯などを通した暗喩であるのかは問うところではない。冬のはじまる季節の中で、そのようなおどろおどろしい声を聞き、作品に在らしめたその一事に、この作者の風土に対する並々ならぬ関心があるようで、ちょっと異色の一句であった。

噴煙を見上げてつづけざまくさめ　無着　成恭

（「狩」三月号）

作者は以前、死期近し、をもじって志木千花子《しきちかし》の名で俳句を作っていたようだ。いつから無着成恭に戻ったかは「俳句」五十九年一月号の「鷹羽狩行特集」中の、〝師弟対談〟に詳しい。この対談は久しぶりにスケールの大きい対談であった。その流れの中で師の鷹羽狩行氏は弟子たるこの作者の俳句、

真言を巻きて高野の落し文
宗谷より知床までの鰯雲
合流のあともなじまず雪解川
肯定も否定もしきり芋嵐
見えぬところで手をつなぎ蓮の花

ほか数句を褒めて紹介している。

掲上の句は、「見上げて」のところにやや説明調を残すが、「つづけざまくさめ」の意外性によって危うく救われている。野球で言えば、打球が一塁手の頭上を越え、ぎりぎりのところで内側に入った、というところ。

それにしても、この大自然の巨大なエネルギーを前にした人間の小ささ、小ささゆえの尊厳。くさめは人間存在の、尊厳の証明なのに違いない。

現代俳句論評　「沖」昭和59年6月

媼ゆく夜蜘蛛の空をほたほたと　飯島　晴子
（句集『花木集』）

夜蜘蛛の空をほたほたといく媼というのは一体どんな姿なのであろう。まともについて行けばどこかでどんでん返しを食わされそうなスタイルだが、よく親しんでみると、この一句案外にこやかに、人なつこい様相で立っている。

蜘蛛には〝朝ぐもは福ぐも〟〝夜ぐもは親に似ていても殺せ〟など、地方によっていろんな俗信があるようだが、私の住む地方では夜蜘蛛を〝善くも〟に引っかけ、〝よくも来たか〟と言って決して殺さない習わしになっている。

この一句の蜘蛛は屋外の蜘蛛だから、夜露を含んだ草の葉裏か、暗闇に巣でも張っているのであろう。「夜蜘蛛の空」と言っているが、宮沢賢治の童話『銀河鉄道の夜』のような天空の異界を行くのでもなさそうだから、ここはやはり俳句的に暗喩の方法であり、熟れた夏の夜空の象徴と受け取りたい。

蜘蛛が葉裏にひそんだり、巣を張ったりするのは風のない静かな夜にかぎる。辺りには木立ちがあったりして、地上は一層闇を深めていよう。そういう道では空を見て歩くのが一番いいのである。歩き馴れている道であれば、樹々の梢の上に広がる空を見ただけで足もとの道がわかるというものである。

そういう道を、この嫗は〝とぼとぼと〟ではなく、「ほたほたと」行く。副詞のこういう擬態語を、人間の足の運びに使った俳句を私はいままで読んだことがない。が、ここでは明らかに詩の言葉として機能し、不思議なリアリティーを獲得している。

「ほたほた」は広辞苑で見ると、①やわらかでやや重いものが引続き落ちて発する音。②嬉しそうな、また愛敬を示して、笑顔するさま、とある。この二つの意味は、一句にはどちらも着くが、前述の私の解釈は①に添っている。音として捉えたほうが広がりも出るし、一句のふくらみがより大きくなる。

この度出されたこの作者の句集『花木集』は、これまでの句集『蕨手』『朱田』『春の蔵』及びそれ以後昭和五十七年までの作品から三百句を選び、それを春夏秋冬に分けて編んだものである。すでに人口に膾炙されて親しい句や、掲上の句のように私には未見の句がいっぱいあって、近年稀に見る異色の句集となっていた。この作者も現代俳句の一つの高峰となりつつある。そういう印象を強くした。

自転車の灯のよろよろと植田道　　青柳志解樹
（句集『楢山』）

田植えの終ったばかりの畦道を、水を見に行った人なのか、勤め人が近道をするためにそこを通ったのか、いずれ狭いでこぼこの道を自転車がよろよろと通る。電灯をつけていなければ人が通っているかどうかわからないような暗闇。あたりの田んぼは水を打って静まり返り、かしましいのは蛙たちの大合唱のみ、というところ。ここには田園の濃密な時間が捉えられている。こういう自然さながらの句には、知らずも自分もそこに居合せたような臨場感に誘われて理屈抜きで楽しくなってしまう。

いま自然さながらの句、と書いたが、そう言えばこの作者には「自然即自然《じねん》」というフレーズがあり、自ら主宰する「山暦」にもそのことを指標として出している。いい機会だからそれを詳しく知りたいと思ったが、忽忙の中、また田舎暮しゆえに資料も乏しくついに探し得なかった。独善を承知でこれを解釈すれば、〝自然の大きな造化の前には人間は小さい。私意を捨て、無我の境地で対せ〟ということであろうか。作者の作品の多くは、確かにそういう自然への謙虚な姿勢で貫かれており、なるほど、このフレーズに嘘はないなあ、と納得させられる。

桃咲いてをさなき川が村の中　（春）
破れ傘貧しき花を傘の上　（夏）
秋風の廊下をぎしとまたぎしと　（秋）
枯れきつて榾山夕日湛へたる　（冬）

この句集も四季別に編まれているので、ここにはその中から一句ずつ抄出した。どの句にも、おのずからなる自然の香気といったものが立ちのぼっている。この香気はただに物を写し取って出て来るものではなく、やはり洗われたような心の目が必要なのであろう。

俳句は自然に執しても、人間に執しても、結局どちらも移り変わるものである。そういう観点に立てば、どちらも日々新しくなくてはいけない。大きくは、すべては自然《じねん》である、ということをこの句集から教えられる。

応援のかんじき隊が溺れけり　斉藤　美規
（「麓」四月号）

一語も〝雪〟や〝遭難〟が出て来ないのに、大変な事件があったことがつぶさにわかるように書かれている。しかも少しも深刻ぶらない表現で淡々としているところが逆に事件のただならぬ様相を伝えて緊迫感がある。

雪山で遭難があり、知らせを受けて直ちに救援隊が出動する。ここでは救援ではなく「応援」と言っているから、応援隊即救援隊なのかも知れないし、或いは救援隊に応援する後続部隊があるのかも知れない。一人一人が樏をつけて一歩一歩目的地へ近づくのであるが、その応援隊がまた崩雪か猛吹雪に遭ったのである。二重の遭難である。応援隊のことを「かんじき隊」と言っているのはこの作者一流の詩の言葉への洞察である。それによって状況へのイメージが鮮明である。

言葉も一語一語一句の中でよく練れている。これは作者が雪山によく親しんでいる証明であろう。因みに作者は新潟県スキー連盟の役員のようである。自らもシュプールを描いて雪山の傾斜を滑走するのであろう。そういう体験があって、この一句の言葉は作者によって血肉化されている。テレビやラジオで知ったニュースを机上で纏めたものとはおのずから違う強さがある。

もとの楢の木雪女も溶けぬ

同時発表の句。雪が溶ければ身のおきどころがなくなって雪女もいつか深山に帰っていく、という一般的なイメージをくつがえし、やはりこれも雪女らしいイメージを現前させている。雪女が溶けたのはもとの楢の木のそばであった。つまり出自もそこであったということを暗ににおわせている。時々通って見馴れている道端の楢の木なのかも知れない。溶けてしまえば罪のない雪女、どこか哀れを誘う。

夢寝にして父は落花の中にかな　　岩宮　武二

（「鶴」四月号）

鶴賞作品から。省略、抑制のよくきいた俳句である。早暁の夢の中で見た父は落花の中に立っている。多分年老いた父、あるいはすでに泉下の人なのか。その辺の断りはないが、作者にとって父は父である。目覚めて父であったことを懐しく回想している。舞台が落花の中であったことが、この句の陰翳を一層深くしている。

子は父にとっていくつになっても子であるように、父は子にとっていくつになっても父である。夢の中での父との再会は、しばし現世における交流の延長であり、覚めてそれは別離に変わる。だから夢がつねにそうであるように、この句も一抹の淋しさを揺曳する。

一月の鳶きらきらと闘へる

落つばき仏足石に三つかな

あめんぼうのいのちのかたち水ゑくぼ

同時発表の作品。一句目、動物は同族同士で闘っても、相手の息の根を止めるまではやらないし、形勢不利と見たほうが矛をおさめて退却するから、結着がつくまでの修羅場を「きらきら」と見る見方も一つの自然讃美であろう。二句目、主役はあくまでも仏足石であり、脇役は落椿である。脇役はあまり多いと脇役同士の個性を減殺するし、主役の影も薄れさせよう。ここでは落椿は三つぐらいがちょうどいいというところか。三句目、水の上に浮かぶあめんぼうの姿態を捉えて、それを「いのちのかたち」と見て取った。小動物への愛情、下五の受け止めがなんとも優しい。

この作者はすでに名を成したプロの写真家、やはり随所に対象に迫るカメラの目が応用されている。この人今後いよいよ作品に重厚味を加えていくに違いない。

蓮華草蔵空つぽにしてしまひ　山口　昭男
（「青」四月号）

蓮華草の咲くころは人々の心がうきうきし解放的になる。長い冬も終わって万物いよいよ活動の季節に入る。同時に農家もこのあたりから忙しくなる。そういう季節の中に蔵がある。屋敷構えのどっしりした家が思われる。蔵の中には大切な家具調度、家宝の類いが納められているのだが、その蔵を空っぽにしてしまったという。家が凋落したのか、生活が現代様式になって、古いものが不用になったゆえなのか。しかしこの一句にはそういう詳しい事情への穿鑿はご無用、あまり深く立ち入らないほうがいいようだ。大事なのは蔵が空っぽになったというその一事。中七以下に何がしかの後ろめたさ、無念さをおいて、上五でそれを明るさに転化している。自分のことなのか、他人のことなのか、それもまた穿鑿無用。書かれた一句が明暗均衡の中にあり、事情はすでに作者において解決ずみである。

肉に塩吸はせて枇杷の花高し
短日の水族館にガラス着く
柴括る紐とりどりに蝌蚪の水
厠戸に深く挟まる芒かな

同時発表の作品。季語も躍動し、内なるリズムもあって、この詩質もなかなかいい。
作者は昭和三十四年生まれ、現在ただいま二十五歳の青年教師。関西には伝統、前衛を問わず、いい作家、いい俳誌が沢山あるが、ここにまた新進若手のホープ登場である。いずれもっと大きくなって俳壇に出て来よう、そういう期待のもてる作者である。

九段坂のぼる大きな夏帽子　彦井きみお
（「春嶺」四月号）

春嶺賞作品から。「九段坂」と言えばその坂上にあるのが靖国神社。維新以後の戦没者二百五十万の霊を合祀する。この句は「九段坂のぼる」と言っておいて、少しも靖国神社のことには触れていないが、連想として自然にそこに行きつくように書かれている。「大きな夏帽子」にも老若の断りはなく、これも読者の連想の自由。ただご婦人であることだけは確かなようだ。
靖国神社の例大祭は春秋二期だが、終戦記念日などには全国から大勢の参拝者があるようだ。この句もそれとなく八月十五日を暗示する。「大きな夏帽子」の人が比較的若い婦人であれば戦後世代の人であり、初老の母親に連れ添っているという風にも受け取れる。主情を抑え、景を絞って一句を成しているが、それだけに読者の眼前に広がるものは大きい。夏帽子の季語が実によく効いている。

黒板の一切を消し年終る
一鳶に大和三山笑ひけり
網棚に捕虫網載せ鈍行車

作者は元NHKの記者、俳句は五十六年からの出発というから、実質まだ三年に満たない。長年報道機関にいたことが、文学とは全く無関係ではなかったとしても、驚くべき上達の早さである。一誌の中にこういう新人が彗星のごとく現われるのは、大いに喜ばしいことである。
当分この作者には老成を急がず自由に伸び伸びとやっていただきたい。その中から個性が出てくればもうしめたものである。

現代俳句論評

「沖」昭和60年7月

万緑に奪はれさうに母老いぬ　望月　百代
（句集『夏日』）

最初この句を読んでいて、一句の背景はどこか草深い田舎のように思っていた。作者はたまたま都会から帰省して、そこに老いた母を見たのだ、と思っていた。ところが略歴を見ると、この作者、東京中野生まれ、現住所松戸市とある。とするとこの一句の背景は必ずしも山国とは限らない。「万緑」という季語の大きさが私をそういう世界へと誘いこんだのだが、そう思ってもおかしくないほどにこの季語のもつイメージは膨らんでいる。

この句のドラマはなんと言っても、中七の「奪はれさうに」という比喩の仕方にある。この比喩が「万緑」を躍動させ、年老いた母をいよいよ小さく危なっかしく見せる。この「万緑」は周りに風でも立っているならいよいよ凄惨で、そういう中の年老いた母親ならほんとうに奪われそうに見えてくるだろうと頷ける。技巧を弄せず正面から堂々と実感に迫っていてスケールも大きい。

緑蔭に靴そろへ脱ぐ死ぬごとし
水餅の貝に似たるを取りいだす
かたつむり嫌いなひとに見えて来て
炎天を来て手の中の殺気かな
背を割つて旅に脱ぐ服夜の秋

いかにも女性らしい感性を備えながら、その踏み込みは鋭く深い。ここには俳句を文学として捉える真摯さがあり、この態度を信用できると思った。

作者は岡本眸主宰の「朝」の同人、編集も担当している。師ゆずりの線の太さ、まろやかさに加え、豊かな個性にも恵まれているようで、今後の楽しみな人である。

雛の間に厄介話持ち込みぬ　冨田　正吉
（句集『父子』）

こちらも岡本眸主宰「朝」の作家。父親が俳句を作っており、結婚で家を出ることになったので、父との対話のために俳句をはじめたという。昭和十七年生れで本格的な句歴はそう長くはなく、先の望月百代作品の個性を読んだ後では全体がやや淡白な味わいである。これはこの人の人柄なのであろう。五十九年六月から六十年五月までの一年間、毎月「俳句とエッセイ」に二十句を発表したこともあって、このところめきめきと力をつけて来た。

掲句は本句集の主流をなす一句ではなく、現在まだ傍流の中にある。雛の間のみやびぶりは、やはり女の子にこそ相応しく、男とてここに招じられて悪い気はしないが、少したつと、このちんまりしたところが退屈になって来る。この平安風の荘厳の中では野暮な話は禁物である。折角のみやびの雰囲気がこわれる。

そういうところへここでは誰かが場違いの厄介話を持ち込んで来た。どういう話の内容なのかわからないところが面白い。持ち込んだのはあるいは作者なのかも知れないが、少しとぼけたような表現で、作者の飄逸さを思わせる。

春愁の鴉に顎のなかりけり

やはり傍流にある一句。鴉にかぎらず鳥族には一体に顎がない。それで空を飛ぶのに都合よく出来ている。顎がないから彼らは餌物を鵜呑みにする。鵜呑みにするから神から特別に丈夫な胃袋を賜っている。

この一句は鴉の挙動を何一つ言っていないのに鴉の姿態がよくわかるように詠われている。「けり」の切れ字が効果的で、そこの空間に読者の連想がすべり込むためだ。顎がないゆえに、羽が黒いゆえに鴉は鴉らしい。そのところが何やら切なく、作者の「春愁」につながっている。鴉に顎がない、という常識を逆手にとって、これもややとぼけたような詠みぶり、一種の余裕であろう。

花疲れ明日の仕事の鉄壁ぞ
草の実や病む子は神の過ちか
ステテコの父がベーコン炒めをり

こういうところがこの作者の主流。この資質もなかなかいい。やはりこれから伸びる作者らしい。

春の施肥ゆらりゆらりと猫車　青柳照葉

（句集『冬の花』）

農作業の景だが、駘蕩の感じが実によく出ている句である。ただこの施肥が田んぼなのか畑なのかはっきりしない。けれども一句のしらべには、はっきりしなければならないほどの必要もない。悠揚迫らざるところがあるから、読者も作者と一緒になり、その迫らざるところに遊べばよい。施肥をする肥料にも化学肥料あり、厩肥あり、人糞ありで、その種類によっても、種もの、苗ものなど別個に想像されるのだが、これも読者の自由な連想にゆだねられている。やや遠目に猫車が行ったり来たりしている。あるいは野の道をゆっくり進んでいるのか。

面白いのは何と言っても中七の「ゆらりゆらりと」の措辞にある。これは陽炎を言っているのではないか。「春の施肥」と「猫車」だから駘蕩というのではなく、「ゆらりゆらり」が陽炎と感じられるから駘蕩である。この作者は写生を大切にしているが、写生の中に四角ばってはいない。四角ばっていれば自然はこんな風には能動しない。

薔薇の風呂ばらをかき分け沈みけり

「原田青児氏。バラ園」と前書のある六句の中の一句。この句を読んだとき何故か森澄雄の〈ぼうたんの百のゆるるは湯のやうに〉を思い起こし、この薔薇の風呂は森澄雄を一歩進めた境地だな、と思った。そう思っても悪くはなかった。色とりどりに咲いている薔薇と、その立ちのぼる香気の中に身を沈めることは、なんとも楽しい湯浴みに似たイメージであった。

しかしよく読んでみると、この句はそういう勝手な想像は許さないようにきちっと表現されている。この句を挟んで前後に、〈薔薇の風呂ジョゼフィーヌなるばら浮かべ〉〈ばらとあそびて薔薇風呂に長湯せる〉という句もある。やはりこれはイメージへのフィクションではない。寡聞にしてそういう風呂のあることを私は知らなかった。香水風呂や牛乳風呂だってあることだから、薔薇風呂があったって不思議ではない。豪華な湯殿や浴漕が思われ、作者の「ばらをかき分け沈みけり」の遊びと愉悦のほどが思われる。素材の面白さに振り回されず、きちっと抑えている。そこに臨場感が出て来る。

幽玄の世はいまもあり螢の夜

にも感銘した。言葉が言葉相応の意味性をつつみ、一句の世界を深からしめている。この作者にあっては、自然は単に写し取るものとしてあるのではなく、自己と一体になるもの、としてある。自然に対して敬虔な姿勢がある。

春霞山高きほど人住まず　木附沢麦青
（「青嶺」四月号）

高い山に人の住まないのは当然と言えば当然ながら、この句は不思議と人を納得させる力をもっている。もっとも、これは人の住まない高い山に登った経験のある人の実感なのだから、平地から山の頂上ばかり望んでいる人にはピンと来ないかも知れない。

高い山と言っても、この句には何も標高何千メートルと言った高山を想像しなくてもよい。ドライブコース、山菜採りコースぐらいの山でも十分である。日本経済の高度成長以来、道路は農村の隅々まで舗装され、どんな山峡の集落までも車ですいすい行けるようになった。同時に山系開発などというのもあって、どんな山にも林道が通され、ここにもまた車を使い、山腹をうねりながらいとも簡単に山頂に行ける。

山頂に登って気づくと、遠く近くの谷あいに人家が点在し、よくまあ、ああいうところまで……と感心することがある。しかし一定の高さまで来ると、そこからはもう人は住まない。

掲句はそういう体験に裏打ちされている。だから「人住まず」なのだが、やはり「春霞」の季語の効用によってこの句は生かされていると言えよう。この「春霞」はどんな季語とも置き換えることが出来ないほど決定的である。そろそろ雪解も終ろうとする頃の、胸を開いて立つような大らかな雰囲気がいいのである。

寸毫もこゑをもらさず山笑ふ
言挙げのごとく一気に咲く辛夷

春暁の夢にちかづきゆく眠り

の諸作もまた季節感が躍動していた。

清貧はせつなからねど藻のごとし　山本　良明

（「椰子」36号）

「笹子」と題する二十六句の中から。武士は食わねど高楊枝、と言ったものだが、武士ならぬ文士の高揚枝が思われて、知らず微苦笑を誘われる一句であった。中七の打ち消しの助動詞から転じて、「藻のごとし」のそよぎようがなんとも心憎い。清貧の清貧らしさはまさしくかくのごとしと思われて、その切なさ、めでたさを、わがことのように喜べる一句であった。

花南瓜あらうことにも浮名たち

火の気のない所に煙は立たぬ、と言い、根がなくとも花は咲く、と言う。人生虚々実々に生きていると、こういうこともあり得る。他人の風評の真偽はいざ知らず、長い人生のうち、浮名の一つや二つぐらい立つ生き方もまた充実したものであろう。

それにしてもこの「花南瓜」は効いている。これが例えば「あさがほや」などであったら目も当てられない。太陽のエネルギーを求めて精一杯に咲く南瓜の花であったからこそよかった。この健康さと隠微さ、この人の遊びの風景にも近年とみに脂が乗って来た。

十日寝て肉落ちにけり風椿　宇佐美魚目

ひんがしへ大鳥流れ鍬始　大峯あきら

日の羽のおのれ脱ぎつつ雁帰る　岡井　省二

（「晨」五月号）

宇佐美俳句、風でも引いて臥せっていて、どこか熱っぽいのであろう。身心落魄の感はいなめない。その中で一途に燃えている情念、多分俳句への炎、それが「風椿」に象徴されている。

大峯俳句、特に意味はない。意味性を殺している。大景の中の一点に、「鍬始」という人間の営みがある。そのはるかの上空を東へ向けて大きな鳥が飛んで行く。多分鷲か鳶の類。飛んで行く鳥を「大鳥」とぼかし、「流れ」と突き離しているところが当意即妙で、そこに天地の悠久感が宿る。写生プラス、イメージの句と言っている。

岡井俳句、雁の列が、そう強くはない太陽の光の中を北へ向かっている。翼を一振り一振り動かしながら進んでいる。おそらく雁たちにとって、その翼の一振りは連続する時間への一振りであり、未踏の時間への挑戦であるに違いない。挑戦はつねに現在を超える宿命を負わされている。雁たちはその宿命を負わなければ生きられない。それが「おのれ脱ぎつつ」なのであろう。やや強引ながら、いかにもこの作家らしい硬質な旋律である。

この「晨」誌、寄贈を受けてはじめてその存在を知った。同人誌である。右三方が責任同人で、中部、関西方面の錚々たるサムライたちを擁して凄い熱気にある。一般会員の雑詠欄もあり、右の三方が共選しており、それぞれの選に特徴が出ていて面白く、新しい型の同人誌と言えよう。

主宰誌はどうしても主宰の藍壺に入らなければならないが、ここでは各自が自由である。おのが望むところの作品を発表して、各個性大いに火花を散らすがいい。この集団のエネルギー、俳壇の活性剤となるよう期待する。

現代俳句論評　「沖」昭和60年8月

初蝶や赤城榛名と呼び交し　藤田湘子

（「鷹」六月号）

赤城、榛名、この二つの固有名詞にはどちらも〝山〟の一字が省略されている。赤城は群馬県のほぼ中央部にあり、榛名山は西北部にある。どちらもその裾野に火口原湖を有し、東京からでも日帰りで行ける楽しいハイキングコースだ。

この初蝶の登場するところは多分前橋市あたりか。両方の山がほぼ等距離にあるところが望ましい。小旅行団が、列車やバスの窓から、あるいは降り立ったところで、ワイワイ騒いでいるという風でもいいが、ここは長い冬から解放された土地びとの生活を思うほうが楽しい。

近くに高い山をおく地方の人々は、その年の雪解の早さ遅さに一喜一憂する。雪解けは農作業にも密接な関係があるからだが、農家でなくても寒い冬から解放される喜びは大きいから、山を見ながら手を揉みつつ春の到来を待つのである。ここではそれが、赤城山、榛名山だ。

初蝶が出て野面を飛ぶようになっても、山にはまだ残雪が残っている。しかしここまで来れば春はもうゴーである。その喜びが下五の「呼び交し」で言い止められている。湘子俳句にあって珍しく景が鮮明で大きい。この初蝶の飛ぶところに、暗に関東平野が広がっていることもまたいい。やさしく懐しく、いかにも早春の情である。

鯉二つ二の字に居たる朧にて　森　澄雄
（「杉」六月号）

作者の立っている池の面に二匹の鯉が揺らいでいる。たぶん緋鯉、錦鯉のたぐい。料亭かホテルのようなところであれば、水銀灯でもともして池の面を明るくしていよう。折から朧がかかっている……という構図でもいいが、ここはやはり人工の採光はないほうがいい。折角の朧なのだから、月明りそのもの、と見るほうが自然である。

辛崎の松は花より朧にて　芭　蕉

は朧のなかの松を強調することによって、逆に桜の白さを浮き立たせている風だが、これもやはり月明りだ。月明りというのは朧であっても意外と明るい。

そういう朧のなかで鯉が二匹、二の字に並んでいたという。そう言われてみれば、そういう景は確かにありそうだと思う。ありそうな景だが、「二の字に居たり」とは、なかなか言えそうで言えないところのものだ。対象へ向うときの無心さがあって、はじめて見え捉えられた言葉のようだ。それだから機微に触れている。これが同じ明るさでも白昼の明るさであったらよく見え過ぎて当り前になってしまう。少し眼を凝らして、はじめてそのように在った、という風であるところがなんとも微妙でいい。この作者には鯉の句が多い。よほど鯉に関心があるようだ。

なほ捨つるものをこころに青嵐　野澤　節子
（「蘭」六月号）

「なほ捨つるもの」が何であるかは不明だが、極めて求心的な句である。「捨つるもの」であって、「失ふもの」ではないことに注意しておこう。〝失う〟は状況に対して、消極的、受け身の体であるのに対し、〝捨てる〟は積極的、意志的である。

　作者にはすでに捨てたものがいくつかあるのだろう。その上でさらに何かを捨てようと決めている。不要なゆえに捨てようというのではないに違いない。いまは必要であってもそれを温存すると、やがてそれが、前進や脱皮をはばむものとなる、という体のものかも知れないし、何かを得るため、継続させるために、何かを犠牲にしなければならない、というものかも知れない。あるいはもっと精神的に〝放下〟への指向なのかも知れない。が、結局のところ、それは推測の域を出ない。出なくてもいいのである。ここでは作者の意志的なものを汲み取れればいいのだと思う。「青嵐」が爽やかな印象である。作者の「捨つる」ものへの決意にも爽やかなものがあるのであろう。

長命寺つひに訪《たづ》ねずさくら餅　遠藤　梧逸

（「みちのく」六月号）

桜餅は向島長命寺山内の茶店のものが名物なそうである。作者は今年九十一歳。矍鑠とまではいかなくても年齢相応の健康には恵まれているようで、そのことがまず目出たい。

　掲句は表現には出ていないが、桜餅の長命寺と自身の長命とを取り合せているところが面白く、いかにもこの作者の瓢逸さを思わせる。同時に読者を少しさみしくさせるのは、「つひに訪ねず」のあきらめの思いが聞かれることである。「つひに」は決して「いまだに」ではない。ここには現在ただいまの時間をいとおしむ自得の思いが籠められている。しかし、そこのところ少しも湿っぽくなく、淡々としている。「晩春初夏」と題する同時発表十三句の中に、

さくら餅寝巻のままに起き出でて
さくら餅つきし三時のお茶貰ふ
朝寝して昼餉がすめば昼寝して
春眠や朝寝昼寝の区別なく

蕨煮て酒のおまけも二三杯

といった句も見られ、全く自然体のまま自祝自愛の消息をつたえている。九十一翁の作なら、これはこれで見事な俳句三昧と言っていい。三昧とは、つづめて言えば他念のないこと。他念のないところに障碍はない。もはや翁にとって一句の巧拙は問題ではない。一日一日、一句一句が自他への存問のようである。

蛙に目貸してゐる間に大阪に　細川　加賀
（「初蝶」六月号）

山本健吉編の『最新俳句歳時記』（文藝春秋刊）を読むと、蛙が目を借りるので眠くなるというのは俗説で、もとは「媾《め》離《か》り」だ、とある。たしかに蛙が現実に人間に目を借りに来るなんてことはないから俗説には違いない。しかしこの俗説、季語の慣用語となるほどの面白さはある。

掲句は機知の面白さであろう。蛙のほうが目を借りるのであれば、こちらは貸すほうだという逆説。車中での居眠りほど気持ちのいいものはない。目的地に着くまで多少緊張しているから、断続的に目を覚ます。覚ますたびに眠りの快感を味わえるのだ。

ここでは知らぬ間に大阪に着いていたという。出発駅はおそらく東京。それくらいの距離が、ちょうど〝蛙のめかり時〟の季語の情趣に適う。最近この逆説の季語を使っているのをよく見かけるが、皆が皆成功している訳ではない。よほど表現の翼を自在にしていないと難しいようだ。この作者の芸は定評のあるところ、その遊びの境地もよく澄んでいると思う。

万緑や藁人形に紐きつし　吉本伊智朗
（「青」六月号）

藁人形を使う民俗行事は地方によっていろいろ違うだろうと思うけれども、共通するのは依代《よりしろ》として物の怪や疫病や悪虫などを追い払う役目に使われていることであろう。昔は怨恨のため小さなひとがたを作って五寸釘で古木に打ちつけたり、川に流したりする藁人形もあったようだが、それとは全く目的も用途も違う。

私の住む地方の藁人形に共通するのは、眉をつり上げ、目をいからし、腰に佩刀し、男根をたくましく突き上げている。おおかたは地区の境の木の股にくくられ、ここで外部から侵入して来るもろもろの厄を追い払うのである。掲句から感じられる藁人形も、おおよそそのような形にあるらしい。

ここで感心するのは下五の「紐きつし」の捉え方である。この措辞なかなか痛痒感があって適切である。「万緑」の季語もよく効いている。風土への切り込みも鋭く、その感性もよく澄んでいる。

迂回バス樹氷の村を出でにけり　中谷　真凮

（「にれ」六月号）

「にれ」は木村敏男氏が主宰し、札幌から出ている俳誌。右は特別作品二十句の中から抽いた。この「迂回バス」の「迂回」には、村をぐるっと回って、という意味と、正規の路線に故障があって別の道を遠回りした、という意味の二通りに取れる。

どちらにしても、このバス平坦な地を走っているのではないようだ。曲りくねった雪深い道路を、右に左にぐらぐら揺れながら、通学、通勤の客を拾って走っているようだ。運転手や車掌はどこでどういう客が乗るかはおおよそ知っている。こういう朝は冷気が肌に刺すように厳しい。樹氷のきらめくこういう朝は冷気がい道路に出たのであろう。写実を駆使してなかなか豪快な一句、いかにも北国ぶり、という感じである。

手錠人花見かへりに見たりけり　大谷増太郎

（「四季」六月号）

ふと気がついたら、向い合った人の手首に異様なものが光っていた。そういう場合決まって両側に屈強な紳士が付き添っている…。こういう光景を誰でも一度や二度は見ている。

この句の作者はそれを花見帰りに見たという。護送の途中であれば電車の中、連行中であれば戸外ということになろう。花見帰りとあれば微醺を帯びていたか、そうでなくても少しは心浮かれた気分のところだ。予期していないだけに、これはどきりとする。見てはいけないものを見てしまった。という感じであろう。下五の低音のモノローグがよい。単に異質なものの取合せだけで読ませる句ではない。計算されてはいるがやはり実感の作である。

花つけて捨て大根の意地とほす　　後藤　青峙

（「狩」七月号）

大根という野菜は意外と生命力かつよい。秋蒔きの大根を雪国では畑に室《むろ》を作って埋《いけ》大根とするが、掘り残したりすると腐る部分があって、それを捨てておくと頭のほうが生きていて春になると花を咲かせる。春蒔き大根は生長が早く、すぐ薹が立って食用にならないので、これを抜いて捨てておくとやはり花を咲かせる。種族繁栄のための生命力だが、作者はそれを「意地とほす」と言っている。打ち捨てられたものは自力で立ち上がるしか道はない。その健気さ、雄々しさ、意地こそ力なのだ、と作者は見ている。技人法の面白さ。

鬼も蛇もいま生々と花月夜　　吉田みち子

（「馬酔木」七月号）

この鬼と蛇、作者によって「いま生々と」と捉えられ、何やら行動開始寸前、という感じである。が、どうも一向に人間に対して悪さを仕掛けてくるような気配には見えない。それは多分に「花月夜」のやさしさのせいのようだ。

確かに「花月夜」には妖しい雰囲気がある。人間どもが心浮かれあるいはうっとりとするように、この季節のこの時間には、すべての動物たちもまた同じであるに違いない。魑魅魍魎だって森の奥にひそみ、息を殺しているが、人間どもの寝静まるのを待って跳梁するだろう、という雰囲気がある。

作者の捉えた世界もそのような世界のようだ。鬼も蛇もはじめから悪さなどするつもりはない。「花月夜」の妖しさにじっとしていられないのであろう。ここで鬼と蛇が浮かれて踊り出してしまえば、にっぽん昔ばなしになってしまうが、作者はあくまでも俳句的に抑えた。幻想とロマンの匂う作品である。

現代俳句論評　「沖」昭和60年9月

遠目には枯野鼠の美女一行　　近藤潤一
（句集『雪然』）

面白いと思って句集から抜いておいて何とも気になる一句。中七以下「カレノネズミノビジョイッコウ」と読み下して、その字面から描き出される景が、さながら〝ねずみの嫁入り〟のように美しい。

だが少し警戒して読んで、これは鼠の美女か、鼠のような人間の美女か、とも思ってみた。前者ならその通り読んでかまわない訳だが、後者なら〝ごとき〟〝ような〟の一語が省略されていることになる。その場合鼠は人人の暗喩となる訳だが、人間の暗喩の鼠なら、この美女一行、決して若くない。年齢的に少しシルバーがかっていることになる。そうだとすれば、これは何とも奇怪な図となる。奇怪もそれなりに面白いが、いくらこの作者でもそこまで飛躍遊泳はすまいし、第一、この表現ではそこまで読むのは無理だと気づき、ここで警戒を解くことにした。

ついでに言えば上五の措辞にもひっかかった。なにゆえに持って回ったような「遠目には」なのか。ズバリ「枯野」そのものでいいのではないか、と最初は思った。だが、これは、映画やカメラの技法に似ている。望遠レンズで遠くのある部分をクローズアップする方法、闇の中の景物や動態にスポットを当てて、そこだけ浮かび上らせる方法、それに酷似していた。

つまりこの一句は、この人一流の幻影感覚の上に構築されている。擬人化されたこの鼠の美女一行、枯野の中をいまどこへ行こうとしているのか。視覚的にイメージが鮮明で、なんとも妖しい雰囲気である。作者は、故斎藤玄門下の逸材、現在「壺」の編集長、札幌市の在住である。

こほろぎの歌は草より児童劇　　小瀬川季楽
（句集『蓮の座』）

〝賢治祭〟と前書のある十二句の中の一句。賢治祭は賢治を愛する人たちによって企画され、毎年九月二十一日、花巻の賢治詩碑の広場で行われる。行事は何部かに分かれていて、鹿踊り、剣舞、土地の婦人たちのコーラス、高校生の詩の朗読、子供たちの野外劇などがあるようだ。

私も賢治の町に住んでいるが、いまだこの賢治祭を見に行ったことがない。理由は特にないが、強いて言えば、私なりに賢治に関する理解の世界を少し持っていて、それで十分間に合っているから……ということになるかも知れない。しかしこの句のように表現されると、やはり一度ぐらい見てみたいと思う。みんなが賢治を慕っていて、何かを表現しようとする姿を無心に眺めることもいいことだと思う。

掲上一句、前書なしでも児童劇の児童劇らしさは十分出ていると思うが、やはり前書があって、その景が一層鮮明になる。「こほろぎの歌は草より」という修辞がなんとも優しく、作者が子供たちと一体となっていることがわかる。ここには虫が鳴いているが、同時に、星空と、あたりをつつむ闇、農家のどこからか引いたであろううす暗い電灯、木立や草々のしっとりと露に濡れている時間がある。子供たちは手作りの面やマントなどをつけて、〝風の又三郎〟でもやっているのか。とにかく、おおらかに優しく、自然のいっぱい見えてくる作品である。

作者は花巻の在住、「夏草」の同人、『蓮の座』はこの人の第二句集である。

大寺や孑孑雨をよろこびて　　波多野爽波
（「青」七月号）

ぼうふらは腐った水にしか育たないから、流動しない水のあるところ。場所は「大寺」とある。とすると池ではなさそうだ。まして単なる水溜りでもない。私の見た京都の大寺の、一般の目の触れないところに、一間半四方ぐらい、高さ五尺ぐらいのコンクリートの水槽があり、ここに雨水を溜めておく。防火用水ということであった。この水槽、梅雨どきや豪雨のときなどすぐ満湛となって、夏になっても水はそう多くは減らない。普通なら腐るのに、なかに木の枝などが沈められ、金魚を入れてある。餌をやったり、水を入れ替えたりしているのをついぞ見かけないのに、金魚は自然繁殖して覗くと沢山いた。もちろん水は底のほうがどんよりしているのに、酸欠にはなっていないようであった。ぼうふらが湧いても不思議ではない水槽だが、金魚たちが環境浄化を果しているようであった。

　そういう水槽が他の大寺にもあるかも知れない。それともう一つ、ぼうふらの湧きそうなところ、天水桶だ。この天水桶は底のほうに水を抜く栓がついているのだが、普通には抜かない。やはり自然のまま雨が降れば満湛となり、旱になれば水位が落ちていく。ここなら案外ぼうふらが棲みつくかも知れない。水が干《ひ》って、量が少なくなっていれば、ぼうふらにとっても居心地がよくなかろうから、雨が降れば助かるというものだ。

　作者が「大寺」と言うだけで、大寺のどことも場所を明示しないから、こういう勝手な楽しい想像が出来る。写生の上に立って大胆な省略、句柄も大鷹である。作者の年輪を感じさせる一句であった。

典雅なる地獄しつらへ蟻を待つ　上田五千石
（「畦」七月号）

この地獄の主は言わずと知れた薄翅蜉蝣の幼虫。いままでずい分多くの蟻地獄の句を見て来たが、そのほとんどが、すでに出来上がった蟻地獄を外から見たものであった。作者はもう一歩踏み込み、地獄の主と、その建設、結構のほどに心を通わせている。「典雅なる」と言われれば、ああ、なるほど、これは名城だな、と思う。

　閻魔大王ならぬ、この城のあとずさり大王は、己が持てる全ての英知、力学を駆使し、細心の注意を払って地獄の城を築くのに違いない。彼大王がいかにたぐいまれな名工であるかは、その出来上がった結構を見ればよくわかる。炎天下の緑蔭、小さな地蔵堂の裏、農家の納屋の軒下、大伽藍の縁の下など、環境への立地条件が整えば、大王はそこに静かに、さり気なく自らの城を築く。そしてそこには必ず周囲との調和がある。一つのコスモスが厳然と存在する。

　聞いたことも尋ねたこともないが、おそらくその地獄の城からは、妙なる音楽とまではいかなくても、えも言われぬ色香ぐらいは漂って来るのではないか。だから旅の途中の物好きの蟻が、ついふらふらと立寄ってしまうに違いない。

　そんな楽しい想像が出来るのも、この作者の芸の遊びを一緒に遊べるからである。この自力の余裕ぶり、いま作者は俳の海原をひたすら抜手を切っているという風で、見ていて何とも頼母しい。

まつ黒の蝌蚪軍団のおぞましき　　山田みづえ
（「木語」七月号）

統率された集団の整然たる動きには個には見られない秩序があり、躍動美がある。反面それが単なる〝群れ〟であるとき、集団はどこか醜悪で〝うごめき〟の塊として見える。

集まり過ぎるものは、おうおうにして醜い。人でも、鳥でも、小動物でも。そこには周囲とのはなはだしく調和を欠いた傍若無人のエゴがあるように見えたりするからである。この句の発想にはそういう心理が据えられている。

蝌蚪が黒いのは当り前で、普通なら「まつ黒の」とは言わないところだが、この蝌蚪は「軍団」ゆえに「まつ黒の」という措辞がよく似合う。そう言われてみれば、蝌蚪の群には確かにそのようなところがある。ひそひそ密議をこらし、いま何かが始まる、という気配がある、そういう無気味さをこの小さな黒の集団は負っている。俳句の短さはつねにこれくらいの飛躍、強調が必要なのであろう。

「おぞましき」の断定もずい分直截的だが、何やら生理的拒絶感がほの見えて、やはりこの作者の表現となっている。

火と水のあひに人棲む大暑かな　　長谷川双魚
（「青樹」七月号）

この句を前にしてしばらく考え込んだ。「大暑」に対してなぜ「火と水」なのかと。「風と水」ならわかる。暑さを避ける〝涼〟ということになるから。なぜ「火」なのか。仏教で言う、地・水・火・風・空の五輪のことか、それとも、木・火・土・金・水の五行の元気か、とも思ってみたが、どうもそうではないらしい。

そのとき厨のほうでコトコト俎板を叩く音がした。ああ、そうかこれは煮炊きの火だな、と納得した。そうとわかればこの「火」は「大暑」とうまく連動する。いや、煮炊きの火と限定しなくてもいい。火一般何にでもあてはまる。人は火がなくては生活出来ない。寒い冬はもちろんだが、暑い暑いと嘆く夏であっても最低限度の火は必要だ。人は火を使いながら、涼としての水を恋う。それが「火と水のあひに」だ。「大暑かな」の季語がこれを受け止めてよくひびく。

ここでは人間は、少しもせせこましく描かれていない。決して煙のようであったり、霞を食って生きているようではないが、さりとてぎらぎらと脂ぎっている風でもない。表現の上では影絵のようなかたちだが、それは人間を直接にではなく、人間の営みを通して人間を描いているからだ。この一句の豊かさ、やはりここでも作者の大いなる年輪を思わされる。

蛾眉隆く夏蝶の来て一と舞ひす　　小林　康治

（「林」八月号）

「蛾眉」は広辞苑によれば、①蛾の眉に似て三日月なりの、美しい女の眉。②転じて美人の称。とある。この蝶の訪れたとき、作者は戸外にいたか、家の内にいたか、となると、どうも内のようである。窓や障子を開け放っていると蝶は家の中まで入って来たりする。作者は書斎にいて物書きをしていたか、昼寝でもしていて、いま覚めたばかりの状態。とにかくちょっと放心したような時間空間がうかがわれる。

そういうところへ夏蝶のおとない。蝶は予告なしにひらひらと来てしばらくあたりを舞い、「いいなあ……」と無心の体で眺めているうちに、また予告なしに戸外に消えたのであろう。作者には蝶の舞いの余韻がまだ尾を曳いている。そして、あれは何だったのだ、と思う。たとえれば美しい女人の舞い、いや確かに女人の舞いだった……と思う。

そういう幻想は熟れた夏の日の時間だから可能だ。これが春の蝶や秋蝶であったら、「蛾眉隆く」は生きない。生きないばかりか突出した一種臭味のある表現となろう。まさしく打坐即刻の詩。波郷門下にあった作者、やはりこういう機微の捉えようは手堅い。

現代俳句論評

「沖」昭和62年7月

「日本伝統俳句協会」が設立された。〝日本〟と言い、〝伝統〟と言い、ずい分仰々しい堅い枠を嵌めたものと最初は驚いたが、角川書店の「俳句」六月号に載った稲畑汀子氏の一文を読んで、これは時宜を得た旗上げだと思った。その事について少し述べたい。

昭和三十六年に、「現代俳句協会」から脱退した人たちによって「俳人協会」が設立された。その裏面史やいきさつについては公表されていないので不明な部分が残るが、要するに前衛や自由律の俳句を容認できない人たち、およびそれに従う人たちの新協会設立であった。自分は伝統俳句を作るが、前衛や自由律も容認し、共に俳句活性化を目ざそうという人たちが「現代俳句協会」に残った。

両者の中には「現代俳句協会」に残って一緒にやりたい人もいたろうし、逆に相談もなく置いて行かれた、という人もいたろう。両者には一時、感情的なしこりから一部反目し合う雰囲気もあったように思う。しかし、別れたことによってすっきりした部分がかなりある。時間の流れとはいいもので、両協会はそれぞれの事業を興し、積み重ね、今では互いに相手の立場を尊重している。そして両協会を離れたところでは、個々に親しい同志は親しく、俳句につながる縁を大切にしている。

俳壇事情にうといし、結社や人脈の流れにも不明だから、ここでは私は印象的にしかものを言えないが、虚子血脈のもっとも濃い「ホトトギス」の人たちは、かつてのホトトギス王国の純血を堅く守って、あまり外部と交流しなかった。それが全国の会員たちにも徹底し、偏狭、閉鎖的に映った。よく言えば孤高、悪く言えば自己満足と映った。

裸になってつき合えば、みな俳句の小さな一行詩を愛していることに変りはない。そしてお互いに眼が利くようになれば、主義主張や結社の別にかかわりなく、よい俳句はよいし、よくない俳句は少しもよくない、ということが分かる。ホトトギス山脈の裾野にいる人たちは、それさえ拒んでいるように見えた。

しかし近年事情が少し変って来た。前衛俳句の凋落がはじまると、それまで緊張していた俳壇の精神が弛緩し、代って虚子の見直しが言われるようになった。加えて、高度経済の成長によって、女性と老人の俳句人口が増大し、大変な俳句ブームとなった。どの結社も運営がまわるようになり、勢いづいて会員獲得に懸命な努力をするようになった。

これに目をつけたのが悪しき俳句産業、あの手この手で結社や個人を持ち上げ、作られたタレントや実力のないひよわな作家を俳壇に押し上げる。結社の主宰者も主要同人も、あれやこれやの雑用で忙しい。結局俳句がだんだん面白くなくなり、虚子再確認への志向は一層高まっていった。

こうなると純粋の血の騒ぐのが「ホトトギス」の人たち。地方サイドでも、晴朗な俳句大会などには積極的に出て来て座を盛り上げてくれる。また句集の出版記念祝賀会などにはこちらも招ばれる。実際に会ってみると、指導者クラスの人たちは、さすがにしっかりした考えを持ち、いい句を作る。そして、自分たちもこれからは多く出て行き皆と交わり、もっと視野を大きく持ちたいと語る。いままで偏狭、閉鎖的、と思っていた人たちが、実はもっとも謙虚で、もっとも俳句に自信を持つ人たちであった。

そういう状況下でのこのたびの「日本伝統俳句協会」設立の宣言であった。時宜に適っていると思う。これは決して皮肉ではない。花鳥諷詠のよろしさ、「ホトトギス」俳人たちの勝れた面を私は認める。

願わくはこれから、全俳壇、真の活性化のためにも協会がその設立の趣旨にのっとって、晴朗に運営され、末長く発展されるよう期待する。向う三ヵ月間、本欄の執筆を担当するに先立って、俳壇眼下の関心事について思うところを述べさせていただいた。

破蓮の破鏡の水を風わたる　　美濃部古渓

（句集『初諷經』）

作者は「ホトトギス」から出発して現在「夏草」「みちのく」に所属している。石川啄木の故郷の渋民に近い、岩手県西根町に住む禅宗のお坊さん。句集題名の『初諷經』の〝諷經《ふぎん》〟とは禅宗で仏前で勤行することだが、そういう題名からして坊さんらしい。集中の作品もまた淡々と僧侶の生活を詠って無欲である。「私の俳句は細く長い……」と後記に書くが、それこそが無欲の無欲たるゆえんであろう。印象的には全般に作品が小声である。つまり温和しい。

けれども写生で鍛えた緩急自在の表現はいたるところに見られる。掲句はその中の〝急〟の表現、どこにでもありそうな景だが、「破鏡の水」とは言い得て妙、やはり作者独自の把握である。「破鏡」とは言ってみれば〝明鏡〟とか〝円鏡〟の裏返しの言葉、そこにこの句のもつ景の広がり、詩の暗示性がひらめく。

初蝶の鋭きまなこ立ててとぶ
夜振火に髭動かしてゐる鯰

前句の急、後句の緩、あるいは動と静、いずれも景に即して間然とするところがない。写生のよろしさは景と心の一如、一小世界に無限の広がりが宿るところに魅力がある。

海に働き稲光恐れざる　小島みつ代

（句集『夏の午後』）

作者は昭和六年生まれ、「朝」の同人、俳句をはじめてちょうど十年である。集中、日常詠の中に、舟、船、帆船、巨船、海、などの語が頻繁に出て来て、その景も明るい。きっと海辺に住む人に違いないと住所を見たら果して横浜在住の人であった。

景が明るい、と言ったが、その景には、

洗はれて磨かれて船冬に入る
夕永し巨船ぐいぐい真水汲み
草の花遠き船より暮れにけり

というように単なる景だけでなく、多くはそこに人間の生活を投影させている。これは作者が横浜という風土に密着して生活している証拠であろう。自身もまた生活を大切にしている人に違いない。

掲上の「稲光」の句もまた海で働く人への畏敬の念である。海上に稲妻の走るような情景を私は見たことはないが、想像は出来る。そこに黙々と働く船の人がいれば一層よく景がわかる。おそらく漁師であろう。漁師は永年の経験によって、この空模様がこれからどのようになるかよく知っている。この句の潔さは「恐れざる」と言い切るところ、その洞察にある。海への親しみと、そこで働く人への信頼感、健康な一句だ。

正法《しゃうぼふ》の花のごとくに野老枯る　　斎藤　美規
（句集『海道』）

過去に『花菱紋』『鳥越し』『地の人』『路上集』の四つの句集があり、ほかに俳文集『俳句の風土』がある。新潟県糸魚川に住み、俳誌「麓」を主宰している。人も知るようにこの人の風土への関心には並々ならぬものがあり、今回のあとがきにも、「いままで私は地生えなどと口にしながら、自分や自分の風土というものを結局は外側から眺めていたに過ぎないということ、内側に腰を下ろしてあらためて見直すとき、そこに別のなにかがと思えてならないのである」と書く。

地方作家にとって風土とは結局は〝臍〟のようなものではないか、と私は思う。意識するとしないとに拘らず、生まれ落ちたときから風土とは臍の緒でつながっている。ちょうど乳児期あたりが母なる胎内ではないか。だから風土はすでに血の中にある。外景の風土はカメラでも捉えられる。文芸としての風土はやはり内なる風土への照射があってはじめて可能なのではないか、と思う。

掲上の一句、野老の花は誰が見ても客観的に野老の花だ。それが枯れていれば、きらきら雲母のようにかがやく。そのかがやきをどのように見るかは人によって千差万別、作者は「正法の花のごとくに」と見た。ここにこの一句の内からの照射、それに支えられたオリジナリティーがある。かけがえのない作者の精神文化がここにはみごとに花開いていると見る。こういう俳句が出来るようになれば風土とはまさに臍、臍はあまり人に見せないほうがよく、そこに風土の花が黙って咲いていればそれで十分だと思う。

名ある月寝るならはしに眠りけり　　岡井　省二
（句集『有時』）

題名の「有時《うじ》」は、よほど詳しい字典にしか出て来ない。仏教用語で〝あるとき〟という意味だが、もっと詳しく道元は「有は時なり」と釈している。時々刻々に変遷する時間の不断の連続そのものが、すなわちそのまま存在者である、ということらしい。その「有時」について著者は多くは語らず《そこに花が咲き、月がさした折にいくらか他界を荘厳《しょうごん》しているならさいわいと思う》と後記に書く。

「他界を荘厳しているなら……」というのはこの人一流の比喩であろう。仏典にあるような荘厳世界かも知れないし、現世における存問の表現がそのまま他界を荘厳するという思いなのかも知れない。いずれにしてもこれを現実に引き戻せば著者のロマンへの荘厳なのであろうと思う。そう言えばこの人の作品世界・現実の生ま生ましさから一歩も二歩も退ったところでものを見、発想しているように見える。

いちにちの春蟬のとき過ぎし山
あやめ咲き十一面の次の面
それぞれに喉照つて鳥帰るなり
でで虫のねむる月夜の桜の木

落ちついてきて月光の草の山

つまり眼前のものにあまり肩肘張っていないのだ。そのかわり心眼を凝らしている。声調が陰微なのは関西人特有の粘っこさであろう。

掲上一句のよろしさは、何と言っても「寝るならはしに」の俗談平話ぶり、この自得悠々の境地、なんとも優しく懐しく、この世における無上の荘厳ぶりだと思う。

鬱として佇てばいらくさ地獄かな　鈴木　利紗

（「曜変」十五周年特集合同句集）

〝いらくさ〟は別称〝いたいたぐさ〟ともいい山野の湿地に自生する。一見同族の〝からむし〟に似ていて、どちらも繊維を取るが、いらくさのほうは茎葉に細毛の刺があり、うっかりこれに触れると虫に刺されたように痛い。雪解けを待ち、若芽を山菜として摘んで食べると、しゃきしゃきして滅法に美味。どうしたことか、このいらくさ、多くの歳時記に載っていない。

それはともかく、この作者はよく〝いらくさ〟を知っている。「鬱」は「躁」の反対で、この両者の揺れの激しいのを躁鬱病というらしいが、躁も鬱も、もともと誰の体質にも備わっていて、特に鬱のほうは更年期などに多く現われるらしい。この一句は鬱のときの心理状態を実にみごとに描き出している。取り合せとしては上下どちらも暗いから付き過ぎの感は否めない。けれども「かな」の突き離し、そのわずかな遊びの部分において絶妙にこの危機を救っている。「いらくさ地獄」などという造語もなかなか痛痒感のある生理的な言葉だと思う。

「曜変」の作家は一様にモチーフが暗い。主宰の石田風太氏がそうだから、やはり師風は争えないものらしい。その中でこの作者は比較的自由な気風を保っている。

麦は穂に赤児のつよき指ぢから
聖五月醜男にあくびうつされて

この明るさと笑いをもっと開発してほしい。

現代俳句論評　「沖」昭和62年8月

春の田の少年時代短しや　浜崎素粒子
（「椰子」40号）

「椰子」は神戸市から出ている純粋な同人誌で、友岡子郷氏ら超結社十名の会員。毎号順番に一人か二人が二頁を使って特別作品二十六句を発表し、他は一人一頁を使ってそれぞれ十二句の発表、不定期の発行で、会を結成してから今年で三十年、その間、ゆっくり急がず、四十冊の雑誌を出した。この誌の面白いところは、「ある日あるとき」というタイトルで、毎号句会や吟行や、仲間同士の飲み食いにまつわる会話や動きを、軽妙洒脱な文章でつづり、一座の興行ぶりを丁々発止と展開して見せるところ。編集は内山生氏らしく、この人なかなかのユーモリスト、こういう楽しい同人誌なら、そのうち私もやってみたい、と思うほどである。

さて掲句、形の上では「春の田の」で切れるのだが、内容の上では「春の田の少年時代」まで一気に読み、それから戻って再び「春の田の」と反復するような調べになっている。「春の田」は「春の野」と同じように自然がいっぱい。すみれ、たんぽぽ、れんげ草、蝶が飛び、ひばりがさえずり、山は霞み、白雲悠々とある。

そういうめくるめく眼前の景が、作者の少年時代の景と重なる。おそらく泥んこの少年時代、それが遥かにも来たるものかな……という齢になって、振り返れば時間を超えて少年時代はすぐそばにある、という感慨。つらつら「少年老い易く……」などと朱熹の偶成詩が口を衝いて出ているかも知れないが、決して「オールドブラックジョー」のように嘆いたり、人生〝一炊の夢〟とはかなんでいる風でもない。現在只今の時間から、人生もっとも祝福された、多感な少年時代をすぐそばにおいて懐しみ、静かにいたわっているだけである。そうやって人は少しずつ己が齢を深めていくのであろう。そういう意味ではやはり一抹の淋しさは尾を曳いている。

山ふかく秋は木の実となる花か　木附沢麦青
（「青嶺」六月号）

山ふかく咲く花、桜のように華やかな花ではない。山の精気を一杯に吸って自らの意志のように咲く花。樹々にはみな個性があり、個性の共存共栄がある。秋は木の実となる花とは、朴、ヤマボウシ、ブナ、トチ、クリ、ナラ、エゴ、ハシバミ、フジ、山ブドウ、サルナシ、マタタビ、その他、名の知る木、知らない木、数え切れないほどある。

そのどれかに焦点を当ててこの一句が成っていることは確かだが、作者が言い当てているところのものは、すでに花のうちに実を準備しているそのいのちの神秘性、自然の造化を一途に生きるものへの敬虔な讃歌である。大景を大摑みにし、その中の一木の花を現前させ、それを時間の彼方へ溯行させせている。これは単なるモンタージュではない。自然への直観、悠久の彼方から来る時間への洞察、作者の想像力がそのように飛翔したのだ。

咲き開くことが散ること山牡丹

も同時発表の句、少し軽いが山牡丹の風姿、生態をよく捉えている。この人、八戸市において「青嶺」を主宰し、すでに三十三号、雑誌も順調、作家としてもいよいよ脂が乗って来ている。

飲食のほかは流行らぬ街若葉　　岡本　眸

（「朝」六月号）

最初、まだ街に夏物が流行っていないのかな、と思ったが、よく読むとそうではない。特別に旧所名跡や門前市をなすような神社仏閣のない街、他所から客の流入して来るような特色を持たない街、つまりどこにでもありそうな下町何丁目かの界隈。そこには健康で胃袋の逞しい庶民の生活があり、賑わいがあり、人情の豊かさがある。近くには小公園などあるかも知れない。そういう下町情緒の名残りをとどめる街、それが「飲食のほかは流行らぬ街」なのだろうと思う。

作者はそういう街の四季、そこに住む人々をこよなく愛している。そうでなければ、こういう不足を知足として安らぐような表現は出て来ない筈だし、まして「若葉」という爽やかな季語も斡旋されまい。同時発表の、

春の夜のわが身より出て熱の綺羅
岩打つて五月の虻の澄みゆくよ
杜若いけてメニューに冷やしもの

にも共鳴した。日常茶飯事まで、この作家の手にかかるとすぐ俳句になる。しかも決してただごとに流れていない。不思議な魅力を感じる作家である。

朝が来て姉のごとくに桐の花　　西尾　紀子

（「晨」七月号）

「晨」は守口市から出ている堂々たる同人誌、この誌については「俳句」六月号の「俳誌月評」で高橋悦男氏が取り上げ、広い視野から同人誌の在り方について懇切な論評を加えており、さすがに高橋氏の文章、俳壇の良識だと感心した。今号は創刊満三年を経過して特別記念号で、外部から著名作家の寄稿、特別作品五人、対談二つという充実ぶり、同人誌でこれだけやれる雑誌はそうざらにないであろう。代表発行人は宇佐美魚目、大峯あきら、岡井省二の三氏だが、ほかにも多くの実力派、や

る気派を擁して、いまやるべきをやる、という姿勢がありありと見えてなんとも頼母しい。その積み重ねによって将来の展望は自ら開けて来よう。今俳壇注目の同人誌、大いにやっていただきたい。

掲上の一句、中国では古来、桐の木を鳳凰の棲む木として尊んだという。鳳凰は空想上の瑞鳥である。桐は枝が密生せず、その幹においても花においても人を包み込むような精気を宿しているから、そこに鳳凰が止まるというイメージは悪くない。

作者は桐の花の魅力を「姉のごとくに」と比喩する。優しい姉なのであろう。「姉のごとくに」と言っていながら、その姉もまた〝桐の花のような〟という逆転イメージで修飾されている。この姉をもって比喩される桐の花はもちろん現実の桐の花だが、桐の花をもって逆転イメージされる姉は果して現存の人であろうか。この一句、あまりに優しく懐しいゆえに、ふとそんなことを思った。言葉が内から膨らみ、かがやいている。

雪折れや大きくひらく月の暈
舟が来るまで夕映の花薺
妹のこゑ河骨の花の上

にも感性のよさがあった。

あけぼのの春あけぼのの水の音　　野澤　節子
（「俳句」七月号）

いわずもがなのことながら、「あけぼの」は〝暁〟より時間が遅い。暁は夜と明け方の別れ目であるのに対し、「あけぼの」のほうは、ほんのりと明るくなり始めた状態。作者はすでに〝暁〟のときから目を覚していたのであろう。暁暗の世界から朝の明るさへ移行する時間、そこには自然の祈りのような静けさがある。「あけぼのの春あけぼのの」とたたみ込むこの言葉と時間の経過がなんとも心地よい。四つの「の」の転がるようなリズムもそれを助けている。

「春は曙。やうやう白くなりゆく山際の少しあかりて、紫だちたる雲の細くたなびきたる」の枕草子冒頭の言葉が思い出される。全くそのような景、そこに心を澄ましている作者が思われる。「水の音」は誰か水を使っているのか、川の流れの音なのかは俄かには断定し難いが、いずれにしても「水の音」には新鮮な天地の生命のひびきがある。それを目出たく聞き止めている作者。同時発表の

病むことの遊行めく日の鳥曇

彌生三月生まれて病みて老うるとき

点滴と採血の痕蝶になれ

にも心打たれた。どちらかというと病弱の作者だが、その精神はいつも勁い。

櫻の夜蹴躓きしはわが死骸　津田　清子
（「俳句」七月号）

思いがけないところに死骸が転がっている。思いがけないところとは、そうある筈のないところ、予想もしないところ。室内のようでもあるし、戸外のようでもある。室内であれば桜の夜だから、外はうす明るいおぼろ月夜かも知れない。部屋は閉められている。閉められているから暗い。その部屋に誰か用事があって入る。慣れているから電灯をつけなくとも大丈夫、ずかずかと前へ進む、と言っても精々四五歩、目標は前方にあるので足許のほうはあまり気をつけない。そこで何かの物体に蹴躓《けつまず》く。こういう状態は足をすくわれて物を覆うように前につんのめるか、両手をつくこと必定。暗いけれども感触から人間であることがわかる。そこで急いで電灯がつけられる。

これが戸外であれば……、やはりいろんな状況を推定できるが、ここではやめておく。要するに、その思いがけない死骸の第一発見者は作者自身であった、という意外性。ミステリーじみた一句だが、これもよく読むと決してミステリーなどではない。己が死の、そういう人知れず死ぬ死様もあるだろうと作者は想像しており、その部分で少しく〝虚〟に遊んでいる。三橋鷹女に「白露や死んでゆく日も帯締めて」の一句があり、こちらは己が末期へのまっとうな覚悟だが、清子俳句のほうはもう少し奔放である。その奔放さは同時発表の、

首縊るなら通草蔓花の季

にも現われている。こちらのほうはもっと遊びがしなやかである。内容は穏かではないが、人の心理には時としてそういう思いも立ち入るようで、それを冷静に凝視することも生を凝視することであろう。しかし賞讃ばかりはしていられない。こういう作品を〝虚〟として意識的に成すならいいが、そういうことに憧れてやられるならやはり異常、どこかに疲れがある証拠だから、心身の安養につとめられるが肝要と思う。

夜叉のかほ隠してしだれ櫻かな　佐藤　和枝
（「俳句研究」七月号）

「俳句研究賞」受賞第一作二十五句中、

小でまりやためらひて干す濯ぎもの

にも引かれたが、どうも「夜叉のかほ」が気になって、こちらのほうを取り上げることになった。「夜叉」には二通りの解釈がある。一つは暴悪な鬼神としての夜叉、一つは仏法の守護神としての夜叉。この句の「夜叉」はおそらく後者。密教仕立ではこれを〝金剛夜叉明王〟と言い、五大明王の一尊。その形像は、三面六臂で正面に五つの目を開き、左右の面には各三つの目を開いている。六つの手には悪鬼を降伏させるための武具を持ち、蓮華台にいて火焰を負い、左足を上げ、右足を伸ばし、勇壮な相好である。

では、そういう図が発想としてどうして「しだれ櫻」と結びつくのか。それはこの「しだれ櫻」がかなりの古木と想像されること、さくらに限らず、欅でも樫でも楓でも、その他あらゆる木にはみな表情があり、特に古木には長い年月の風雪に耐えた貫禄のようなものがあって、その姿態もさまざま。

作者は日ごろ金剛夜叉の像等に親しんでいる。そうであれば、ある日ある時の想念の中、ふと「しだれ櫻」に「夜叉」の影を見たとしても不思議ではない。

板画家の棟方志功は〝作品にばけものが出なければ面白くない〟と言ったそうだが、ばけものとは何かの変化。変化は常識の中からは出て来ない。さり気なく立つこの一句の中には、ややそれに似たものが出ているのではないか、と思う。

現代俳句論評　「沖」昭和62年9月

村は動かず上蔟のさなかなり　桜井　京子
（句集『しんがり』）

作者は昭和二十四年長野県生れ、五十三年九月「雲母」入会とある。いかにもそれらしい若さと感性で、句風全般が自然や生活に根ざして大らかである。

掲句は、いま上蔟のさなかで、人々は家に籠り、さかんに蚕を蔟《まぶし》に上げている。周囲の棚の上では早いほうの蚕は、もう真白な繭を紡ぎはじめていよう。こういうときの農家は猫の手も借りたいほど忙しい。近隣、親戚など手の空いている人は手伝いに動員され、どの家も静かにあわただしく、緊張した数日が流れる。「村は動かず」とは正しくそのような状況で、このやや強調した把握なかなか適切である。

ふと気づいたことだが、この作者には、

青杉のうしろおもたき朧かな
闇満ちてゆく新涼の杉木立
風寄せて冬寄せてゐる木立かな
はなやかに時雨れて桑の木のしづか
その中に一樹あかるき望の月

というように樹木に思い入れをする句が多い。これは周囲に自然が豊富である、ということのほかに、居ながらにして俳句を成そうとするとき、いつもそこに親しい樹木があるということであろう。作者にとって一樹一木が四時の友、生活の仲間のようでさえある。今後これがワン・パターンの発想にならないように、また、

同席の刑事に秋の螢かな
六道のすさまじき晴れ秋の鳶

の俳諧性も大いに開発してほしいと思う。

香水や着飾ることも気養生　三田きえ子
（句集『萌葱』）

「畦」の作家、『嬬恋』につぐ第二句集。

「気養生」という言葉が面白くて、手もとにある二三の辞書を調べてみたがついに見つからなかった。しかし、気が弱る、気が疲れる、気を病む、気を休める、気を養う、などという言葉もあるくらいだから、どこかに〝気養生〟という言葉もあるかも知れない。なければ作者の造語だが、それならそれでずい分気の利いた造語である。

一句に言われているところのものは、和服か、洋服か、いずれ夏物の艶なおもむき。これは多くの女性の共通共有の心理であろう。しかし今まで誰も「気養生」などとは言わなかった。そう言い切れる作者の心栄えを思う。ここには女性の本音が流露している。ある一定の年齢に達した人の矜持、言えば女性としての自信、それがあくまでも個の発想に根ざしているところに魅力がある。

あらすじも仔細もなくて猫の恋
あとがきのやうに蝶蹤く野の九月

器用になんでもこなせる作者だが、この機知の遊びは成長過程の試みとしてはいいが、早々と人の手垢にも汚れやすい。それよりも、

たんぽぽに岬の鼻のもう伸びぬ
そりゆびを反らす八十八夜かな
紐滝のつくろひきかぬまで細る
堰かれては水のはばたく初蕨
長鳴きの松蟬松をつかさどる

のように、この作者には自身の情感を信じて、じっくりと己れを投影させる作品のほうに本領がある。もうこの人、この辺でしたたかに自己に開き直る時期にあるように思う。

滝壺の青きを恐れ魚棲まず　　大久保すみ
（句集『鎮魂の花』）

「雪解」「懸巣」の作家、処女句集。句集前半は温和な写生句が多くて少々食い足りない思いであったが、後半に到り、除々に写生に主感が加わりいい味が出て来ている。掲句の主眼は「青きを恐れ」であろう。これはあく

までも滝壺の青さの強調である。普通であれば、どんなに深く冷たい滝壺でも岩魚などの清流魚は棲むのだが、まれには川の地質に含まれる何らかの成分、もしくは川上において何かの薬物のたれ流しがあり、全く魚の棲めない川もある。

そのどちらだとしても、そのことをもちろん作者は分っている。分っていて「青きを恐れ」と断定しているのであろう。作者によってそう断定されれば、表現された世界では、ほんとうに魚は棲まない。そこにはひたすらに青い滝壺があるばかりである。ここには客観写生と主観の理想的な融合がある。同じことは、

岩に寝て大かたむきの空に滝
漁火の布陣へなだれ冬銀河
三段の菰のつばさに寒牡丹
螢火のいのち相寄るとき青し
溝蕎麦に飛鳥源流瀬音消す

などの諸作にも見られる。主観とは、そう在らしめたいところのものを、そう在らしめる。作者によって表現されなければ存在することの出来ない美を、そう在らしめる。それが俳諧の精神にもつながるものであろうと思う。

ぼうたんの打ち伏したるは御意のまま　古田　一子
（句集『よしなに』）

「青樹」の作家、大正十二年生れで作句歴十二年、こちらも処女句集だが、なかなか堂々としてしっかりした句が多い。最近女流作家を対象としたシリーズものの句集が多く出るが、総じて真面目過ぎて俳味に乏しい。もっとも真の俳味などというのは〝高きを悟り、俗に帰る〟の精神があって、はじめて出て来るものであろうから、この境地への参入はそうたやすくはない。これは男性作家とて同じである。

この作者は、

白粉のむだ花詩に深入りす
美濃寄りに伊吹嶺澄みて合歓の花
太棹の歎きのくだり破れ傘
湖の北の遅咲きをとこへし

など、俳句をはじめてすでに四、五年ぐらいで俳味の何たるかを摑みはじめている。人生もっとも充実した時期に俳句開眼したのが幸いしたのか、もともと天賦の才なのか、とにかくこの人の句集一巻は、俳句形式の中で自由に伸び伸びと飛んでいる。

掲上一句は句集後半のほうに収める昭和五十九年の作。「御意のまま」などと開き直ったような措辞が作者の余裕を思わせる。牡丹そのものであれば、首をちょん切られようと、であろうし、牡丹を女人に見立てているのであれば、どうぞ殿御のお気に召すように、という風姿で、この一句の味わい、哀れとも、おかしとも……。

印度料理の枯葉いろづくしかな

波音と羽音月夜は冬がよし

纜に草ふれあひて花火爆ぜ

才気煥発の作者、いよいよこれからが楽しみな人である。

（句集『扉』）

水底を歩きし疲れ昼寝覚　　土生　重次

『歴巡』につぐ第二句集、「蘭」の作家。昭和五十七年より六十一年までの作品三三〇句を収録している。通読してこの人の現在、句意平明、表現柔軟、作者の意図したところのものがこちらにもすうっと入って来る。力みもなければ押しつけもない。それでいて作品は毅然として立っている。

掲句はダイバーの句ではない。「水底を歩いたような」という比喩の句である。そう言われれば「昼寝覚」には確かにそういった感じがある。身体が重く硬直していてとてもだるい。それが除々に解け、やがて身も心も爽快になっていくのだが、目覚めの間際は奈落の底から這い出したような疲労感がある。それをうまく言い止めている。

表紙みな女の笑顔文化の日

駅のホームの売店でも、街の書店でも、写真週刊誌などが氾濫し、いずれも若くはつらつした女の子の表紙。

それがまたよく売れる。売れるから業界が躍起となる。業界が読者の需めに応じているのか、読者が業界に踊らされているのか、ともかく平和で不思議な文化国家。作者は状況をそこらあたりまでしか言っていない。それ以上言うと俳句の美意識、品性を損ねる、という風である。が、ひとたび読者の〝読み〟の手に渡されると、この一句のイロニーはかなり痛烈である。

竹の子の糶らるる向う傷のまま
さくらんぼ茎まで冷えてをりしかな
竹皮を脱ぐ乱雑をはばからず
麦秋や恋の小部屋の観覧車
天使の羽根生へよと背ナに天瓜粉

このような句を取り上げようとすれば、まだまだいくらでもある。この作者昭和十年生まれ、いま年齢相応の充実のときにある。さらにこれからの句業に期待される。

抜いて来し地獄の釜の蓋のあと　後藤比奈夫
（「俳句研究」八月号）

季語の言葉の面白さで立っている句だが、そこに流れているのは、そういう名を冠されている小草への興味、いたわり、また言葉のもつ意味性への遊びごころ。

このいかめしい名前をいただいているのは〝金瘡小《きらん》草《そう》〟。和名キランソウ、またジゴクノカマノフタとも。しそ科の多年草だが、あの梅干を漬けるときの紫蘇とは似ても似つかない小草で、地べたに這って育つ。路傍にひっそりと生えるが、雑草にしては品があるので庭に持って来て植えつけると、根株から枝分れして種子をこぼし、翌年からはつぎつぎに殖えて困る。若草も花もどこか十二単に似ているが茎が直立しない。

それはともかく、この季語の音数九字、あとの五字をもって一句を成立させている。何か意味がありそうなのは、下五の「あと」という二字。その二字が上五の「抜いてきし」を受けて「地獄の釜の蓋」が季語すなわち植物であることを証明する。同時にこの二字が一句の意味性を受け止めて見事に完結している。

「あと」は単に草を抜いた「あと」ではない。〝地獄の釜の蓋が開く〟というから、作者は少しくそこに思いを入れている。まさに余裕綽綽の俳。「俳句」八月号で辻田克巳氏がこの人の作品を評して、《高雅だけでない。どこやらにほのかに微笑の気配が漂いだす》と書いているが、その〝微笑の気配〟はこの一句にも漂っている。

まつくろな嘘もあるべし蛇苺　　高橋　悦男

（「俳句」八月号）

「まっくろな嘘」とはどういう嘘であろう。〝まっかな嘘〟というのがあって、こちらは〝全く根拠のない嘘〟のことだが、「まっくろな嘘」というのがあるとすれば、その反対の〝根拠のある嘘〟ということになり、嘘そのもの。

作者は「蛇苺」の赤さから〝まっかな嘘〟を思い起こし、そこからさらに「まっくろな嘘」を発想した。「あるべし」は、あるだろう、あるに違いない、あるに決まっている、という推量で、そう言われれば、黒い霧、黒い政治家、黒幕、などというときの〝黒〟はいつもそこに〝嘘〟がある、というひびきをつつんでいる。このように何かをはっきり言い切ることも俳句の快感、大胆に意表を突いた潔よい一句であった。

＊

この編の終りになって、中嶋秀子さん主宰の「響」一周年記念号が届き初見、「一念の一年涼し一雫　秀子」があり嬉しかった。今瀬剛一主宰「対岸」、鈴木鷹夫主宰「門」も順調に発展しており、それぞれ独立誌なのだが、ついに三誌とも取り上げる余裕を持たないでしまった。次回を期したい。三ヵ月間の執筆、いろいろ勉強させていただいて感謝、この号で私の担当を終る。

現代俳句月評

「沖」平成7年7月

向こう三ヵ月間、この欄を担当することになった。わずか二頁の紙幅で多くは取り上げられないが、すぐれた俳句のいくつかを総合誌の中から拾い上げていきたい。

群肝の心ゆらげる牡丹哉　川崎　展宏
（「俳句」五月号）

こういう形の「牡丹」となると、まず〈ぼうたんの百のゆるるは湯のやうに　森澄雄〉が思い出される。こちらはゆらいでいるのは「牡丹」のほうであるが、掲句は「心」のゆらぎの展開である。眼目は「群肝」で、単に「心ゆらげる」であれば、上五をどんなに修飾しても陳腐極まりない「牡丹」になるところであった。「群肝」は〝群がる肝〟の意で、心にかかる枕言葉、それを幹旋したのはやはり作者の美意識であった。実景としてゆらいでいたのは牡丹であったろう。そのとき「心」も一緒にゆらいでいたのだ。それに気づいたとき、そこから飛躍して「群肝」が動員された。「牡丹」を外側からではなく、内側に映った景として照射し、独自の美しさを出している。

新緑が暮れゆく語り部と火箸　牧石　剛明
（「俳句」五月号）

旅吟のようである。「新緑が暮れゆく」で、まずゆったりとした自然の景が展開される。そうした効果の中で舞台は一転して「語り部」の部屋。「火箸」とあるから、ここにはちょろちょろと夏炉が焚かれていよう。実に〝遠野〟的な舞台だが、どこにも〝遠野〟という断りがないから、読者はどこでもそれらしい土地や場所を自由に連想していい。この訥々とした写実の顕つところには、一切のものを一気に包み込む直感力がはたらいている。いい季節の、いい土地の、いい時間。かつてそのようにあって、今は細々と息づいている伝承文化、それを懐かしさの中で、いつくしむように言い止めている。

味噌玉の面魂を吊すかな　大石　悦子
（「俳句」五月号）

「味噌玉」の形は、四角っぽいものや、宝珠形のものなど、農家の伝統や好みによっていろいろ。藁でからげて先端を綯い、二つを対にして竿に吊るす。吊るす場所も屋内であったり、軒であったり、これもその地方によってまちまち。昔農家では炉や竈を焚いたので、屋内のものは〝燻し〟による着色の効果があったようだ。
この句の面白さはひとえに「面魂」という擬人法の把握にある。そう言われれば確かにそのように見えてきて、とても可笑しい。大胆に踏み込んで、このエスプリなかなか愉快である。

一片の死魚の汚もなし春渚　藤田　湘子
（「俳句朝日」創刊号）

平成七年五月一日付で、「俳句朝日」が創刊された。隔月刊で、カラーや顔写真をふんだんに取り入れ、どちらかと言えば初心者向けの、目で見て楽しい俳誌である。

掲句は、「一片の死魚」の〝一片〟の形が思われる。汚染海岸や釣り場などで打ち捨てられている小魚、半乾きのまま腐乱したりしている。それが「汚」なのであろう。望ましくない景として記憶に沈んでいたものが、ここでは対比の形で浮上している。ここの「春渚」は、空はあくまでも晴れ、海は眩しく輝いている。人影もあまりない渚のようだ。のどかで、清浄で、気の遠くなるような悠久の時間が流れていそうだ。
中七までのネガティブな表現が、「なし」の打ち消しによって下五にわかに明るさに転換されている。環境美化のお手本にしたいような句である。

花散るや胸の奥処《おくど》に青き水脈《みを》　角川　春樹
（「俳句朝日」創刊号）

「敗れざる者」と題する百句の中の一句で、作者獄中にあっての作。コカイン事件の被告となって、この作者に向ける世間の眼は厳しいが、作品は作品として正当に評価されるべきであろう。
獄中にあって、消沈、鬱々の中、なお「胸の奥処」に流れる一縷の「青き水脈」。それは精神の強靭さを恃みとするものなのか、やがて疑いの晴れる日を待つ心情なのか、俳句へ向ける情熱なのか、いずれにしても逆境にあってなお失うまいとする矜持、それが「青き水脈」に象徴されている。ここには澄んだ思念があり、その健さにおいて最も心惹かれる一句であった。なお作者はいまは保釈の身であり、

敗れざる者歳月に火を焚けり

と剛のところを見せている。

みどりごのてのひらさくらじめりかな　　野中　亮介
（「俳句研究」六月号）

第十回俳句研究賞受賞作品五十句の中の一句で、この作者には他にも、

花吹雪子は双腕を櫂となす
螢火のいつか寝息と添ひにけり
夜蛙のこゑに満ち来る乳房かな
夕蟬やつつみて洗ふ子の両手
蓑虫の乳母車まで降りて来し

など、子に関して詠った句が多い。昭和三十五年の生まれというから、まだ三十代の若さ。掲句は「みどりごのてのひら」が「さくらじめり」であった。というその発見が手柄だ。一行すべてのかな書きも、軟らかいみどり児の感触をいつくしむ表現に相応しい。かつて鷹羽狩行にすぐれた〝吾子俳句〟があったが、吾子俳句も詠める時に詠んでおくのがいい。時間は待ったなしで、どんどん過ぎて行くから。

現代俳句月評

「沖」平成7年8月

安達太良の春朝焼をつらら籠め　千代田葛彦
（「俳句」六月号）

前回取り上げようとして割愛した句に〈暁紅に滴たる春の氷柱《つらら》かな　有馬朗人〉（「俳句朝日」創刊号）があったが、この両句はどちらも〝春の氷柱〟ということでよく似ている。この二つの〝氷柱〟にはどちらも「朝焼」と「暁紅」という色を宿している。懸列する氷柱の一本ずつが、日の出寸前の光を受けて真紅に染まり輝いているのだ。こういう自然の景に遭遇することは至福とも思えて比類なく美しい。有馬氏の句は写生、千代田氏の句には土地への挨拶が籠められている。

早梅や三界の風腥し　市堀玉宗
（「俳句」六月号）

第四十一回角川俳句賞受賞作品「雪安居」と題する五十句の中の一句。作者は石川県在住の三十九歳の僧侶。鶴見・総持寺での修行の生活を五十句に纏めたもので、その表現には安定感がある。ただ惜しむらくはこれという決定打に乏しく、それが選考委員たちの不満でもあったようだ。そういう中で一句となると、私はやはり掲句を採る。ここには修行僧としての清浄への願望がある。その願望の妨げにあるのが、「腥し」なのだ。「三界」には仏教的な意味づけがあるが、要するに衆生が活動する諸々の世界のこと。〝煩悩即菩提〟という言葉もある。いまは掲句の通りでいい。不浄なものへの峻烈な拒否感、それは信仰に生きる若さと純粋性のゆえ。修行のさなかにあって、清浄と不浄の間に心が揺れ動くのである。それもいずれ克服されよう。

母の忌のいつよりききやう白桔梗　長谷川久々子
（「俳句」六月号）

この「白桔梗」は庭先に咲いているものを剪って来たものであろう。もちろん紺のものも混じっているに違いない。そのコントラストの中での「白桔梗」と思いたい。「いつよりききやう白桔梗」と畳み込みながら、最後に「白桔梗」を際立たせるところが面白い。「いつより」と言っているが、これも毎年の慣わしになっていることを伝えて、なかなか奥深く、おくゆかしい。

初蝶の白を容れゐし波頭　石　寒太
（「俳句」六月号）

「初蝶」とは意外に一途なところがあって荒々しい。たとえ「波頭」の上であっても一向に平気なのだ。ただし、まだ陸からそう遠く離れる力はない。作者の眼は、「初蝶」の微小な〝いのち〟と、それをいつくしむように遊ばせる広大な海の「波頭」との交歓に専らの興味を注いでいる。この「初蝶」は〝白〟だが、「波頭」もまた〝白〟なのだ。その視覚から来る両者の眩しさもこの句の一景だ。

何もせぬうちに昼どき紫木蓮　村沢　夏風
（「俳壇」六月号）

現役のサラリーマンなら、早朝に起き、朝食を済ませ、早々と家を出る。そして会社に着けばタイムカードを押し、昼までにはかなりの量の仕事をこなす。自由業、あるいは悠々自適の人の身には、そう時間の観念がない。私も最近〈家にゐてすぐに十時や春雀〉という拙句を作ったが、どこかに共通項があるようだ。「何もせぬうちに」と言っても、身の周りのこまごましたものを片づけたり、客があったりしての「何もせぬうちに」なのであろう。一句の悠長さを「紫木蓮」がよく支えている。

玫瑰やこころの火種つねにあり　新谷ひろし
（「俳壇」六月号）

二句一章の見本のような句で、「玫瑰」と「火種」ということの異質なものの取り合わせにこの作者の並々ならぬ力倆、詩心の激しさ、勁さを思う。「玫瑰や」の「や」の切れが見事で、中七以下の展開が鮮やか。「こころの火種つねにあり」には唸らされる。ものを創造する者、つねにこういう自恃、矜恃を持ちつづけたいものだ。

佐保姫の一尖兵か天道虫　大高　民郎
（「俳句研究」七月号）

「天道虫」は歳時記では夏の季語に入っているが、暖かければ春先にでも出て来る。「佐保姫」は春の野山の造化をつかさどる女神だから、この句は季重りである。作者はそれは重々承知で、それだから「一尖兵か」と「天道虫」を脇役に使っている。この一語の擬人法によって、「天道虫」のあのくるくるした愛らしい姿態がぽかぽかした春先の日和の中によく見えて来る。

病み慣れし鯰男の花惜しみ　山上樹実雄
（「俳句研究」七月号）

「鯰男」という言葉がどうもよく分からないが、もしかしてこれは作者の造語かも。〝鯰〟は川の深い岩陰などに潜んでいるから、あるいはこれは「病み慣れし」男の戯画化とも受け取れる。いずれそんなに深刻でないのが救い。「花惜しみ」とは、花そのものにいささかの距離をおいた措辞で自愛の思いが深い。

青と青なりし賢治の風の色　森　玲子
（「俳句研究」七月号）

宮沢賢治の出生の地である花巻を旅しての作らしい。「青と青なりし」と捉えるこの人の感性は非常に若々しい。「賢治の風の色」ときっちり押さえるところもなかなか非凡である。宮沢賢治の童話「風の又三郎」もよく読まれているに違いない。私も花巻に住んでいるが、こういう感覚で詠まれた俳句をついぞ読んだことがなかった。ちなみに来年は宮沢賢治生誕百年に当る。

現代俳句月評　「沖」平成7年9月

気まぐれに高野聖を裏返す　　中村　苑子

（「俳句」七月号）

「高野聖」は〝どんがめ〟〝河童虫〟とも言われる「田亀」のこと。〝源五郎〟のように水中に棲む虫で、背の紋様が高野僧の笈を負うた形に似ているからという。日本語の名詞にはよくこういうこじつけがあって読みが難しいが、それが分ると謎解きのように面白い。作者も多分に、そういうこじつけの機知を楽しんでいる。同時に、そういう重い名を負わされた小動物を哀れみ、愛しんでいる。それだから真面目に「気まぐれに」なのであった。

底《そこ》翳《ひ》には塩竈桜厚ぼつた　　佐藤　鬼房

（「俳句」七月号）

「底翳」は黒内障、白内障、緑内障、の総称という。この句のよろしさはあくまでも下五の「厚ぼつた」にある。この「厚ぼつた」には、〝厚ぼったい〟の〝い〟が省略されていて、普通の書き言葉としては極めて不安定である。が、それでいて「塩竈桜」を受け止めて据りがいい。不安定のようでいて不思議な安定感を保っている。危きに遊ぶこころがあってこういう句が出来る。

熊襲国栖土蜘蛛蝦夷蛸薬師

も同時発表の作だが、これは漢字ばかりを並べて〈クマソクズツチグモエミシタコヤクシ〉と読ませ、歴史上のマイナスイメージを逆手に取っている。ともにしたたかな諧謔精神である。

黴の世の聖書に黴びぬことば満つ　　遠藤若狭男

（「俳句」七月号）

人間社会は欲望社会である。欲望はしかし人間生きるために本然に備わったもので決して悪いものではない。問題はそのコントロール。コントロールを忘れた欲望社会は堕落社会で、まさに「黴の世」なのだ。キリストが伝えた「聖書」には、神の啓示に満ちた言葉や、愛や真理の言葉がいっぱい詰まっている「黴の世」「黴びぬことば」の、この逆転の発想がいい、「満つ」という一語も敬虔にして一句に抜き差しならぬ緊密感をもたらしている。

旅なれや春の潮《うしお》の片瀬波　金子　兜太
（「俳句朝日」7・8月号）

この「旅なれや」という肩の力を抜いた詠嘆の仕方がまず目出たい。〝春の海〟は〝ひねもすのたりのたりかな〟という風にのどかである。ここでは〝春の海〟ではなく「春の潮」であるが、〝海〟であることに変りはなく、表現されたところの景からはもう一方に岩のごつごつした磯辺のあることが連想される。そのこちら側にある「片瀬波」のきらめくところは、小石まじりの静かな砂浜のようだ。こういう景に心を澄ませ遊ばせるのも旅の旅たるよろしさ。その時の興に乗り、リズムにまかせて、こういう自在にして定型きっちりの句も作って見せる作者である。

脱ぐまでもなき羅《うすもの》を乱れ籠　鷹羽　狩行
（「俳句朝日」7・8月号）

「脱ぐまでもなき」の措辞には、〝脱かずともよい〟〝脱ぐに及ばない〟という「脱ぐ」ことへの否定の意味があり、時間的には脱がずとも通せる「羅」であったことが伺われる。けれども「羅」は確かに脱がれた。この女人には暫くの間くつろぎたかったのか、ほかに別の用事があったのか、とにかく、「羅」は脱がれた。「乱れ籠」がその脱がれたさまのしどけなさを伝えて艶な一句になっている。

宸翰《しんかん》に紙魚なきことを宜《む》べとなす　森田　峠
（「俳句朝日」7・8月号）

「宸翰」は天子の書いた文書で、〝宸筆〟とも言われる。弘仁九年嵯峨天皇の時代に疫病が流行して、これが救済のため、天皇自ら紺紙に般若心経を書写され、悪疫を払われたことから、代々の天皇もこれに習って書写され、その宸筆は大覚寺の心経殿、仁和寺、青蓮寺、金台寺等に奉安、現存されている。作者はそのどれかを拝観されたのであろう。どれも保管方法に万全を期しているから、もちろん「紙魚」などつく筈もない。それをうけがっての「宜べとなす」である。取り合わせの妙で読ませる一句である。

旅にして蛇見し時間ふくらめる　藤田　湘子
（「俳句研究」八月号）

「旅にして蛇見し」というようなことはよくあることである。私は飛驒高山の白川村、〝合掌部落〟に泊まった翌朝の散歩で出くわした。蛇などしょっちゅう見ているのに、旅先であれば、お前、ここにもか、という感じである。そういう経験は誰にでもあろう。しかし「蛇見し時間ふくらめる」とは今まで誰も言わなかった。これは実景、実体験が時間の中に沈み、ある集中力の中で、内から発酵して浮上した言葉である。こういうオリジナリティは個に根ざしているだけに強い。しみじみ脱帽の一句であった。

三千の実梅六百巻の経　伊藤　柏翠
（「俳句研究」八月号）

「三千の実梅」の拠って立つところは分らないが、あまり難しく考えないで、一本の梅の若木なら、およそそれくらいの数の実はつけていようと思う。「六百巻の経」となるとこれは明らかに〝大般若経〟だ。菩提寺が近くの寺で大般若会の転読が行われていることが容易に想像がつく。これも「三千の実梅」と「六百巻の経」の取り合わせが絶妙で、背景も広く、この雅趣もなかなかのものと思った。

現代俳句月評　「沖」平成7年10月

分《ぶん》蘖《けつ》を終る稲の葉露むすぶ　福田甲子雄
（「俳句」八月号）

この句には稲の生育への愛情が底流していて、それが心にすとんと落ちて来る。「分蘖」を終えた稲は密々としてもっとも成長の盛んなとき、これから丈も伸び、穂孕みへの準備期間に入る。太陽の光も十分に欲しいときだが、どうやらこの稲は順調のようで、豊作への期待も予感させる、それが「露むすぶ」に象徴されている。ことさらに風土性などと言う必要はないが、ここには確実に風土の風光が見えている。

ジャスミンの夕花影のナイル河　石原　八束
（「俳句」八月号）

「仮幻の涯」と題する特別作品百句の中の一句。国内詠、外国詠も入れて多彩な世界を展開している。中でこの句にもっとも心惹かれた。一句の風姿、その調べが実にいい。「ナイル河」という超大景の中で捉えた「ジャスミンの花」それも「夕花影の」と絞ることによって、この景は一層雄大、茫洋として来る。外国詠にして自然体の諷詠、一句に流れる抒情性もしなやかに勁い。

服薬の水は青葉にかざして飲む　岡本　眸
（「俳句」八月号）

入院中の服薬なら看護婦の運んで来る番茶で飲むのが普通だが、家に居ての服薬なら、手っ取り早く水道の水ということになろうか。普段はただの水に過ぎないが、「青葉」の頃になると、コップの水が青葉に透くのである。ここには季節への敏感な反応がある。内に自愛の思いを秘めながら、そう深刻ではなく、むしろ表現はさらっとした健康感に溢れている。この人は相変らず身辺の些事を詠むのが上手い。一日一日の生活を大切にし、それが充実しているからであろう。

息継ぎもせでみんみんの声煮立つ　土生　重次

（「俳句」八月号）

詩は発見であるという。写生はものを観察することから始まるが、観察の行きつくところはやはり発見であろう。発見のない観察は単にものの存在をなぞるだけで、到底、実景には及ばない。観察とは深く見て、深く思うことであろう。そしてそこから立ちゆらぐものを見つけることであろう。掲句はまさに立ちゆらぐものを見ている。「息つぎもせで」までは誰にでも言えそうだが、「声煮立つ」となると、これはもはや他の追従するところではない。あくまでも作者独自の把握だ。この句は観察を超えて一気に直感に到り得ている。まことオリジナルの一句と言える。

植田あり名に過ぎたれど草の王　森　澄雄

（「俳句研究」九月号）

「草の王」は長ずると一見〝竹煮草〟に似るが、春から夏にかけて庭の隅や山野に四弁の黄色く美しい花を咲かせる。手折ったり刈ったりするとその茎から黄濁の毒々しい汁を出し人から嫌われる。よく見られる植物なのにどういう訳か、この「草の王」多くの歳時記に収録されていない。花は美しいが、どう見ても、〝王〟の位を与えられるような草ではない。掲句はそこのところを「名に過ぎたれど」と言いながら、一心その名の持つ位に敬意を表している。この飄逸味が面白い。

きぬぎぬの手紙に月下美人咲く　神蔵　器

（「俳句研究」九月号）

古今和歌集の恋三に、〝人に逢ひて、朝によみて遣はしける〟と前詞のある〈寝ぬる夜の夢をはかなみまどろめばいやはかなにもなりまさるかな　業平朝臣〉という歌があるが、これなどまさに「きぬぎぬの手紙」であろう。「月下美人」はその名のように純白の美花だが、花の命は短く、ひと晩でしぼんでしまう。この句は王朝人の恋の激しさ、切なさと、月下美人のはかない美しさをダブルイメージさせている。このように表現されると「月下美人」もやはり一夜の純愛に激しく燃える花のように思えて来る。

遠国の友との鮎や錆びてゆき　鈴木六林男

（「俳壇」九月号）

この句は、同じ行動や経験を共有する友と久し振りに会い、「鮎」をつつきながら一献傾けている風に見え、それに違いないのだが、一方では「鮎」を通してかつてそうであった「友」との回想とも受け取れる。臨場感としては前者のほうがストレートでいいのだが、後者の感慨としても悪くない。どちらにしても「遠国の友との鮎」の内包する重み、そのひびきがいい。「錆びてゆき」は「鮎」ではなく、明らかにその友との関係、戦後五十年という時間の風化、お互いの齢の現在の在りようの表白で、ここにはそこはかとない孤独感が漂っている。

犬の蚤雨に消えたり黒船祭　進藤一考

（「俳壇」九月号）

「黒船祭」はペリーの黒船が四月十八日伊豆の下田に入港したのを記念して、毎年四、五月ごろ町をあげてする祭という。私はまだその祭を見たことはないが、この句の面白さは、そこに「蚤」が登場することである。今どき「蚤」がいるのか、私は犬を飼ったことがないので分らないが、作者は確かに犬の蚤が雨に消えたのを見た。祭の賑わいの雑踏の中においてである。これは実のようで虚、虚のようで実とも見え、この意外性、飄逸味にはつい微笑を誘われてしまった。

以上、この欄の執筆は三ヵ月の予定であったが、編集部の都合で一ヵ月だけ延長となった。多くの共鳴句の中から取り上げたのはほんの一部、いい勉強をさせていただいた。

（二）草笛

現代俳句渉猟

「草笛」平成13年2月

平成十二年度の俳人協会賞予選委員を委嘱されて沢山の句集を読んだ。かなりの緊張感、集中力、時間とエネルギーの必要な作業であった。対象年齢は五十歳以上、対象句集は三百二十五編、その中から六十五編が選ばれ、最終選考会でさらに十五編に絞られ、これが本選に送られた。

いい句集も沢山あったが、マンネリを突っついて退屈な句集、新しい感覚で意欲もあるが、それが最後まで持続出来ない句集、この人はここらが限界、この人は次の句集が楽しみ、といろいろであった。いい句集とは、その個々の作品が一定の水準にあり、その中に多少の凡作はあっても、全体として作者の姿勢なり個性が際立っていることであった。

予選通過の六十五編の中から、私が最終選考会に推した十編のうち三編が落とされた。二十人の委員による採点集計結果で、これは止むを得ないことであった。

それともう一編、第一期選考のとき、八十代に入ったばかりの女流の句集に凄いのがあり、私は上位に推し、他の委員も推していたのだが、惜しむらくはこの句集、集中に同一句が二句入っており、これは句稿整理のミス。従って句集としては不完全、ということで予選通過以前に落とされた。地方にいて一誌を主宰し、本格派の実力俳人であっただけに、この単純なミス、残念なことであった。

魚籠の中紅葉の色のほか見えず　　小原　啄葉

（「樹氷」十一月号）

ひたすら「魚籠の中」に焦点を絞って、他の夾雑物は一切排除している。言っていることはひとえに紅葉の美しさ。この魚籠の置かれているところ、釣堀のようなところでも構わないが、一句の風姿から渓流のようなところが似合いそうだ。目に染みるような紅葉、それが「魚籠の中」に映っている。〝水〟が写生の中に省略されている。この作者には以前にも〈魚籠の中水流れゐる二十日盆〉の作があるが、どちらの水もよく澄んでいる。即物具象の描写で、景がよく見える。

浴衣帯解けばわけなく身を離れ　　岡本　眸
（「朝」十一月号）

「解けばわけなく」は一見ただごとのように見える。が、ただごとでも、そこに作者の〝ものの見えたるひかり〟が宿っていれば立派な俳句になる。句意は一目瞭然、「帯」がするりと落ちたのだ。手を添えるいとまもなく、自らの意志のように落ちた。帯は解かれたことによって、その日の役目の終ったことを察知したかのごとくである。実際は疲れていたか、考えごとをしていたかに違いないのだが、そこは述べず、ただ「身を離れ」の眼前一事のみ。「わけなく」の機微の捉えように心惹かれた。

恍惚といふ金縛りゆきをんな　　田中　水桜
（「さいかち」十一月号）

「ゆきをんな」は幻想のものだから、これをリアルに詠むのはなかなか難しい。あまり現実味を持たせると嘘っぽくなるし、ムードだけだと漠然としたものになる。この句は視覚的に「ゆきをんな」を表に出していないのがいい。それでいて妙齢の「ゆきをんな」が思われて来る。東京麻布に住み、まもなく八十歳になられる作者。怖いもの見たさ、また期待感あっての表出だが、「恍惚」とは、その思いが虚実皮膜にあって、なかなか艶冶な趣である。

蜂は巣を空にしてをり新走り　　今瀬　剛一
（「対岸」十二月号）

この句の面白いのは二物の空間の取り方。蜂は秋口頃までにはみな巣立って、十分に餌を取り、日を浴みて、霜の降りる前にかたまって冬眠に入る。「新走り」を飲んでいるところは多分開け放たれた畳の部屋か、もっとくつろいだ縁側か。そう想定するとこの蜂の巣の所在がおのずから見えて来る。ふっと眼をやったところの、多分、軒。足長蜂の巣などが思われる。そういうところで飲む新走りなら、さぞ美味であるに違いない。

膝前は鰡《しいら》の海や穴大師　岡井省二
（「槐《かい》」十二月号）

「膝前」は〝ひざさき〟と読むのであろう。「穴大師」は空海が修行したと言われる洞窟。余談だが、穴大師ではなく、〝大師穴〟というのもあって、こちらは炭竈の煙出し。炭竈に煙出しの穴をつくることを弘法大師に教えられたと伝えられ、〝弘法穴〟とも。穴が頭と尾に付くことによってこんなにも意味が違う。

掲句は四国の、太平洋に面した室戸岬あたりの断崖が思われて来る。弘法大師空海は青年の頃、修行のためこういう難所を跋渉した。華厳や密教の真理の海に身を浸し、その法悦境に〝マンダラ俳詩〟を展開するこの作者の、これは景に即した空海鑽仰の一句と言えよう。

枯故郷捨てしにあらず捨てられし　木附沢麦青
（「青嶺」十二月号）

むかしは青雲の志とか、男子志を立てて郷関を出づ、などとよく言われたものだが、そのようにして出て行っても、後から考えれば、誰もが掲句のような感慨に浸かるのではないか。いくつになっても、兎追ひし彼の山…は心から離れないのである。「捨てしにあらず捨てられし」の逆説に納得させられる。

現代俳句渉猟　「草笛」平成13年4月

一校舎第二校舎や桜の芽　猪俣千代子
（「俳句朝日」三月号）

母校の景であろうか。「第二校舎」とあるから「一校舎」のほうにも「第」を冠してもよさそうなものだが、これはリズムを調えるためか。普段の呼び方がそうであるためなのか。そこのところ少し気になるが、全体としては大らかでなんとも心地よい。大きな校舎で、周りには桜の並木があり、間もなく花爛漫の時を迎えようとしている。その期待が内に躍っている。

綿虫に風鐸いつまでもしずか　小宅容義
（「俳句朝日」三月号）

「綿虫」と「風鐸」の取り合わせで出来ている句で、一方は浮遊する小動物、一方は無機質の物。そして一方は目の高さにあると思われるし、一方は頭上にある。この空間には風一つない。作者は「風鐸」の音を期待しているのだが、ついに鳴らない。それが「いつまでもしずか」の措辞。言葉が訥々と確かめるように配られ、作者の吐息まで聞こえそうだ。西安での作、背後に大きな塔や伽藍が見えて来る。

冬の鵙黙りこくつて尾も振らず　青柳志解樹
（「俳句朝日」三月号）

鵙の鵙らしさは、その鋭い鳴き声と精悍さにあるが、ここに登場する鵙は静かで、いかにも「冬の鵙」らしい。それは「黙りこくつて尾も振らず」の俗談平話の言いまわしによって据えられている。作者は造園業を営み、「植物文化の会」も主宰している。ダンディーだが、飄々として飾らない人柄、それがこの「冬の鵙」への愛情にも現われている。

冬蝶の黄もたまらずに飛ぶ日和　深見けん二
（「俳句研究」三月号）

どこかでじっと身をひそめていた「冬の蝶」が、思いがけないぽかぽか陽気に誘い出されて飛び立った、ということだが、注目するところは、「黄もたまらずに」だ。先に視野に入ったのは、その色の「黄」であったのであろう。「蝶」と認識するのはその後という風だ。実際には同時であったのであろうが、実感としては「黄」が先。レトリックの巧みさで読まされる句だ。

撥ね強き枝をくぐりて一の午　石田　郷子
（「俳句研究」三月号）

どこかの稲荷神社か稲荷の祠。境内の植込みか、細い参道の脇にでも入ったのか。うかつにも予期しないところで、ばしっ、と来るあの枝の撥ねは思わず、うっ、と唸るほど痛い。それが「撥ね強き枝をくぐりて」だ。どうしてそんなところをくぐらなければいけなかったのか、と言いたいところだが、そういうところをくぐるのもまた「一の午」らしい。

川の面や菜の花色の帯を織り　遠藤美由樹
（「俳句研究」三月号）

一面の菜の花畑。そこを一本の川が流れており、菜の花の黄が川面を染めている。明るく目映いばかりの景。「菜の花色の帯を織り」は、まだ三十代前半にあるこの作者の弾んだ想像力。〈早春の頁《ページ》うたた寝してをりぬ〉〈一輪車もうすぐ蝶々生るるよ〉〈春月の中ゆく猫の鉤尻尾〉などの感性もよく、今後楽しみな人だ。

万両や億の単位は明治より　戸恒　東人
（「俳句」三月号）

植物の「万両」から貨幣の「万両」へ移行し、そこから数字の「億の単位」へと飛躍している。明治になって〝円〟が制定された時からのことであろうが、この機知にも似た発想、なかなか面白い。税関や大蔵省理財局、造幣局の要職を歴任されている作者だから、このように遊びごころで数字の俳句が出来る。「明治より」には説得力がある。

梟に丹田こころもと無かり　　奥坂　まや
（「俳句」三月号）

「丹田」というところ、臍の下の下腹部にあたるところ。ここに力を入れると健康と勇気を得ると言われる、と広辞苑にある。そこのところが「こころもと無かり」と言う。なぜか、と聞きたいところだが、作者はすでに問診を出している。原因は「梟」の闇、あるいはその声。部屋で寝ているのか、夜道を歩いているのか、どちらにしても怖い。勇気を出そうと頼りの丹田に力を入れるのだが、それが「こころもと無かり」だ。多分少女期の思い出、いや現在もそうかも。

日脚伸び鳶をかまひにゆく鴉　　大峯あきら
（「俳句」三月号）

鴉は縄張り意識が非常に強いが、雀や鳩、鶫や尾長、鵯、ほか自分より小さい鳥には意外と寛容で、決して追いかけたりはしない。瞬発の飛翔力では小柄の鳥のほうが早いからか、雛を狙ったりしないからか。その鴉、鳶を追うのは昔から。特に日脚が伸びる頃になると鴉は巣造りの支度にとりかかるから、上空に来る鳶には殊更に警戒する。「かまひにゆく鴉」に大らかな抱擁力があって、この景なかなかいいと思う。

現代俳句渉猟　「草笛」平成13年6月

引く波にさらはれてゆく蝶々かな　　今井杏太郎
（「俳壇」五月号）

この句を読んでゆくりなく安西冬衛の詩、〈てふてふが一匹韃靼海峡を渡って行った〉を思い出していた。どんな小さな動物でも、ときには思いがけない行動をとることがある。冬衛の「てふてふ」は自らの意志において海を渡って行ったのだが、掲句における「蝶々」は「さらはれてゆく」という擬人法。海辺などで遊んでいると、よく蝶が海上に乗り出すのを見かけるが、作者はそれを蝶の不如意のかたちで捉えた。蝶々は戻って来ることが出来るのか、出来ないのか。引く波の大きな力と、点にも満たない蝶の力。その〝危うさ〟が一句の余韻を深めている。

旅の緒の芽麦畑の二枚かな　　蓬田紀枝子
（「俳壇」五月号）

「緒に就く」の「緒」が、まず俳句的な省略。電車が街を出てしばらくすると、窓外にうっすらとしたみどり、冬枯れが深まって来ているから、このみどりは眼に鮮やかだ。黒々とした土も見え、すぐに「芽麦」と分かる。それが大きな畑の二枚。「二枚」の限定はいかにも麦畑らしい。いよいよこれから旅が始まる、という実感が伝わって来る。〈春障子観音竹をひたと寄せ〉の光と影の至近感の調和にも、巧まない写生のよろしさがあった。

耕して筑波をいまだ映さぬ田　　千代田葛彦
（「俳句研究」五月号）

すでに「耕し」は終っていて、いつでも水を向けられる状態の田んぼ。それなのに周りの田んぼと共にそのまま日に干されている。農家の日程によってそうなっているのに違いないのだが、作者には早く隅々まで水を張った代田が見たい、という思いがつよい。そこには筑波の男体、女体の二峰が映るからだ。そういい景を待ち遠しく思うのは筑波への特別な親しみがあるからであろう。「いまだ映さぬ田」に、映ったときの「筑波」が鮮明に見えて来る。凄い描写力だ。

鳥に指鉄砲向けて愛鳥日　檜　紀代
（「俳句研究」五月号）

〝肘鉄砲〟なら聞いたことがあるが、「指鉄砲」は聞いたことがなく、広辞苑など手許の辞書にもない。けれどもよく分かる。輪ゴムを飛ばすときや、人にいたずらをするときのあの仕種、誰にでも経験のあることだ。近くに小鳥が来ていて、茶目っ気たっぷりにそれに狙いをつけてみる。狩猟本能のかすかなくすぐりもなしとはしないが、本気ではなく、やってみて楽しんでいるだけだ。この大らかさが面白く、いかにも愛鳥週間の日らしい。

カステラを切る初蝶は別の家へ　矢口　晃
（「俳句研究」五月号）

新鋭作品二十一句の中から。「カステラを切る」と、「初蝶は別の家へ」の間には寸時の距離があって、それがこの句を弾んだものにしている。カステラに刃を入れる寸前に初蝶が横切って行ったのか、庭などで目で追ったあとカステラを切っているのか、その辺の微妙なところは計り難いが、いずれにしても初蝶を見たという喜びの中でこのカステラは切られている。昭和五十五年生れの作者、倒置法をうまく効かせて感性が若々しい。他に〈風船の絡まつてゐる出店かな〉〈囀を入るる器のなかりけり〉も情にべたつかない潔さがあった。

秩父鉄道以南の名なき山笑ふ　藤田　湘子
（「俳句」五月号）

特別作品「何も終らず」と題する五十句の冒頭におかれる一句で、「秩父鉄道」というローカルなひびきが懐しさを誘う。さらに「以南」によって明確に区切られる低山のよろしさを思う。その山々は周辺の人々の生活と日常的にかかわる山、自然の豊かさを与えてくれる山だ。その「名なき山」たちが笑う頃、人々も、さあ忙しくなるぞ、と顔をかがやかせる。

表現の上では「以北」が隠されている。そちらには遠く仰ぐ高山や名山が秀を競っていよう。それを押えての表現だから「以南」が生きる。五十句はその量と質において読み応え十分であった。その中からもう一句。

蹼の煽りて行けり蜷のみち　藤田　湘子

「蜷」には塩分の少ない入江などに住む海蜷と、川や湖沼に住む川蜷とがある。そのどちらにしても、この句は水中の景だ。蹼を持つのは、蛙、水鳥、かわうそなどだが、ここではどうも鴨などの水鳥のようだ。煽られているのは蜷そのものではなく、「蜷のみち」だ。ここには明らかに二つの異なった動物が登場しているのに、両方とも表面には顔を出さない。水底の泥が見え、そこに蜷の通ったみちが見え、蹼のゆるやかな動きが見える。まるで水中カメラの眼だ。それでいて水面上の景もそれとなく分かる。

この五十句には、こういう場で取り上げない句が沢山あった。〈白魚のいろはなけれどありありと〉〈ばうばうと目刺火まみれ事成就〉〈腰骨に帯きつちりと牡丹の芽〉差し当り、こういう句を取り上げたかった。今俳壇全体の作品の衰微が言われており、人ごとでない思いを強くしているが、湘子氏のこういう自在、充実の句を読むと勇気が湧いて来る。

現代俳句渉猟

「草笛」平成13年8月

去る五月二十四日、私の俳句の師能村登四郎が満九十歳をもって逝去された。二十七日が通夜、二十八日が告別式で、岩手からは私のほか門下の工藤節朗、及川茂登子、栗城光雄、岡部玄治、栃内和江の同人たちが参列し、師との最後の別れを惜しんだ。

能村登四郎は「馬酔木」の水原秋櫻子門で、そこに根を据えつつ、作品面では人間探究派の石田波郷、加藤楸邨、中村草田男の影響を受け、中でも楸邨に多くの影響を受けた。ために最後の人間探究派とも言われたりした。

登四郎は昭和四十五年十月に〝伝統と新しさ〟を標榜して主宰誌「沖」を創刊し、旺盛果敢な作家活動を展開し、多くの俊英も俳壇に送り出した。若いときから集団の組織を牛耳ったり、振り回されることを好まず、あくまで純粋な作家活動を貫き通した。

それによって昭和三十一年第二句集『合掌部落』にて第五回現代俳句協会賞を金子兜太氏と共に受賞し、昭和六十年第八句集の『天上華』にて第十九回蛇笏賞を、平成五年第十一句集『長嘯』にて第八回現代詩歌文学館賞を受賞している。

昨年石川県の和倉に十六基目の句碑が建ち、そこで沖創刊三十周年記念大会を催したが、今年に入って体力の限界を感じ、新聞等の選者も辞退され、四月一日をもって沖主宰も子息の研三氏に継承され、以後名誉主宰に推されて句作と文章を書くことだけに絞られていた。終の句は歌舞伎の歌右衛門の逝去を悼む、

行く春を死でしめくくる人ひとり　　登四郎

であったが、それを遺して登四郎もまた「死でしめくくる人ひとり」になってしまわれた。

登四郎は七十歳を過ぎてから句境いよいよ自在となり、内面の深化と艶冶な俳風は、大らかな笑いを誘って、多くの人を魅了しつづけた。その師に逝かれた今、淋しいが、不思議と悲しみはない。それは師が現役のまま天寿を全うされたことへの祝福の思いがあるからであろう。まこと登四郎は自らの美学をもって、俳句は加齢と自照

の文芸であることを私たちに指し示してくれた。そのことがとても有難い。

われは草卵の雛や寿《いのちなが》　佐藤　鬼房
（「俳句研究」七月号）

「花地獄」と題する五十二句の中より。この句には、「三月ともなればやたらに生れる卵を母は草卵と言ひおお前もさうだと少年を叱った」と前書をつけている。

昔の母たちは多産であった。避妊もしなければ堕胎もなかった。生まれて来る子をいとおしまない筈はないのだが、育てるのに苦労が多いから、「草卵」と形容したくなるのも頷ける。少年の心に刺さったその言葉もいつか浄化され、今は「いのちなが」と自祝出来る目出たさ。前書と合せて読んで、この句とてもおかしく、優しく、すぐれた一篇の小説を読むような味わいがあった。

この五十二句、やはり読み応えがあった。〈まことにも梅に鶯千賀の浦〉〈仏壇に草餅と大燐寸箱〉〈晩春の泉洞老主寝ぼけ声〉〈ひとり寝の地獄の花に魘される〉〈うすづくや湖水みどりの冷え集め〉〈著莪咲けば屈原の死の想はるる〉などに見られるしたたかな俳諧精神、加齢による自己透視、衰えを知らない筋肉質の句風、五十二句をもって、これだけ読ませる作家は、俳壇にいまそう多くはいない。

青大将隣の駅の見えてをり　今井　聖
（「俳句研究」七月号）

「隣の駅の見えてをり」というところまで来るには、当然ながら〝手前の駅〟から出発した電車がようやく次の駅の近くまで来た、ということ。いや、手前の駅から歩いて、ようやくそこまで来た、ということか。とにかく、そこの線路のところに認められる大きな青大将。青大将は線路を越えようとしているのか、甲羅干しをしているのか。いずれ作者はそこまでしか言っていない。状況を〝もの〟に托して投げ出している。単線路のようなところを想像するのも自由。距離感を伝える「隣の駅」は抜き差しならぬほど決定的。表現された空間はここですべてストップし、青大将の存在感だけが大きい。不思議な描写力だ。

椎咲けり鈿女《うずめ》抱きたる神の香に　布施伊夜子
（「俳句研究」七月号）

記紀の天の岩屋戸で活躍するスター、天の鈿女命。その命を抱いた神はどういう神か。結婚したのは猿田彦という説もあるというから抱いたのは猿田彦かも。椎の花の匂いは栗の花の匂いに似ている。それを男の匂いの象徴として神代まで飛翔させる想像力は凄い。総合誌を漁っていても砂を噛むような作品ばかり。こういうエスプリに富む作品がもっと欲しい。

縁側は家内か外《と》か黒揚羽　宇多喜代子
（「俳句」七月号）

昔どこにでもあった家屋の景を素手で摑んだような懐しさがある。雨戸、戸袋、障子、そして畳の部屋。夜が明けて戸を繰ればそこは青空に開け渡す空間。人々はここで茶を呑み、世間話をし、昼寝をし、畑から穫れたものや木の実を干した。娘たちは恋しい男の訪れを期待して夜ひそかに雨戸一枚を開けておき、母親もそれをうすうす勘づいていて許していた。そういう舞台が「縁側」だ。そういうところならば「黒揚羽」の登場に何の障りもない。

現代俳句渉猟

「草笛」平成13年10月

新涼の奥州五十四郡《ごおり》　有馬　朗人
（「俳句あるふぁ」八、九月号）

日本六十余州のうちの奥州。勿来、白河関以北で、今の福島、宮城、岩手、青森と秋田の一部。そこに仙台伊達藩の領した陸前五十四郡があって、いま隅々まで「新涼」が行き渡っている。正岡子規にも〈背を吹くや五十四郡の秋の風〉があるから、あるいはそれを踏まえていようか。

歴史上の政治、経済、戦乱の人間模様も念頭においていることは確か。今は機上からも鳥瞰出来るから、この「新涼」と「五十四郡《ごおり》」のひびき合いは新鮮である。

女陰のごと緋牡丹の雌蕊いとほしも　吉野　義子
（「俳句四季」九月号）

「雌蕊」は花の中心の柱頭。ここは種の保存のため雄蕊の花粉を受粉するところ。それを「女陰」に比喩し、「いとほしも」と言っている。セクシーな句だが、ことさらに「女陰」を強調している訳ではない。緋牡丹の美しさと、その機能としての雌蕊のすこやかさに魅入っている。

この作者にとって、「女陰」も「緋牡丹の雌蕊」も同性として自然の造化、自分も含めて共にいとおしいのである。すでに八十歳の作者、このバイタリティーには感服する。

緑陰を大きな部屋として使ふ　岩淵喜代子
（「俳句四季」九月号）

一見大雑把な表現のようでありながら、俳句の短さの効用を最大限に生かしている。「大きな部屋として」というこの形容の鮮烈なイメージ、言われてみて、確かにそのようだと思う。一人でも、家族連れでも、グループのような団体でも、この「大きな部屋」には酸素がいっぱいあって、いかにも自由に伸び伸びと使えるという感じである。

夏草やすめらみくにの墓のかず　　成田　千空

（「俳句四季」九月号）

〈夏草や兵どもが夢のあと　芭蕉〉と発想が似ている。が、あちらは〝つわもの〟同士の争いが因。こちらは国民すべてを捲き込んだ「すめらみくに」の戦をたたかって死んだ兵の墓だ。似ていて内容が全く違う。太平洋戦争で戦死した兵士たちの墓。みな故郷に帰って、今は夏草におおわれている。そういう事実を坦々と叙して、その時代を生きた人の心の痛みを底流させている。

老人のまぐわい馬酔木こぼれちり　　八木三日女

（「俳句研究」九月号）

先ほど吉野義子氏の句のセクシーを取り上げたが、こちらはもっとストレート。ただし敢えて「老人の」というところに、ややエキセントリックな趣なしとはしない。が、それは表現上のことで、内容は目出たい。「馬酔木こぼれちり」と言っているが、この両者はひびき合うものとしてではなく、「馬酔木」はあくまでも背景としておかれ、即かず離れずの関係にある。いかにも老人のまぐわいにはこういう景が相応しいのかも、と思う。

馬やめて馬を見に来る竹煮草　　山口都茂女

（「俳句研究」九月号）

「馬やめて」は正確には〝馬を飼うことをやめて〟なのだからこれはかなり大胆な省略。何か事情があって飼っていた馬を手放し、他人の厩舎へ見に行ったのであろう。釣りをやめても釣りに関心のある人のように、いかにも馬好きの人のようだ。それを頰笑ましく眺めている作者。馬柵の外に「竹煮草」が生えていて、この景の臨場感を誘う。

七情もうすれしわれに凌霄花　　森　澄雄

（「俳句」九月号）

特別作品三十二句「生身魂」より。「七情」は七種の感情のことで、喜・怒・哀・楽・愛・悪・欲のこと。つまりは身心の欲望が少しずつ薄れて行くなか、「凌霄花」のみが、真夏の太陽に向かって燃えるように咲いている。そのエネルギーに圧倒され、感動し、羨望を感じている、ということであろう。

この特別作品は、〈五欲また汗も少なし傘寿にて〉〈夕顔を見て散策や車椅子〉〈うつ伏して両手を拳《こぶし》土用灸〉〈佛なる妻にしたしむ盆三日〉〈臥すわれに白桃われも生身魂〉ほか、三十二句みな読ませられる。全体の旋律は老境の嘆きだが、決して投げやりではなく、日々そのようにある自己へのあるがままの受容である。この意志の端然とした勁さには改めて敬服する。

杉襖より螢湧く吉野かな　藤本安騎生
（「俳句」九月号）

「杉襖より螢湧く」というような景は日本の至るところで見られよう。と言っても今は大分少なくなった。それでも、そういう所で育ったものには、原郷感として大切にある。吉野は桜の名所であり、南朝のあったところであり、そのため史跡も多い。平安初期から修験道の根拠地でもある。また吉野杉も産する。水もきれいだ。そういう背景をおいての「吉野かな」で、この詠嘆は比類なく美しい。

現代俳句渉猟　「草笛」平成13年12月

一生の残り時間の夜干梅　岡本眸
（「俳句朝日」十月号）

ある年齢が来ると誰でも自分の人生の持ち時間が気になる。自分の健康状態に合わせたり、親の享年に合わせたりして考える。自分の生の時間がどのくらいまで保証されているのか誰も分からないのだけれども、いずれ有限の時間にあるのだから、一日を生きることは有限の時間を一日減らしていることになる。そこから来る「一生の残りの時間」への思い。「夜干梅」がさり気なく置かれて、淡々と〝いのち〟のいとおしさを伝えている。

玫瑰の花の下より北狐　皆川盤水
（「俳句朝日」十月号）

「玫瑰」は日本の北部海岸の砂地の至るところに咲くが、「北狐」の登場するところは北海道、南千島、サハリン。私もかつて道東部を旅したとき、斜里から知床半島のウトロに到る途中や網走に近い原生花園で玫瑰の群落を見た。ああいうところでひょこり北狐に出会ったらさぞ驚きだろうと想像する。「花の下より」と眼前に絞った把握が、その折の状況や景を活写して余すところがない。いかにも虚心な旅の趣が出ていてなんとも頬笑ましい。

山椒魚毛布に包み来たりしは　茨木和生
（「俳句研究」十月号）

「山椒魚」を運ぶなら水を入れたバケツでもよさそうなものだが、なぜかここでは毛布に包まれて来た。傷つけないように山椒魚の習性を利用したものなのか。黒くにょろにょろしてグロテスクな生きもの。開けてみたときの作者の驚きがそのまま伝わって来る。〈熊の胆を殺いでくれたる水中り〉も同時作。「熊の胆」は腹痛、気付、強壮用の妙薬で、現今は貴重品。「水中り」ぐらいだから「殺いでくれたる」ぐらいでちょうどいい。どちらもあまり多くを言わないで余情を出している。

鬼房の潮汲みてゐる月夜なれ　正木ゆう子
（「俳句研究」十月号）

「現代の女性俳人・新作二十二句」から。佐藤鬼房は大正八年生れで現在八十二歳。塩竈市に住んで痩身、白髪の翁だ。その翁が月夜の海辺で一人潮を汲んでいる。こういう景、思ってみても能か謡曲の幽玄の趣である。鬼房という作家は東北の一隅にあって、つねに現代俳句の先端を走って来て、今も一線にある。私も何年か前に、〈龍太登四郎ことにおぼろの鬼房氏〉という句を作っているが、鬼房氏をこんなにも孤高に詠い上げることは出来なかった。この想像力、なるほど、なるほどと頷きながら、作者正木ゆう子の作家としての脂の乗りぶりを頼母しく思った。

磁気あらし壜の蝮が立ち上る　川代くにを
（「俳句界」十月号）

「磁気あらし」の「あらし」は〝荒らし〟の意ではなかろう。専門用語では〝嵐〟と書くらしい。地球の磁場に起こる不規則で大きな変動。太陽面の諸活動によって放出される帯電粒子のうち地球に達したものによって起こり、通信に障害を及ぼすと言う。「壜」の中に捕えられている「蝮」がそれを察知し得るかどうかを私は知らない。実験などによってそれが証明されているのかどうかも知らない。けれども動物には人間には測りがたい感覚器官が働いているから、あり得るかも、と思う。ましてやあの図太い態の蝮においては……。

獏に食はれ鴉に食はれ夏の夢　堀米秋良
（「俳句界」十月号）

寝苦しい夏の夜の、「獏に食はれ」たり、「鴉に食はれ」たりする夢は決して快いものではなかろう。むしろ不気味で魘《うな》される態のものであろう。人は心に不安があったり、夜更けても興奮が納まらなかったり、過去に恐怖の経験があったりすると、知らず悪夢に見舞われる。作者は数年前に重病を患い、生死の境をさ迷った。幸い現在は小康を得ているが、まだ本復までには到っていないようだ。身心にそういう不如意がある故にこういう夢を見るのであろう。一日も早い快癒を祈りたい。

重陽の姫神《ひめかみ》山雲をまとひけり　小菅　白藤
（「俳句」十月号）

「重陽」は陰暦九月九日で、別に〝菊の節句〟とも言う。中国ではこの日「登高」の行事があったそうで、日本でもそれに習った季語「高きに登る」が定着している。その重陽の日、「姫神山が雲をまとっていたという。登ったのか、登らなかったのか、ということになれば、登らなかった、ということになろう。登っていれば「登高の姫神山」となる筈だから。作者の立っているところは菊日和、はるかに望む姫神山は雲をまとっていた、という景で、いかにも「重陽」らしい句だ。

＊

本稿でこの欄の一年間の私の担当を終わる。総合誌や結社誌に対する問題意識ももたない訳ではなかったが、それをやるにはもっと広く深く読まなければならないので、もっぱら好みの句の鑑賞に終始した。独断と偏見は

承知のこと、どうかご寛恕を。

解説　〝二重性〟を包み込む「人生の俳句史」
――大畑善昭評論集『俳句の轍』に寄せて

鈴木　光影　（「沖」会員）

俳句結社「沖」の末端につらなる私にとって大畑善昭氏は、先師登四郎の愛弟子、また長年結社の実作においても精神的においても支柱であられ、まさに仰ぎ見るべき存在である。ところが、年に数度善昭氏が新年会などで上京され、立ち話の機会などをいただくと、温かな笑顔で気さくに接していただき、そのお言葉や立ち居にいつも励ましをいただいている。

この度、善昭氏が長年書き溜められた俳句評論・随筆などを纏めた評論集『俳句の轍』を読むと、いくつかの〝二重性〟を大きく包み込む「人生の俳句史」が伝わってくる。六章からなる本書の概要を紹介しつつ、その評論、また人間的魅力に迫ってみたい。

【一章「沖」に出会う　俳句の轍】は、善昭氏の「初心時代の思い出」が軽やかな文体で描かれ、時代の空気感も伝わってきて味わい深い。

　昭和三十三年、「俳句文学」主宰の前田鬼子を頼って岩手から上京、印刷会社での文撰（活字拾い）の仕事、生涯の俳句の師・能村登四郎との出会い…。そして昭和四十四年、

木蓮の寂光界を耕せり　　大畑善昭

この句が、長年選ばれなかった登四郎からの特選を得、僧侶修行の道へ進む。このエピソードは、俳人としても僧侶としても劇的だ。もちろん、「寂光界」という仏教語が使用されていることからも、この句が登四郎に選ばれていてもいなくても、仏門に入る氏の心は決まっていただろう。しかしその人生の重大な決断を後押ししたのは、長年「遠く仰」ぎ、密かに敬愛していた能村登四郎だったのだ。

　ちなみに「寂光」とは、寂光土ともいい「仏の悟りである真理そのものが具現している世界」（『広辞苑』）である。「耕せり」は、これからの厳しい仏道修行へ対する能動的な覚悟とも読み取れる。また一句が纏う抒情美からして、善

昭氏には当時既に登四郎俳句を継承する萌芽があったと言っていいだろう。

その後「沖」創刊、入会へ。仏道修行を終え故郷の岩手花巻に帰り「半農半僧」生活の出発、沖岩手支部の発足へと続く。最後は「私は今でも初心であることに変りはなく、能村登四郎門下であることに喜びを感じています」と擱筆している。

一章のこの「初心時代」は、善昭氏の出家前夜が描かれ、「聖と俗」の〝二重性〟を包み込む氏の俳句と俳論の源流であり、「俳句の轍」の途中の振り返りであるだろう。「今でも初心である」という言葉はこの初出連載があった平成七年の言葉であるが、上京した昭和三十三年から計算すると三十七年の時を経ている。氏が粛然として歩む「俳句の轍」は、これ以後も、そして今も続き、遠く遥かな寂光界を志向しているだろう。

【二章　能村登四郎・能村研三俳句鑑賞】【三章「沖」の俳人たち】では、「沖」の師達、互いに切磋琢磨する同輩、そして後輩者への評論が収められている。まず注目したいのは、能村登四郎・林翔・福永耕二という「沖」の三大俳人への評論である。それらの印象的な個所を紹介したい。

二章の「能村登四郎第八句集『天上華』ただいま少し自受法楽―能村登四郎の世界」では、第八句集に至るまでの句集を丹念に繙き句業を辿りつつ、登四郎俳句の核心に迫っている。

〈一方は現実の生活や生きざまの中で限りなくどろどろし、一方はあくまでも澄む。その両方に揺れうごく誠実な作家の精神。（略）それだから自然を詠っても必ず人間が顔を出す。登四郎のすぐれた抒情作家たる所以はそこにある。〉

三章の「古稀充足―林翔略伝」では翔の半生を辿りつつ、その俳句・人間の魅力を明らかにしている。

〈翔は自己を虚飾しない人である。反骨の人でもあり、闊達自在の人でもある。〉

第三章の「福永耕二の人と作品」では、耕二俳句の本質を次の様に言い表す。

〈耕二氏の俳句にはいつも醜いものへの峻烈な拒否と、健気に雄々しいもの、つまり純粋なものへ向ける抱擁の温かさで貫かれている。〉

また次のような貴重なエピソードも記されている。

〈句会の席上で耕二氏は「僕は沖の最右翼ですよ」と言われた。前後の繋がりは忘れてしまったが、その後この言葉は妙に私の耳に棲みついて離れなかった。（略）俳句の伝統にしっかりと腰を据え、そこに新しさを付加して行こうとする耕二氏のなみなみならぬ気概がそう言わせたのだ。〉

登四郎の特別な抒情作家性、翔の信頼の厚い人格、耕二のなみなみならぬ熱量など、善昭氏のその後の俳句人生が三者から引き継がれたものはきっと少なくないだろう。

また、森山夕樹、今瀬剛一、池田崇、川口仁志、岡野康孝ら、善昭氏の先輩から同世代にあたる俳人への評論は、良きライバルから謙虚に学びつつ、切磋琢磨し互いに成長し合おうという姿勢が感じられる。

また、現「沖」主宰能村研三、「銀化」主宰中原道夫、蛇笏賞受賞の正木ゆう子など、現在俳壇の第一線にいる、当時の「沖」の有望作家たちへ、時に厳しくも的確な評でその成長を見守っている。三章の「ただいま正午の作家たち―三十代同人特作競詠評」では、取り上げた若い作家たちの「俳諧味志向」と「けり」の多用を指摘しつつも、自己の個性を伸ばして俳句の本流を進んでほしいというエールを若者達へ送っている。

以上、二章と三章を概観してきた。その中で、俳句を始めて五年目の、今の私の胸に熱く迫ってきたのが三章最後の「個の孤の道―沖風ということ」である。

登四郎による〈「沖」カラーへの警鐘〉の言を基点に俳句結社や俳人の進むべき道を提言する、という全体構成である。その中で善昭氏は「個」の俳人として、もしくは人間としての存在の危機とその克服を打ち明けている。

〈私は沖に入る前の二、三年ほど無所属のままぶらぶらしていたが、その前はある結社で、意味を重く沈めた虚無的な句を多く作っていた。〉

そして仏門に入った後、

〈修行しているうちに、私はいままで悲愴がっていたことが実はほんとうの悲愴ではなく、自分が見えないまま悲愴の擬態を演じていたことがわかった。悲愴が起るのは悲愴が起るような状況があるからであるが、それを耐え、それを越えたとき、そこからほんとうの笑いが生まれてくるのだということを知った。（略）私は悲愴がることを止めてしまった。〉

このような俳句や人生に対する「悲愴」的認識の転換は、後述される次の寓話的な幼少期の思い出としても反芻される。

〈私は子供の頃よく高い木に登り、枝が折れて落下し、したたかに尾骶骨を打った。痛い、と叫びたいのだが声が出ない。やがてしばらく経ってからやっと「ウーン」と唸って息を吹き返すのが関の山であった。そして声も出せなかった口惜しさと、助かったという安心感で一人ワッハハーと笑うより仕方がなかった。〉

ここには、人生における一つの真理が語られているのだろうと思う。人はほんとうに苦しいとき、「痛い、と叫びたいのだが声が出ない」のだ。そしてその声の出ない苦しみを――場合によると自己存在の危機を――経て、自然に出てくるものが「ほんとうの笑い」だという。善昭氏は、ほんとうの俳句とはこの「笑い」のようなものだと考えておられるのではないだろうか。

終結部、「沖」人へ対する次のメッセージは、結社を越えて俳人それぞれの「個」へと向けられているだろう。

〈その道はおそらく最後まで自分の足で歩みつづけなければならない厳しい道のりであろう。私たちはその孤独に耐えて、作家としての光明を獲得しなければならない。〉

【四章　評論・随筆・ほか】【五章　「草笛」所収の評論・随筆・ほか】では、千葉県市川市を拠点とする「沖」から離れ、善昭氏の故郷であり生活を営む岩手の地に足を付けた評論、句集評、随筆などが中心に収められている。四章の「風土の中から―地方俳人の立場」では、俳句において風土の特殊性を獲得するために次のことが肝要だという。

〈作者のうちにひとたび受け止められ、新しく生み出されたとき、風土は風土の面目を発揮し、作品は作品としてのリアリティを獲得する。〉

そして次のように、「地方俳人の立場」から提言を行っている。

〈地方作家は多くの素材に恵まれている。（略）私たちはもう一度生活の身辺を見直さなければならない。足下からじっくり見よう。（略）私たちは風土の中に深く入り、その中から多くのものを能動させなければならない。〉

この部分は、俳句の素材に恵まれている地方俳人に対して、その「足下」への自省を促し、その奮起を呼び掛けているとも読める。若い頃東京暮らしをし、また日常においても「沖」で中央の俳句作家活動をしている氏だからこその、地方を相対化しつつ、土地に深く立脚した複眼視点から得られる論考だと言えるだろう。

四章の「腹から摑む　―日常をいかに詠むか」、「自然はドラマ　―近所で自然を詠もう」の二篇も、善昭氏の俳論のエッセンスが濃縮された短編随筆である。

また四章の「岩手俳壇への提言　―転換期迎え協会結成を」や五章の「草笛集（互選）を解消し誌面の刷新を」などでは、一地方で凝り固まった状況に対して、正々堂々と意見し、建設的な提案を行っている。先に引いた福永耕二の「僕は沖の最右翼ですよ」という言葉や、登四郎の俳論「伝統の流れの端に立って」に息づく、伝統を踏まえたほんとうの新しさへの気概を、善昭氏は自らが足場を据える土地で実践されているのだろう。

その他、八戸市俳誌「たかんな」、太田土男、上田五千石、宮慶一郎、吉田敏夫、昆ふさ子、佐藤賢一、岡山不衣、工藤令子、小菅白藤、小林輝子、鈴木きぬ絵、岩瀬張治夫の各俳人についてもその作家性と対話しつつ独自の論考を行っている。

【六章　現代俳句論評】では同時代の全国の俳句紙や句集に掲載された俳句を鑑賞している。前半が「沖」、後半が「草笛」に連載したものである。

「沖」昭和五十九年四月の論評では、飯田龍太の一句を引用し、その作家的魅力を「弾力性のある表現に加え、自然と生活、生活と人間がつね一体に重なっているところ」「過不足のない内容がきっちり詰まっている」「よく解る」「曰く言い難し」など、俳人を多層的に考察する。一句一句の背後にある俳人の本性のようなものを掘り当て、読者に分かりやすく紹介されている。合計二十一回、俳句を「読む」ことに徹した労作に心より敬意を表したい。

以上見てきたように、僧侶である俳人・大畑善昭氏は、「聖と俗」「中央と地方」「伝統と新しさ」などの〝二重性〟を抱えつつ、それらの矛盾点に立ち向かう情熱、それらを包み込む温かさに溢れた方である。そしてまた、突き詰めた仏道修行による人生の苦悩の克服から生まれる「ほんとうの笑い」を知っている方だろう。

能村登四郎を生涯の師と仰ぎ、故郷の大地に深く立脚し歩んできた大畑善昭氏の評論集『俳句の轍』は、〝二重性〟を内包する一つの「人生の俳句史」として、後進の俳人達に読み継がれ、その前途を励ましていくに違いない。

あとがき

俳句を長くやって来たところ、俳句について書いた文章も随分多くあった。評論、随筆、書評、現代俳句論評といったもので、統一もなく、その時に応じてばらばらのものだが、句集『一樹』を纏めるとき、文章の方も一冊に纏めておきたくなった。

主として三十代後半から六十代までの間に書いたものが多く、これを纏めながら、読んでいただきたい人の多くが既にこの世を去っており、淋しい思いにさせられた。

それでも作られた俳句は作者が亡くなられても生きて残るし、その折の鑑賞等もまた生きて今にある。現在なお元気で活躍されている方々は頼母しい。ああ、やっていますね。いいですね……。と言いたくなる。

ところで、この評論集もまたコールサック社の鈴木比佐雄氏のお世話になった。解説は「沖」の新鋭でもあり、また第四回俳人協会新鋭評論賞の鈴木光影氏の好文をいただき、校正の方はこちらも栗坪和子さんにお世話になった。お三方に記して厚く御礼申し上げる。

平成三十年十一月三十日

大畑　善昭

略歴

大畑　善昭（おおはた　ぜんしょう）

本名　斎藤善昭

昭和12年（1937年）岩手県生まれ
昭和33年　「俳句文学」入会
昭和37年　俳句文学新人賞
昭和38年　同人誌「草笛」入会
昭和45年　「沖」入会、47年同人
昭和54年　沖賞、同年第一句集『早池峯』（永田書房）
平成2年　「こころの秀作百選シリーズ(5)」能村登四郎篇（東京美術）
平成18年　沖功労賞
平成20年　春の叙勲　瑞宝双光章
平成30年　第二句集『一樹』（コールサック社）
　　　　　評論集『俳句の轍』（コールサック社）

現在　毎日新聞いわて文園選者、岩手日報カルチャースクール講師、
宮沢賢治生誕祭全国俳句大会実行委員会 委員長、
公益社団法人俳人協会 評議員、僧侶
「沖」同人、「草笛」同人

（現住所）〒025-0072　花巻市四日町2-5-54　自性院

石炭袋

大畑善昭 評論集『俳句の轍』

2018年12月27日初版発行
著者　　　　　　大畑　善昭
編集・発行者　鈴木比佐雄

発行所　株式会社 コールサック社
〒173-0004　東京都板橋区板橋 2-63-4-209
電話 03-5944-3258　FAX 03-5944-3238
suzuki@coal-sack.com　http://www.coal-sack.com
郵便振替　00180-4-741802
印刷管理　（株）コールサック社　製作部

*装丁　奥川はるみ

落丁本・乱丁本はお取り替えいたします。
ISBN978-4-86435-373-1　C1095　¥2000E